RIBBY TITKÁT

Cathy McGough

Stratford Living Publishing

MIT MONDANAK AZ OLVASÓK

„Ez egy full pszichopata női horrortörténet, száraz humorral elmesélve."

UK:

„Ribby annyi titkot rejteget. Egy kedves, de szomorú történet."

„A Ribby titka egyszerre érdekes és élvezetes, ugyanakkor több szinten is felkavaró, és érdemes elolvasni."

„Jól megírt, lebilincselő karakterekkel és egy izgalmas utazással."

Tartalomjegyzék

"Titkaim hangosan kiáltanak.

Nincs szükségem nyelvre.

A szívem nyitott házban lakik,

Az ajtóim szélesre tárva."

Theodore Roethke

Képzeletbeli barátoknak és azoknak, akiknek
szükségük van rájuk

VERS: A FELSZÍNEN

Mirror,
Te tükrözöl engem a feleslegességgel
Rám van írva
Hússzínű bizonytalanság.
Tükör,
Gúnyolódsz a tökéletességen.
Ezzel a visszafogott tükörképpel
És az eredmény mindig ugyanaz
A te keretedben: Én változatlan maradok.
A sorok közé írva
költőien álcázva
Megkerülhetetlen vonások
Folyik harmonikusan.
Tükör: Ragaszkodom ahhoz, amit látok
Mert én vagyok te, keresztül-kasul.
De néha a tükörkép
Bárcsak hasonlítanék hozzád.

Prológus

Amikor a férfi rárontott, a nála lévő kulcs egyenesen a szemgödrébe fúródott. A férfi felsikoltott, majd jajgatott, amikor az ágyéka összeért a nő térdével. A nő összerezzent a zúgó hangtól, amikor kihúzta a kulcsot a férfi szeméből. Miközben a vér végigfolyt az arcán, zokogva forgolódott az ágyéktájékát fogva. A kulcsot a férfi nyakának oldalába szúrta, és egy artériához csatlakozott. A vér úgy spriccelt, mint a tűzoltótömlőből a víz.

Néhány lépésre eltávolodott a testtől, és belemártotta a lábujjait a vízbe. Időnként visszapillantott a férfira. Egészen addig, amíg a férfi meg nem állt. Visszament, és meghallgatta, hogy meghalt-e: meghalt. Végre. A nő, mint egy zsák krumplit, egyre mélyebbre és mélyebbre gurította a vízbe. Minden egyes lökéssel a holttest egyre könnyebbnek tűnt.

Archimédésznek igaza volt.

Amikor már olyan messze volt, amennyire csak tudott, visszaúszott a partra, összeszedte a ruháit és átöltözött.

A holmiját ott hagyta, ahol elejtette.

Ahogy az új nap fénye tüzes vörössé változtatta az eget, visszatért a vízbe.

Végigpásztázta a partot, de nem látta a férfi nyomát. A kulcsot a vízbe mártotta, hogy leöblítse róla a vért, majd hazaugrott. Egy hosszú zuhany után úgy aludt, mint egy csecsemő.

FEJEZET 1

Ez egy olyan nő története, aki túl kedves volt a saját érdekében: egészen addig, amíg nem volt az.

Ribby Balustrade napja mindig ugyanúgy kezdődött: az édesanyja azzal fenyegetőzött, hogy megeteti reggelijét a farkaskutyájukkal, Scamp-el, ha nem siet.

Ribby, akinek ruhatára az anyja kézzel vett ruhadarabjaira korlátozódott, a fejére húzta a virágos muumut, belelépett a jézusi szandáljába, és megfésülte a haját, ami nem tartott sokáig. Mégis, ritkán ért le időben.

Martha Balustrade nem az a fajta anya volt, aki ragaszkodott a meghatározott menetrendhez. A reggeli elkészült volna. Hogy mit és mikor, az aznap dőlt el.

Ennek a véget nem érő konyhai bonyodalomnak a győztese Scamp volt.

„Semmi baj, úgysem vagyok éhes - hazudta Ribby, miközben megveregette a kutya homlokát, és kiment a házból.

Ribby nem rágódott ezeken, az ő saját mormota-napi eseményein. Ehelyett a parkon keresztül a főutcára sietett.

A buszváró bűzlött a vizelettől és a kávétól. Egy ilyen napon, mint a mai, örült, hogy kihagyta a reggelit, mert még most is hányingert okozott neki a bűz. Alig várta, hogy munkába álljon a könyvtárban.

Amikor a busz megérkezett, felmutatta a Presto-kártyáját, majd a szokásos hátsó ülésre ment. A gyomra korgott, miközben a busz zötykölődött, és időnként megállt, hogy új utasokat vegyen fel. Toronto belvárosába érve leszállt a buszról, és besietett a sarki boltba egy gyors csokoládéért, majd tovább a könyvtárba.

Ribby büszke volt arra, hogy soha nem késett el. Egyszerűen nem lehetett elkésni, ha az ember egy könyvtárban dolgozott. Ha mégis, akkor türelmetlen látogatók hordái torlódtak volna a bejáratnál. Így volt ez akkor is, amikor belépett, és meglátta a kivételesen hosszú sorban állókat, élükön Mr. Filcharddal.

„Jó reggelt, Mr. Filchard. Miben segíthetek?"

„Jó reggelt, kedves Ribby. Ó, mihez is kezdenék nélküled? Mindenki más mindig olyan elfoglalt, elfoglalt, elfoglalt— de te, kedvesem, te mindig szakítasz időt arra, hogy segíts egy öregembernek."

„Csak a munkámat végzem" - mondta Ribby. „Nos, mit keresel ma?"

„Közelebb tudnál jönni, kérlek? Ez egy elég durva könyv: *A Ráktérítő*. Ismeri?"

„Igen, Mr. Filchard. Ez egy klasszikus."

„Valóban? Úgy hallottam, hogy van, ó, mindegy; ha klasszikus, akkor már nem kell suttognom, ugye?"

„Nem, vannak ennél sokkal ellentmondásosabb könyvek is" - mosolygott a lány, amikor eszébe jutott A képtelenség ötven árnyalata körüli felhajtás.

„Az a baj, kedvesem, hogy fogalmam sincs, ki írta. Ismersz engem, a sötét középkorból származom, és nem tudom használni azokat az átkozott számítógépes izéket." Nevetett. „Lennél olyan kedves, és utánanéznél nekem?"

„Henry Miller írta" - mondta, miközben rákattintott az adatbázisra. „Igen, fent van a szépirodalmi könyvek között."

„Előbb megnézem. Henry Miller, azt mondtad. Soha nem hallottam róla!"

„Az igazat megvallva, nem voltam annyira lenyűgözve, amikor olvastam. A kritikusok és a recenzensek szerint a maga idejében zseniális volt. Vannak benne durva részek."

„Köszönöm, Ribby. Szép napot!"

„Nagyon szívesen" - mondta a lány, miközben a fiú elrobogott.

Egyedül intézte a többi várakozó vendéget. Miután az utolsót is kiszolgálta, rendet rakott a pultnál.

Most, hogy minden elcsendesedett, Ribby főzött magának egy csésze kávét, és visszatért az íróasztalához. Visszafelé menet megállt egy pillanatra, hogy befogadja a víz csobogását. A könyvtár építésze, amikor a szökőkutat használta a külső zajok elfedésére, ösztönzően hatott. Néhány város bezárta a könyvtárakat, de Toronto más volt. Maga az épület túlélő volt. Még az 1812-es háborút követő fosztogatások sem tudták megtörni a szellemét.

Ivott egy kortyot a kávéjából, és egy pillanatra megállt, a lépcsőre pillantva. Királyul néztek ki, ahogy az emberek fel- és lementek, de a lift biztosan jól jött, amikor szükség volt rá.

A fenti lépcsőházban észrevette, hogy Filchard úr lefelé tart. Már majdnem alul volt, egyik keze a könyvén, a másik a könyvtári kártyáján. Megállt, és megvárta. A férfi kissé kifulladt.

„Legközelebb biztosan a lifttel megyek - mondta Mr Filchard.

Elindultak a segédpult felé, ahol Ribby lepecsételte a kártyáját.

„Mocskos vénember!" Amanda, az egyik munkatárs suttogta, amikor kilépett az épületből. „Teljesen kiráz tőle a hideg."

Ribby figyelmen kívül hagyta a lány megjegyzését. Felkapott egy karnyi könyvet, felrakta őket egy kocsira, betolta a liftbe, és felment a harmadik emeletre. Polcról polcra járva iktatta a könyveket. Miközben az ablakhoz közel újratöltött egy könyvet, az utca túloldaláról egy villanásra lett figyelmes. Egy húszas évei elején járó, tetőtől talpig farmerbe öltözött fiatalember sétált feléje. A napfény megcsillant az orrkarikáján és a füléhez erősített láncokon.

Ribby tovább figyelte, ahogy a férfi felsétál a lépcsőn. Kíváncsiságtól hajtva lesietett a főemeletre.

Már a puszta gondolattól, hogy kiszolgálja a férfit, megdobbant a szíve. Még soha nem volt ilyen közel egy olyan fickóhoz, akinek ennyi lyuk volt a fejében. Ribby biztos volt benne, hogy másoknak is voltak álcázott lyukak— mélyen belül rejtőző érzelmi sebek. Mint Vincent Van Gogh, aki a fájdalmát használta az érzelmek kifejezésére. A gondolat, hogy a testét művészetként használja, egyszerre megrémítette és lenyűgözte.

Visszaérve az íróasztalhoz figyelte a férfit. Úgy állt a bejáratban, mint egy eltévedt kisfiú. *Vajon milyen lehet a hangja*, tűnődött?

A beszerzési részleg mögé helyezkedett, ahol rendet rakott. A férfi egy centit sem mozdult. Köhögött, aztán megállt a Segítség/Információ tábla alatt. A tekintetük találkozott.

„Segíthetek?" Ribby kipirult arccal és izzadt tenyérrel kérdezte.

„Uh, igen, nos, remélem" - mondta hangosan.

„Kérem, beszéljen halkabban" - mondta a nő.

„Ó, rendben, bocsánat. Egy könyvet keresek, de nem tudom a nevét."

„Tudja, hogy ki írta?"

„Nem."

„Meg tudja mondani, miről szól a könyv?"

„Igen, igen, azt tudom, azt biztosan tudom. A jövőről szól. Hát, amikor a fickó megírta, *az az ő* jövője volt. Nekünk meg a múltunk. Benne van benne *a Nagy Testvér*. Nem a tévéműsor, hanem egy másfajta

Big Brother." Nevetett azon, hogy milyen ügyesen összekötötte a múltat és a jelent. Ribby is nevetett.

„Ó, az *1984-re* gondolsz George Orwelltől?"

„Igen, ez jól hangzik. Orwell. Kitűnő. Benne van?"

„Egy pillanat, kérem" - mondta Ribby, miközben beírta a számítógépbe. Bent volt, és Ribby elment megkeresni. A fiatalember a nyomában loholt.

Amikor a nő kezében volt a könyv, visszatértek a recepcióhoz. Ribby megerősítette, hogy a férfi rendelkezik a szükséges igazolvánnyal, és kiállította a könyvtári kártyát.

A tranzakciót elvégezve a kártyát betette a roskatag pénztárcájába. Megköszönte Ribby-nek, és elsétált a kijárat felé. Szakadt kék farmernadrágja megereszkedett - akárcsak Ribby lelkiállapota.

***

A műszaknak végül vége lett, Ribby kirohant az épületből. Ribby minden hétfőn önkénteskedett a gyermekkórházban. Táncolt és énekelt. Mindent megtett, amit csak tudott, hogy felvidítsa őket. Imádta a gyerekeket, és úgy tűnt, ők is viszonozták ezt az érzést. Minden héten kiválasztott egy gyereket, aki a figyelem középpontjába került. Ma Mikey Landers volt a soros, és ő nem késhetett el.

Bal kezében Ribby a varázstáskáját hordta. A gyerekek mindig izgatottak voltak, amikor megengedte, hogy belemártogassák a kezüket. A benne lévő tárgyak között voltak: jelmezek, hangszerek, arcfesték, lufik, csecsebecsék és smink.

Amikor végre megérkezett a gyermekosztályra, beugrott Mikey szobájába. A szülei ott ültek, egy-egy az ágy két oldalán, és ujjakkal és tenyérrel szorongatták fiuk kezét. Szabad kezükkel könnyeket törölgettek. Mikey aludt, ezért csendben távozott.

Ribby igyekezett nem gondolni a szomorúságra, ami Mikey szobájában lógott a levegőben. Mikey és a családja annyi mindenen mentek keresztül.

Eltaszította magától, az elméje hátsó részébe. Ribby feladata az volt, hogy felvidítsa a gyerekeket és a családjukat. Várni fogják őt. A legvidámabb arcát vette fel.

Billy és Janie Freeman felkiáltott, amikor meglátták Ribbyt a folyosón jönni. „Itt van! Itt van!" - kiáltották. Örömhullám töltötte be a folyosót. A gyerekek és családtagjaik kört alkottak körülötte a közös teremben.

Ribby elénekelte a *Jump Like A Caribou* című, saját szerzeményű számot, és a megfelelő pillanatokban kazoo-val játszott:

JUMP JUMP JUMP JUMP
MINT EGY KARIBU!

Ribby elindított egy vonatot, és a gyerekek, akik tudtak járni, beálltak mögé.

JUMP JUMP JUMP JUMP
MINT EGY KARIBU

A régi vonat véget ért, és Ribby sorba állt a kerekesszékes vagy mankós gyerekekből. A gyerekek énekeltek vagy integettek, vagy toporzékoltak. Bármilyen cselekedetet, amivel belekapcsolódhattak a dalba, és hangoskodhattak.

JUMP JUMP JUMP JUMP
MINT EGY KARIBU!

Amikor a dal véget ért, felkiáltottak: Újra! Újra!"

A dal ismerős volt a gyerekek számára, mivel Ribby gyakran énekelte különböző állatokkal, például a kenguruval, a kakaduval, a kakapuval, sőt volt egy olyan változata is, amelyben szerepelt egy állatkerti látogatás is.

Ribby meghajolt, és rögtön egy másik dallamra váltott. Élvezte, hogy keveri a dolgokat. Kitalálásra késztette őket. Amikor az energia a teremben alábbhagyott, irányt váltott, és lufi alakú kéréseket kért. Énekelt, miközben húzta és csavarta a lufikat állatformákba. A legnépszerűbb kérés egy anyaszarvast és borját ábrázolta, ami lekötötte őt, mivel ez egy nehéz feladat volt.

A gyerekek, akik lufit akartak, megkapták, és eljött az ideje, hogy Ribby távozzon. Elkezdte összepakolni a táskáját, éppen akkor, amikor Mikey Landers belépett, és a székének kerekeit pengette. Az anyja a nyomában loholt, nehezen tudta utolérni. Mikey haragudott, ezt azonnal látta. Odament hozzá, és kinyújtott kézzel egy állatos lufit nyújtott neki.

„Én, majdnem lemaradtam rólad, Ribby! Fel kellett volna ébresztened! Megígérted, hogy a héten az én szobámból adod elő a műsorodat! Én voltam soron!" Könnyek potyogtak az arcán, miközben keresztbe fonta a karját, és visszautasította a lány békeajánlatát.

Leengedte a kezét, letérdelt, hogy a férfi szintjére kerüljön, és azt mondta: „Bocsánat, pajtás. Annyira örülök, hogy most már talpon vagy" - nézett a szüleire - "de te még szunyókáltál, amikor elmentem, kölyök. Tudom, mennyire szükséged van a szépítő alvásra! Jövő héten te leszel a lista élén, oké?"

„Megígéred?" A fiú kibontotta a karját.

„Esküszöm, és remélem, hogy meghalok." Ribby azt kívánta, bárcsak visszavehetné ezeket a szavakat, és lenyelhetné őket. Ha lehetséges lett volna, hogy az életét az övére cserélje, habozás nélkül ott és akkor megtette volna.

Mikey nem vette észre a baklövést, és végül kinyújtotta a kezét, hogy elfogadja a lány ajándékát.

Miután átadta neki, Ribby elköszönt tőle. A szobából kifelé menet azt mondta: „Találkozunk jövő héten, rögök!".

Ribby visszatartotta a könnyeit, amíg ki nem ment az épületből. Mivel nem volt zsebkendője, az ujját használta. Mire a buszmegállóhoz ért, sikerült megnyugodnia.

Minden egyes héten megígérte magának, hogy nem fog sírni. A gyerekeknek játszaniuk, szórakozniuk kellene. Nem kellene aggódniuk, hogy megbetegszenek vagy meghalnak. Ha el tudta venni ezt a fájdalmat... Ha csak egy rövid időre is, akkor megérte felszállni az érzelmi hullámvasútra.

***

A busz csak negyed óra múlva érkezik. Korgó gyomrára válaszul a sarki boltba sietett. *Sós vagy édes?* gondolta. A pult mögött megpillantott egy sor cigarettát. Kíváncsiságból kért egy csomagot.

„Melyiket, hölgyem?"

A lány megpillantotta a nevüket. „Cools" - mondta.

„Van már öngyújtója?" - kérdezte az eladó. Választ meg sem várva, egy csomag gyufát tett a Cools tetejére. „A gyufát a ház állja" - mondta, amikor Ribby átadta a pénzt. A férfi visszaadta az aprót.

Az eladó hirtelen grimaszra emlékeztető vigyora megzavarta. Gyorsan kirohant onnan. A buszmegállóba visszatérve feltépte a cigarettacsomagot, és meggyújtott egyet. Mélyen belélegezte, mint egy színésznő, aki szerepet játszik. A filmekben olyan könnyűnek tűnt. A valóságban nehéz volt nem hányni. A kezdeti szívás után kifújta a füstöt, és megnyugvás lett úrrá rajta.

Amikor megérkezett a busz, a csomagot a táskájába dugta, és elfoglalta a szokásos hátsó ülését. Arra gondolt, milyen pajzán dolog lenne rágyújtani *Stan the Man* buszán.

Stan the Man egy kicsit náci volt, és hírhedt zsarnok. Ő maga is látta már. Kiabált a gyerekekkel, mert letették a lábukat az ülésre. Kidobta őket a buszról a dermesztő hidegben, mintha gyilkosságot követtek volna el, vagy ilyesmi.

Egyszer egy idős néni a táskáival elfoglalta a mellette lévő ülést. Követelte, hogy vegye le őket, pedig senkinek sem volt szüksége az ülésre. Amikor a nő nem engedelmeskedett, a férfi kidobta a buszról.

Ribby még mindig emlékezett a nő szilvaszínű arcára, ahogy felnézett, amikor a busz elindult. A nő olyan magasra emelte a középső ujját, amilyen magasra csak a kis teste bírta, és azt kiáltotta: „Baszd meg!".

Ribbyt annyira megrázta az eset, hogy attól a naptól kezdve mindig a busz hátsó ülésén ült. Ott láthatatlan tudott lenni. Úgy figyelhetett, mint egy légy a falon, anélkül, hogy felhívta volna magára a figyelmet. Nem akart olyat tenni, amivel felbosszantaná *Stan the Man-t*.

Másrészt Stan sem láthatott mindent. Mint például a férfi, aki az orrát piszkálta, és az ülésbe törölte. Ő látta, de Stan nem. Ribby nevetett. Stan, a Férfi visszapillantott rá a visszapillantó tükörből. Abbahagyta a nevetést. Mennyire volt biztonságos Stan vezetési képessége? Az utasai megszállottja, csoda, hogy nem szenvedett balesetet.

Ribby belenyúlt a táskájába. Fontolgatta, hogy elővesz egy cigarettát. *Vajon Stan észrevenné? Kidobná a buszról?* Sötét volt, és túl messze volt a hazaút ahhoz, hogy gyalog menjen. Becsukta a táskáját. Az ablakon kívüli csillagokra koncentrált.

Otthon kinyitotta az ajtót, és azonnal nevetés hallatszott a konyhából. Az anyja gyakran hívott át úriembereket. Ez az este sem volt másként.

Tom Mitchell az anyjával szemben ült az asztalnál. Ribby biccentett Tom irányába. Érezte, hogy Tom tekintete levetkőzteti. Mindig így nézett rá. Az anyját ez látszólag nem zavarta.

„Szia, Ribby - mondta Tom. „Jó újra látni téged."

Ribby elzárta a csapot, mély levegőt vett, és az asztal felé fordult.

Az anyja várta a választ.

Ahogy Tom is.

„Nos akkor" - mondta Tom, miközben felállt. „Jobb, ha megyek, Martha. Nagyon jó volt látni téged, mint mindig." Hátratolta a székét, és a baseballsapkáját a nő felé biccentette.

Tom tett egy lépést Ribby felé. „És te is Ribby— még ha azt is gondolod, hogy túl nagyra tartod magad ahhoz, hogy köszönj anyád udvarlójának, én akkor is nagyon kedvellek téged."

Ribby anyja felnevetett, hangos és halk, hasas nevetés. „Ó, Tom, a mi Ribby-nk fél a saját árnyékától. Ne is törődj vele. Biztos vagyok benne, hogy ő is kedvel téged." A lányához fordult. „Nem igaz, Ribby? Mindig is szeretted az embereimet."

Ribby lenyelte a pohár vizet. Belenyúlt a táskájába, és megérintette a cigarettás dobozkát. A titok ismerete hatalomérzetet adott neki. Bement a nappaliba.

Tom és Martha az előszobában suttogott, miközben a lány egy magazint lapozgatott. Hamar megunta a botrányos címlapokat, felkapta a tévé távirányítóját, és végigkattintotta a csatornákat. A bejárati ajtó becsapódott.

„Bárcsak kedvesebbek lennétek a barátaimmal - mondta Martha, miközben lecsüccsent a kanapéra. „Elvégre szükségünk van barátokra ebben az életben, és Tom mindig is jó volt hozzánk."

„Mi lesz vacsorára, anya?"

„Egész délután társaságom volt. Nincs időm vacsorát készíteni, lányom, és éhen halok" - nyalta meg az ajkát Martha. „Abszolút, teljesen és rohadtul éhes vagyok."

„Akkor rendeljünk", mondta Ribby. „Kapunk egy kis különleges rántott rizst, egy kis tojástekercset és citromos csirkét, amit megoszthatunk."

„Igen, nekem megfelelne" - mondta Martha, és kikapta Ribby kezéből a tévécsatornát. Gyorsan és dühösen mutogatott és kattintott.

„Elmegyek Mrs. Engle-hez, és csöngetek."

„Tedd azt, lányom, tedd azt" - mondta Martha, miközben töltött magának egy pohár whiskyt. Egy kis szódát lőtt bele. Belenyúlt a minihűtőbe, és kivette a jégkockatartót. Beledobott két kockát, ivott egy kortyot, és felsóhajtott.

Amikor Ribby visszatért, Martha azt mondta. „Jó lány vagy, legtöbbször." Martha még egy hosszabb kortyot ivott. „A te fizetésed nélkül hajléktalanok lennénk, hogy kifizessük a jelzálogot és ételt tegyünk az asztalra." Martha az ujjával megkeverte az italát. A jégkockák megcsörrentek a pohárban.

Ribby egy kicsit összerezzent. Ettől a beszélgetéstől mindig kényelmetlenül érezte magát.

Amikor a reklámok elkezdődtek, Martha megkérdezte: - Van már nyoma az ételnek? A whisky rágja a gyomromat".

„Harminc percet mondott, anya".

„Harminc perc, hát, az isten szerelmére, harminc perc túl sok idő egy kis rizsre várni!" Martha a bal öklével a szék karfájára csapott. A jobb karja a magasban maradt, hogy megőrizze a whiskys pohár szentségét.

„Most nem mondhatom le. Üljön nyugodtan, és nézze a programját, és mire észbe kap, már itt is lesz."

Martha a bárpultnál foglalatoskodott, újabb whiskyt és jeget töltött hozzá. Visszatérve a kanapéra beletörődve várta a vacsoráját.

Legalább nem kellett énekelnie érte, gondolta Ribby fanyar vigyorral.

****

Martha végigpörgette a csatornákat. Ribby az előszobában várta a kézbesítőt.

Belenyúlt a táskájába, és elővett egy cigarettát. Meggyújtatlanul az ajkai közé tette, és a tükörképét nézte. Ha a haja nem lenne olyan semleges és az arcbőre nem lenne olyan mosott, akár kifinomultan is nézhetne ki. Talán.

Megijedt, amikor megszólalt a csengő, és majdnem elejtette a cigarettát.

Martha felkiáltott: „Kapd el, Ribby!"

A cigarettát a táskájába dugta.

Bing-bong megint.

„Lányom? Lányom! Ott vagy?"

„Igen, anya, hozom a pénzt." Kinyitotta az ajtót.

„Jó estét" - mondta a futár.

A férfi nem ismerte fel a nőt, de a nő ismerte őt. A piercinges és tetovált fickót a könyvtárból.

„Ez 32,50 dollár lesz" - mondta.

Ribby átnyújtotta a 35 dollárt. Másképp nézett ki a verandán állva. „Tartsa meg az aprót - mondta, miközben becsukta az ajtót, még mindig a férfira gondolva.

„Biztos kezd kihűlni, Rib!" Mondta Martha, kirántotta a kezéből a táskát, és a konyhába indult.

Ribby visszatette a táskáját a fogasra, és mentálisan feljegyezte, hogy felviszi az emeletre, amikor lefekszik. Nem lenne jó, ha Martha megtalálná a cigarettát.

Visszatérve a nappaliba a tévétálcán vacsoráztak. Elkezdődött a kedvenc játékműsoruk, a *Jeopardy!*

Ribby és Martha rivalizáltak egymással, valahányszor nézték. Aki előbb tudta a választ, az kiabálta.

„Mi az a New York?" - kiáltotta Ribby.

„Mi az a L.A.!" Martha kiabált. Tévedett.

„Én megmondtam - mondta Ribby. „Mindenki tudja , *hogy* anya."

Martha átnyúlt az asztal túloldalára, és arcon csapta a lányát. Az ütés olyan kemény volt, hogy a tévétálca és annak tartalma szétrepült. Ribby széke hátrafelé billent, és a feje egy *puffanással* a dohányzóasztalnak csapódott . Aztán egy *puffanással* a padlónak csapódott.

„Ez majd megtanít - mondta Martha -, amiért tiszteletlenséget mutattál. Ez az én házam. Ki vagy te, hogy megmondd nekem, hogy nekem van-e igazam vagy nem!"

„De anya - suttogta Ribby. „Azt mondta..."

„Leszarom, hogy mit mondott. Most pedig megyek aludni. Készíts nekem egy csésze teát - a szokásosat - és hozd fel."

„Rendben, anya" - mondta Ribby.

Ribby elment a bárpulthoz. Felvette az üveget, bement a konyhába, és felforralta a vízforralót. Egy csészébe beledobott egy teafüveget, és negyedig töltötte a forró vizet. Miután a tea megáztatta magát, hozzáadta a fél csésze Bourbont, majd két teáskanál cukrot.

A lépcsőn felfelé menet elhatározta, hogy valami nem éppen Ribby-szerűt tesz.

A nyelvét mozgatta a szájában, összegyűjtötte a nyálát, és hagyta, hogy az orcájára fröccsenjen. Amikor eleget ivott, beleköpött az anyja poharába.

Végignézett a felszínen, majd megkeverte, mielőtt letette volna az éjjeliszekrényre. Mosolyogva húzta le a felső lepedőt, majd a takarókat, ahogy minden egyes este tette.

Martha kijött a fürdőszobából. „Néha jó kislány vagy."

Ribby nem szólt semmit. Kisegítette az anyját a ruháiból, és felvette a hálóingét. Az anyja lába hideg volt. Ribby megmasszírozta őket egy kis olajjal, mielőtt a papucsát az idős húsra csúsztatta.

Kifelé menet Ribby visszapillantott a válla fölött. Martha ivott egy kortyot a doktorált teából, majd felsóhajtott.

Ribby visszatartotta a nevetést, amíg a szobájában volt.

Aztán úgy felnevetett, hogy a párnájával kellett tompítania a hangot.

FEJEZET 2

Amikor felébredt, Ribby felült, és elgondolkodott az előző éjszakán. Nevetve hallgatta, ahogy az anyja alatta toporzékol, ahogy az szokása volt.

„Tíz perc múlva kész a reggeli - szólt Martha.

Ribbynek sikerült kizárnia a nagy részét. A szokásosat. A szokásos.

„Nem vagyok éhes, anya - kiabálta Ribby, miközben a haját fésülte. „Különben is, ma korán kell munkába mennem."

Ribby végighallgatta, ahogy az anyja szidalmazza. Végigfésülte a haját, és hirtelen megállt, amikor odalentről kuncogás hallatszott. Ez a nevetés zavaró volt. Martha ritkán nevetett reggelente, hacsak nem volt itt valamelyik udvarlója.

„Szia, anya!" Mondta Ribby, miközben megkerülte a konyhát, és egyenesen az ajtó felé vette az irányt. Odakint egy furgont vett észre, amelyben egy férfi ült és várt. A teherautó oldalán az üzlet neve állt: *Attics-R-Us*.

A padlás szó felidézte benne az emléket, amikor utoljára járt ott. Már a puszta gondolattól is megborzongott és remegett. Semlegesítette az emléket, és kulcsra zárta a képzelete könyvtárában.

A buszmegálló felé vette az irányt. Épp időben ért oda. Felmászott a buszra, és kibámult az ablakon, miközben a világ homályosan elhaladt mellette. A gyomra korgott. Egyre éhesebb lett. Nem törődött a fájdalommal, mert minden fillért meg akart spórolni a bevásárlóközpontba vezető útra. Ma volt az a nap, amikor kényeztetni akarta magát.

Kinyitotta a táskáját. Már a dohány illata is elnyomta a gyomra korgását.

A munkahelyén felakasztotta a kabátját, és elzárta a táskáját.

Bár a munkatársai a helyükön voltak, senki sem segített a várakozó vendégek sorában.

Ribby volt a legidősebb könyvtáros asszisztens, és mégsem volt tekintélye.

Ribby megint csak egymaga gondoskodott a várakozó patrónusokról. Mrs. P. Wilkinson vezető könyvtárosnő úgy tűnt, észre sem veszi.

Ebédszünetben Ribby megkérdezte munkatársait, hol vásárolták a ruháikat. A legtöbben a pláza áruházát ajánlották, ahol minőségi márkanevek kaphatók megfizethető áron.

Ribby egyre izgatottabb lett, most, hogy tudta, hol vásárol. Alig várta, hogy olyasmit tegyen, amit még soha nem csinált.

Ribby Balustrade új ruhát akart venni magának.

****

Az áruház előtt Ribby egy pillanatra megállt, és bekukkantott a kirakatba. Autók, buszok és villamosok zajai visszhangoztak az épületek körül. A bejárat közelében egy zenész pengetni és énekelni kezdett. Tömeg kezdett gyülekezni, lökdösődtek és lökdösődtek, néhányan forró italokat cipeltek és cigarettáztak. Olyan zajos és zsúfolt volt, hogy a lány csak be akart menni. Be a csendbe.

Belépett a forgóajtókon, és egy pillanatra csend lett. Aztán a rekesz kiszívta magát, és ő egy másfajta káoszba lépett ki. Szatyrokkal hadonászó, érkező és távozó vásárlók. És nagy volt, sok emeletes. Több ember töltötte meg a mozgólépcsőket, amelyek felfelé és lefelé jártak. Sült ételek, pattogatott kukorica és fánkok illata édesgette a levegőt, érzékszervi túlterhelést okozva.

„Segíthetek?" - érdeklődött egy hölgy az információs pultnál.

„Igen, a női ruházatot kérem."

„Harmadik emelet", mondta a nő.

A mozgólépcsőn csend volt. Az utazók a telefonjukat bámulták. A nő a korlátba kapaszkodott.

Amikor a harmadik emeletre ért, meglátta — álmai ruháját. Egy kis fekete ruhát, ahogy a könyvtári magazinok nevezték, tökéletes esti koktélpartikra és különleges eseményekre. Ránézett, és egy baseballhoz kapcsolódó film szavaira gondolt. Elmosolyodott, és a szavakat így változtatta meg: „Ha megveszed, jönnek majd az alkalmak, hogy viseld."

„Segíthetek?" - kérdezte egy elegáns öltönyös nő.

„Igen, igen, segíthet. Szeretném megkínálni magam. Úgy gondoltam, egy fekete ruha, valami könnyen hordható és könnyen ápolható ruha megfelelne. Nagyon tetszik az ott fent a próbababán. Ha van az én méretemben, szívesen felpróbálnám."

„Kiváló választás" - mondta a nő. „Na, hadd nézzem, milyen méretű vagy? Tizenkettő? Tizennégy?"

„Én, én nem tudom."

„Tizenkettes vagy. Általában elég jól tudok tippelni, de a biztonság kedvéért vegyen tízest, tizenkettőt és tizennégyest" - javasolta az eladó. „Ó, és szükséged lesz egy pár fekete cipőre, hogy befejezd a megjelenést. Hetes a mérete?"

Meglepődve mondta Ribby: „Ez a cipő hetes méretű".

„Akkor tökéletes. Ne féljen kijönni, ha készen áll. Tudom, milyen nehéz lehet, amikor egyedül vásárolsz."

„Én, én fogok, köszönöm" - mondta Ribby, miközben becsukta az öltöző ajtaját.

Tükrökkel körülvéve Ribby most először láthatta magát minden szögből, ahogy a szürke Martha kézimunkaruha a padlóra hullott.

Ribby felpróbálta a tizenkettes méretű ruhát. Nyakkivágásával és a csípőnél és a deréknál lévő redőkkel igazán kiemelte az alakját. Már tudta, hogy meg akarja venni, mégis ki akart kérni egy második véleményt. Kilépett az öltözőből.

„Hűha!" - kiáltott fel az eladó. „Csodálatosan nézel ki! De tessék, hadd csináljak valamit".

Az eladó eltűnt a sarok mögött, de másodpercek múlva visszatért. „Hadd tegyem ezt a hajadba, és ezeket a műgyöngyöket a nyakadba. Esküszöm, úgy fogsz kinézni, mint egy millió dollár!"

„Olyan csillogóan nézek ki!" Ribby alig ismert magára.

„Tényleg szenzációsan nézel ki!"

„Szeretnék felpróbálni még néhány ruhát." Odasétált egy fogashoz, kiválasztott egy kétrészes piros öltönyt, egy blúzt és egy nadrágot. Visszament az öltözőbe. Az öltöny csodálatosan nézett ki, a letisztult szabású zakóval és a hozzá illő szoknyával, és a cipő, amit a ruhához próbált, tökéletesen illett hozzá. A blúz jobban állt rajta, mint rajta, a nadrág pedig túlságosan is felhívta a figyelmet a fenekére.

„Én az öltönyt, a ruhát, a cipőt és a gyöngyöket veszem - mondta Ribby. „Mennyibe kerül? Elfelejtettem megnézni."

Az eladó mindent összeadott. „A teljes ár adó előtt 760 dollár. Készpénzzel vagy hitelre?"

„Ó, ez több, mint amire számítottam" - vallotta be Ribby.

„Ne aggódjon, miért nem viszi el ma a ruhát, és később visszajön a cipőkért és a kiegészítőkért. Vagy igényelhet In-Store Creditet. Ellenőrzöm, hogy megfelel-e a feltételeknek, és akkor azonnali hitelt kaphat."

„Megtehetném?" Kérdezte Ribby. „Az nagy segítség lenne!"

Az eladó feltett Ribby-nek néhány kérdést, és a lány jogosult volt a hitelkártyára. Megvette a tételt. Az eladó mindent bezsákolt.

„Köszönöm szépen. Maga csodálatos volt!"

„Nagyon szívesen."

Ribby egy csésze kávéval ünnepelt, és mivel kezdett besötétedni, elindult a buszmegálló felé. Útközben rágyújtott egy cigarettára.

Az *Attics-R-Us* furgonja még mindig a háza előtt parkolt, amikor befordult a sarkon.

Miután beért, Ribby bement a konyhába. A zárt ajtó mögött ismerős szeretkezési hangok jutottak el a füléhez. Nem ez volt az első alkalom, hogy hazatérve az anyját az egyik udvarlójával találta. Az Attics-R-Us fickó egész nap itt volt? Fúúúú. Ribby visszavonult az emeletre.

A szobájában Ribby a földszinti incidenst taglalta. Nem hagyta, hogy elrontsa a napját.

Felvette az új ruháját, cipőjét és gyöngy nyakláncát. Belenyúlt a táskájába, és elővett egy cigarettát.

A kezében még kifinomultabbnak tűnt. A hajával játszott. Próbálgatta, hogy néz ki felfelé, majd lefelé.

Odakint egy jármű ajtaja kinyílt, majd becsukódott. Ribby kikukucskált az ablakon, és figyelte, ahogy az Attics-R-Us furgonja elhajt.

Pillanatokkal később megszólaltak az anyja léptei, és a másik szobában elindult a zuhany.

Ribby visszaváltozott a régi ruhájába. Ahogy levetkőzött, kiszorította a fejéből az anyjára és az udvarlóira vonatkozó gondolatokat. Amikor készen volt, halkan, lábujjhegyen lesompolygott a lépcsőn, kilépett az ajtón, és újra bejött. Ez a cselekedet megerősítette a rekeszizmokat erre az esetre, és ez segíteni fog neki a jövőben, ha hasonló eset történik. Martha úriemberek sokasága miatt ez az akció önvédelmi taktika volt.

Töltött magának egy csésze forró teát, és megkeverte a pörköltet a lábasban, mielőtt átment a nappaliba, hogy nézzen egy kis tévét.

Martha nem sokkal ezután lejött a földszintre, és megvacsoráztak. Miután az anyja elaludt a kanapén, Ribby felment a szobájába.

Miután egy ideig olvasott, Ribby lehunyta a szemét, és hagyta, hogy a képzelete szárnyaljon. Elképzelte a saját otthonát, a vízparton. Elképzelte a nappalit egy kényelmes szerelmi ülőgarnitúrával és hozzáillő ropogós székekkel. Mögöttük a falon Van Gogh- és Monet-nyomatok. Virágok a vázákban. Elképzelte, ahogy hazaér a munkából, és felhúzza a lábát. A tévé fölött ő irányít.

A buborék kipukkadt, és a valóság beszivárgott.

Martha sosem engedné meg.

Amit azonban nem tudott, az nem árthatott neki.

Az újonnan szerzett hitelkártyán kívül Ribby részt vett a Tartományi Könyvtári Személyzeti Megtakarítási Programban, így volt némi titkos megtakarítása, de egészen a mai napig nem nyúlt hozzá.

Ribby egy cikkre gondolt, amit az újságban olvasott. Egy férfi igaz története volt, akinek két különböző élete volt két különböző feleséggel. Azon gondolkodott, hogy vajon ő is átvehetné-e az ötletet, és a sajátjává tehetné-e. Tudna-e új életet teremteni magának?

Eljött az alvás, de Ribby nem álmodott. Ehelyett döntött.

Holnapra megszüli önmagának egy új változatát. Egy képzeletbeli barátot. Egy alteregót.

Önmaga egy részét, aki olyan dolgokat tesz, amitől ő maga túlságosan félt.

Egy barátot, akinek gyönyörű neve volt: *Angela*.

FEJEZET 3

Szombat reggel. Ribby izgatottan pattant ki az ágyból az előttünk álló nap miatt. Összehajtogatta fekete ruháját, néhány harisnyát, és betette a táskájába. A magassarkúja nem fért bele. Egy pár szandálnak kellett megtennie.

Márta a konyhaasztalnál ült, fejét a kezébe hajtva. Másnapos üzemmódban volt. A kávéfőző szuszogva szuszogott mögötte. Amikor meglátta Ribbyt, felnyögött. Ribby már sokszor látta az anyján a túl sok whisky jeleit. Töltött magának egy csésze kávét, és újratöltötte az anyja csészéjét. Martha keze megremegett, amikor belekortyolt.

Ribby folytatta útját a folyosón, majd kiment a verandára, ahol felvette az újságot. Visszatért a konyhába, és olvasás közben belekortyolt az immár hűvös kávéjába. Az újság nem bizonyult akadálynak Martha nyögésekkel megszakított szürcsölései számára.

Ribby előre lapozott a Kiadó lakások rovathoz. Végigfuttatta az ujját a listán, és rengeteg közül lehetett választani a vízparti környéken, ahol remélhetőleg lakni fog. Összecsukta az újságot, és kiöblítette a csészéjét.

„Rohannom kell, anya. Később találkozunk."

Martha az asztalra csapott az öklével. „Akkor ne gyere vissza, ha még egy csepp együttérzést sem tudsz összeszedni szegény öreg anyád iránt."

„Vegyél be pár Tylenolt, és rendbe jössz" - mondta Ribby, miközben kinyitotta a bejárati ajtót, és becsapta maga mögött. Ahogy elment, észrevette, hogy az anyja behúzta a redőnyöket. Ma nincsenek úriemberek.

Ribby felszállt a buszra, és miután megérkezett az első számú bérleménybe, vett még egy újságot. Körbejárt néhány lehetőséget, és úgy döntött, hogy részt vesz néhány nyílt napra szóló megtekintésen. Az egyik egy pompás környéken volt, nem messze a tengerparttól, és első helyen állt a prioritási listáján.

Mielőtt megtekintette volna az ingatlanokat, át kellett öltöznie egy megfelelő ruhába. Egy nyilvános mosdó is megtette. Új ruhájába öltözve felfedezte a környéket, és időt szakított az Ontario-tó megtekintésére. Hallgatta, ahogy a szelíd hullámok csobognak a parton. Fölötte a sirályok kiáltoztak. Mögötte autók dudáltak, miközben az utasok a lámpák átkapcsolására vártak. Erős basszusú AC-DC hangja hallatszott, és megfordult, hogy egy fekete, lehúzott tetejű autó legyen a tettes. Továbbhaladt a sétányon. Összefutott a szája, amikor egy hotdog-standhoz ért, amelynek oldalán hagyma sült.

Megnézte az időt egy kirakatban, és rájött, hogy sietnie kell, hogy megnézze az első házat.

Kívülről az épület hívogatónak tűnt. Nem volt felhőkarcoló, mint némelyik másik. Középméretű volt, saját erkélyekkel. Az erkélyeket személyes tárgyakkal, például kerékpárokkal és növényekkel díszítették. Olyan erkélyek, ahol a lakók megteremtették a saját kis mennyországukat. Ahol büszkék voltak a tulajdonukra.

Észrevette a fölötte lévő *Kiadó* táblát. Ahogy a hirdetés ígérte, vízre néző kilátással rendelkezett. Alig várta, hogy felmenjen oda, és közelebbről is megnézze.

Miután bejutott, körbejárta az előcsarnokot, hogy megismerje a helyet. A postai részlegben elolvasta a dobozokat díszítő neveket, szinte remélte, hogy felismer valakit. De nem ismerte. Megnyomta a lift gombját, és elindult felfelé.

Könnyű volt megtalálni a lakást, hiszen táblák mutatták az utat. Az ajtó nyitva volt. Azért bekopogott, aztán bement. Mások is ott nyüzsögtek körülötte. Első benyomásra tudta, hogy meg kell szereznie a lakást. Neki szánták.

Az ügynök a konyhában egy fiatal párral beszélgetett. A lánynak azt mondta: - Mindjárt jövök. Nézzenek körül nyugodtan".

A belső tér a magnólia egy unalmas árnyalatát mutatta. A konyha jól felszerelt volt, rozsdamentes acélból készült készülékekkel, köztük egy mosogatógéppel. A fő lakóterület nyitott alaprajzú volt. Tökéletes. Elképzelte, ahogy ott ül, és nézi a hullámok csodálatos kilátását. Hallgatja a hullámokat. Kinyitotta az erkélyajtót, és kilépett. Nem messze tőle gyerekek játszottak. Visszament befelé, és megnézte a hálószobát. Nagyobb volt, mint az otthoni szobája, fürdőszobával és egy több mint bőséges gardróbszobával. Rengeteg új cipőt és ruhát kellett volna vennie, hogy megtöltse ezt a helyet. Csodálatos volt. Minden. Annyira vágyott rá, hogy megérezte az ízét.

„A kilátás lélegzetelállító - mondta Ribby, amikor az ügynök szabad volt. „Pontosan ez az, amit keresek."

„Keresett. Ha akarja" - mondta az ügynök. „Még ma ki kell töltenie egy jelentkezési lapot. Bérelt már valaha is lakást?"

„Nem, eddig otthon laktam."

Néhány papírt babrált. „Egyedül fog lakni? Főállásban dolgozik?"

„Igen, és igen. A könyvtárban dolgozom. Segédkönyvtáros vagyok, és már hét éve dolgozom ott."

„A tulajdonos inkább egyedülállónak vagy fiatal párnak adja ki... ha minden rendben van a papírmunkával."

Ribby szeme felcsillant, amikor elfogadta a jelentkezési lapot. Az ügynök egy tollat nyújtott neki. Miközben a lány kitöltötte, a férfi elbeszélgetett vele.

„Amint elfogadják a jelentkezését, szükségünk lesz egy csekkre az első és az utolsó havi bérleti díjról."

„Nem probléma." A nő aláírással fejezte be a nyomtatványt. „Mikor fogom megtudni, hogy sikeres-e a pályázatom?"

„Majd felhívom. Keddre kell megtudnunk."

„Én, nekünk nincs telefonunk. Ha odaadja a névjegykártyáját, felhívom. Kedd reggel jó lesz?"

„Tökéletes" - pillantott a jelentkezési lapra. „Uh, Ms. Balustrade, akkor beszélünk, és sok szerencsét" - mondta az ügynök, miközben eltávolította a nyílt nap táblát. Elkísérte a lifthez, és kikísérte az épületből. Amikor kiértek az utcára, megkérdezte: „Elvihetem valahová?".

„Nem, köszönöm, sétálok egyet a vízparton, aztán felszállok a buszra, és hazamegyek".

Ribby elszaladt a tengerpartra. Lecsúszott a szandáljáról, és hagyta, hogy a homok kicsorduljon a lábujjai között. Aztán belemártotta őket a vízbe. Összeszedett néhány kagylót, leült, és hallgatta a város és az Ontario-tó hangjait.

Egy sirály szállt le a közelben. Aztán egy másik.

„Mit gondoltok?" - kérdezte a madaraktól. „Ez a megfelelő hely Angela és én számára?"

A sirályok ránéztek, de csak egy rikácsolás volt a válaszuk.

****

Még korán volt, túl korán ahhoz, hogy hazamenjünk. Ribby úgy döntött, hogy megnéz néhány bútort. A bemutatóteremben jó volt a választék. Bár minden olyan drága volt, hiszen neki mindenre szüksége volt.

Egy hang a fejében azt mondta: *Second hand. Elegáns. Kifinomultság. Shabby chic.*

Ribby körülnézett. Valaki beszélt hozzá? Egyedül volt. Végigsimította ujjait a kanapé háttámláján, és arra gondolt: Shabby chic, mi? Tökéletes.

A hang azt mondta: - *Ne felejtsd el, hogy egy új lakáshoz új szekrény is kell.*

Ribby szünetet tartott. Megőrült? Önmagával beszélgetett, de a hang más volt. A hang Angela volt. Angela megszületett.

Nem várhatja el, hogy Martha régi rongyaiban szülessek ebbe az életbe.

Ribby elmosolyodott. Egyetértett. Azért minden a maga idejében. A lakás. Bútorok. Szép dolgokra van szükséged. Szép dolgokra van szükségünk. Biztosra kell mennünk, hogy anya soha ne tudja meg. Tehenet csinálna belőle.

Ő egy tehén.

Ribby addig nevetett, hogy majdnem bepisilt a nadrágjába.

Hogy boldogultam valaha is nélküled?

Sosem fogjuk megtudni. Hé, rágyújtasz valaha egy cigire? A tüdőm kiált egyért!

Ribby belenyúlt a táskájába, és elővett egy cigarettát. Az ajkai közé csúsztatta, meggyújtotta a végét, és beleszívott.

Ahhhhh - sóhajtott fel Angela-, *ez kellett nekem. Ribby, most pedig szükségünk van egy tervre.*

Tudom már. Ha megkapjuk ezt a lakást, hogyan fogjuk eltitkolni anyától? Hogyan fogok továbbra is fizetni neki, és kifizetni az új lakást, plusz minden mást is beszerezni? Tudom, fizetésemelést fogok kérni.

Ne kérj emelést, követelj. És vedd rá az öreg zsákot, hogy csökkentse a lakbért!

Már régóta esedékes az emelés. Ebben igazad van. De ami anyát illeti, soha nem fog beleegyezni, még akkor sem, ha nélkülem elveszítené a házat.

Ez az ő problémája, nem a tiéd, Rib. Felnőtt nő, és ha nem vagy itt, akkor ki tudja adni a szobádat, nem?

Furcsa érzés volt Ribby számára, hogy most az egyszer valaki az ő oldalán áll.

Nem szándékozom a lakásban maradni egész nap. Az sosem lenne jó. Megtalálná a módját, hogy mindent elrontson. Nem, hétközben otthon fogok lakni, hétvégén pedig a lakásban.

Bár átnézi majd a bankkönyvedet, megint Rib, és látja, hogy az egyenleg egyre lejjebb, lejjebb megy, és a tetőfokára hág. Tudod, hogy milyen.

Ribby kétszer is megnézte. Honnan tudott erről Angela?

Igazad van, vigyáznom kell, hol hagyom a pénztárcámat. A cigivel benne, egyenesen a szobámba viszem. Ezt fogom tenni továbbra is, és ő nem lesz okosabb.

És ha pénzt kér tőled, mit fogsz csinálni?

Nemet mondok neki.

Emlékszel, amikor felajánlottad, hogy minden egyes centet átadsz, amit megkerestél? Csak annyit kellett volna tennie, hogy nem fogad úriembereket?

És honnan tud erről? Mintha mindig is velem lett volna.

Igen, hogy is felejthetném el? Anya úgy nevetett, hogy azt hittem, megfullad. Próbáltam segíteni neki levegőt venni, úgy, hogy hátba vágtam, és cserébe úgy megütött, hogy kiesett a fogam.

Hiányozni fogsz az öreg tehénnek, Ribby, de megérdemled az életet, és én azért vagyok itt, hogy segítsek neked. Hogy meg is kapd. Most pedig jobb, ha visszamegyünk, mielőtt a vén kanca kiküldi a lovasságot!

A boldogság karnyújtásnyira volt, de néha ki kellett nyúlni érte.

FEJEZET 4

Hétfő reggel Ribby már nagyon korán kelt és kiment az ajtón. Nem akarta látni Mártát. A munkába egy Martha-muumuu különlegességet viselt, amelyben a mellei frontális fodrokkal küzdöttek. Ez az öltözet megfelelt a könyvtár ruhatárszabályzatának. Sietett, hogy elérje a buszt, és a szokásosnál korábban érkezett.

„Jó reggelt, Ribby - mondta Mrs Pigeon egy rendszeres könyvtárlátogató. „Ha valami kiváló olvasnivalót keres, ezt ajánlom." Odatartotta a könyvet, és Ribby elvette.

„*Az életem egy tányéron*" - olvasta Ribby. „Az ételekről szól?"

„Nem, semmiképpen sem!" Galambné nevetve mondta. „Az életről, a nevetésről és a könnyekről szól." Szünetet tartott. „Hagyd abba, Billy! Jason, gyere vissza!" A gyerekek visszatértek a pulthoz. „Sajnálom, hogy a könyvet későn hozom vissza."

„Engem meggyőztél róla. Köszönöm, Mrs. Pigeon." Mosolyogva bélyegezte le a visszaküldött könyvet.

„Nagyon szívesen, kedvesem. Legközelebb, ha bejövök, elmondhatod, mit gondolsz Clare Huttról. Köszönjetek el Ribbytől, fiúk. Jason ne köpködje tovább a bátyját. Nagy bajban leszel, ha hazaérsz!" Mrs Pigeon mosolygott, miközben Jasont a fülénél, Billyt pedig a kezénél fogva vezette. A trió kilépett a forgóajtón.

Ribby túl izgatott volt ahhoz, hogy olvasson. Különben is, megint hétfő volt, és neki be kellett mennie a kórházba.

Délután ötkor Ribby felkapta a holmiját a szekrényéből, és felszállt a buszra. Útközben kísértést érzett, hogy rágyújtson, de nem akarta, hogy a gyerekek cigarettaszagot érezzenek rajta.

Elment az ajándékboltba, ahol héliummal töltött lufit kért minden gyermeknek a kórteremben. A gondolat csodálatos volt, a cipelés már más kérdés.

Ahogy ígérte, Ribby Mikey Landers szobájánál kezdte. Ő nem volt ott. Továbbhaladt a folyosón, útközben beugrott a szobákba. Mögötte mások követték, éneklő felvonulást alkotva. Kerekesszék, mankó, mindenkit szívesen láttak. Még Alice főnővér is csatlakozott.

Ribby a lány irányába pillantott, és a tekintetük találkozott. Valami baj volt, de ez várhatott. Folytatta az előadást.

Ribby belépett a központba. Szemkontaktust létesített a gyerekekkel. Lucy May Monroe-nak szüksége volt egy szalagra a hajához, amit Ribby elővett a varázstáskájából. Lila szalag volt, Lucy May kedvenc színe. A gyermek felsikoltott örömében. Lucy édesanyja a kis csökött lófarok köré tekerte.

Legutóbbi látogatásakor Benjamin Fish egy Sárkánypamacsot kívánt, amit Ribby most elrejtett a varázstáskájában. Engedte, hogy Benjamin belenyúljon, és ő előhúzta. Az ölébe tette — a szüleit kereste, de azok nem voltak a közelben. Mivel nem akarta nélkülük kibontani, a kerekes székkel az ölében bölcsőzte az ajándékot.

Több más gyerek is várakozott. Ribby egyenként teljesítette kívánságaikat. Újra énekelt. Ezúttal táncolt, és előadta Elton John *Crocodile Rock* című dalát . Kiosztotta a maradék lufikat. Csak Mikey Landers lufija maradt.

Ribby elbúcsúzott a gyerekektől. Magával vitte Mikey piros lufiját, és végigsétált a folyosón. Alice nővér már várta.

„Ribby, várj, valamit el kell mondanom neked."

Ribby nem akarta hallani a hírt. Tovább sétált. Ha nem tudta volna, akkor nem lenne igaz.

Alice nővér elkapta Ribby karját. „Ribby, Mikey-nak nagy fájdalmai voltak, és most már békében van."

Ribby sikítani akart. Tovább sétált, és elhagyta az épületet. Odakint elengedte a léggömböt, majd addig nézte, amíg nem látta, sem többet.

Nem sírt.

FEJEZET 5

Ribby annyira izgatott volt, amikor egy telefonfülkéből felhívta az ingatlanügynököt, és megtudta, hogy a lakás az övé. Bő egy hét múlva már be is költözhetett. Bőven volt ideje megvenni néhány szükséges dolgot, és kitalálni, hogyan fog távol maradni Marthától.

Miért nem használ engem? Végül is barátok vagyunk, nem igaz?

Hogy érted ezt?

Néha olyan vastag vagy, mint egy tégla. Mondd meg az öreg csatabárdnak, hogy meglátogatsz egy barátodat, aki a városban lakik, és Angelának hívják.

Mi van, ha találkozni akar veled? Ráadásul nem tudok hazudni, a bőrszínem elárulna.

Nem hazudsz. Velem fogod tölteni az időt. Tökéletes alibid van— ÉN!

Aznap este a vacsoránál Ribby szóba hozta a témát. „Szeretnék péntek este elmenni a barátnőmmel, Angelával."

„Tényleg?!" Martha megdöbbenéssel a hangjában mondta. „Van barátnőd?"

„Ugyanazokat a könyveket olvassuk, és jól kijövünk egymással."

„Lányom, légy óvatos ezzel az új barátoddal. Vigyázz, nehogy kihasználjon, mert nagyon naiv vagy a világi dolgokkal kapcsolatban."

„Nem lesz semmi bajom, anya. Megnézünk egy filmet és megiszunk egy kávét."

A napok gyorsabban teltek, most, hogy az élete kikerült a megszokott kerékvágásból, és hamarosan péntek volt.

„Jobb, ha indulok. A mozi előtt találkozunk."

„Mielőtt elmész, tudnál adni szegény öreg anyukádnak néhány dollárt, hogy pótolja az üveg Jack Daniels-t?"

Ribby habozott. Ha nem adna pénzt az anyjának, lehet, hogy nem jutna ki a házból. Át kellett adnia a pénzt, és így is tett.

„El fogok késni, anya; nincs értelme megvárni engem".

„Érezd jól magad" - mondta Martha, miközben a melltartójába gyömöszölte a pénzt.

Az ösvényen sétálva Ribby többször mély levegőt vett. Nem tudta elhinni. Péntek este, és ő moziba megy a városba.

Ne feledkezz meg rólam!

Hogy is tehettem volna? Nélküled még mindig ott állnék az előszobában!

Jól tetted, Ribby, hogy odaadtad neki a pénzt ma este. De többet nem. Szükségünk lesz minden loonie-ra!

A film alatt Angela folyton kuncogott a szerelmes részeken.

Ez annyira unalmas! Ez annyira irreális. Menjünk innen.

Ez romantikus. Adj neki egy esélyt.

Ribby egy darab csokoládét tömött a szájába.

Bárcsak dohányozhatnánk itt.

Shhhh.

A film után Ribby túl bosszúsnak érezte magát ahhoz, hogy kávét igyon, és hazafelé indult.

Mit fogsz mondani, ha hazaérünk, ha tudod, ki van fent?

Nem lesz ébren. A Jack Daniels után már nem lesz ébren.

Reggel aztán mondhatod neki, hogy szombat este az új barátnődnél, Angelánál alszol. Vasárnap este visszajössz. Megértetted?

Tudná, hogy hazudok. Mindig tudja.

Lehet, hogy tudja, de az még azelőtt volt, hogy saját lakásod lett volna. Kettős élet. Mielőtt én is itt voltam neked. Különben is, ez csak formalitás. Nálam laksz, és én a barátod vagyok. Szóval... tényleg az igazat mondod.

Ha így mondod, akkor elég jól hangzik.

Igen, most gyújts rá egy cigarettára, és induljunk vissza.

FEJEZET 6

Eljött a beköltözés napja, és Ribby készen állt az indulásra. Lábujjhegyen lépkedett lefelé a lépcsőn, remélve, hogy észrevétlenül elosonhat. Ez nem tartott sokáig, mert Martha már a konyhában várta.

„Egy csésze kávét?"

„Köszönöm, anya" - mondta Ribby, miközben leült, és az órájára pillantott.

Martha szürcsölése és a hűtőszekrény zümmögése volt az egyetlen hang, ami hallatszott.

„Angela és én hihetetlenül jól éreztük magunkat múlt péntek este, anya, és megkért, hogy maradjak nála a hétvégén. Szeretnék elmenni."

Martha beledugta az orrát a csészéjébe. Egyik kezével az asztalterítőt ujjazta, míg a másikkal Scampet simogatta az asztal alatt.

Az anyja hallgatása nyugtalanító volt. Ritkán volt ilyen csendes. Ribby bűntudatot érzett, és remegett a keze, miközben belekortyolt az italába. Azon tűnődött, vajon az anyja tudja-e?

Ribby arra gondolt, hogy mondjon valamit, a csend szörnyű volt, de félt megtenni. Befejezte a kávéját, felállt, és kiöblítette a csészét. Betette az állványra száradni.

„Örülök, hogy van egy barátod, és remélem, jól érzed magad."

„Köszönöm, anya" - mondta Ribby, miközben felszaladt az emeletre a táskájáért, és kiment. Felszállt a buszra, és tisztán átért a városon, mielőtt a futárok odaértek volna.

„Gyere fel!" - szólt bele a kaputelefonba. A férfiak bevagonírozták a szerény bútorokat és egyéb tárgyakat, amelyeket ebédidőben halmozott fel. Miután elmentek, otthonosan érezte magát, és az erkélyről hallgatta a hullámokat.

Délben Ribby sétált egyet a vízparton. Útközben több bárt és szórakozóhelyet vett észre. Eddig még soha nem járt egyikben sem, mert egyedül menni nem tűnt érdekesnek, de most más volt a helyzet. Később még visszatért.

Angelával a világon már nem érezte magát olyan egyedül.

***

Később aznap este Ribby a járdán várakozott a szórakozóhely előtt.

Hagyd abba a járkálást, Ribby. Tízig számolok, aztán bemegyünk. Rendben, menjünk! Kész vagy sem, jövünk!

Megijedtem.

Gyerekjáték, Ribby, gyerekjáték! Gyertek utánam!

Mintha lenne más választásom.

A lépcső keskeny és gyengén megvilágított volt. Ribby bokája billegett új, magas sarkú cipőjében, ahogy lefelé haladt. Amikor befordult a sarkon a bár területére, a stroboszkópfények villogtak és lüktettek a zenével együtt.

Hagyd abba a cipő miatt való nyűglődést! Vár a Paradicsom! Erre! Leülök erre a zsámolyra, hogy megnézhessem az eseményeket. Arról nem is beszélve, hogy ők is megnézhetnek minket!

Nem is tudom. Nem fogunk kétségbeesettnek tűnni?

Nem kétségbeesettnek, hanem elérhetőnek. Nézd ezt a helyet, Rib. Tele van nevetéssel, zenével; fantasztikusan fogjuk érezni magunkat. Miért nem hívsz meg minket egy italra?

Mit kérjek? Még sosem rendeltem italt.

Lássuk csak, Angela átnézte az itallapot. *Ezek közül az egyik jó lenne. Igen, rendeljen egy vodka-tonikot, de csak egy nagyot!*

Ribby megköszörülte a torkát, remélve, hogy felhívja magára a csapos figyelmét. A férfi éppen egy férfival beszélgetett a pult másik végében. Köhögött, de a hangos zene és a villódzó fények mellett nem gondolta, hogy valaha is észreveszik.

Mindent *nekem kell csinálnom?* Angela felnyögött. "*Elnézést,*pultos úr; kaphatnék egy nagy V&T-t, ha van egy perce, kérem?"

A csapos Ribbyre nézett, és elmosolyodott. „Hogyne."

Végigment a pulton, és Ribby irányába pillantott, miközben az italt kevergette. „Nem tűnsz ismerősnek. Idevalósi vagy?"

„A hétvégén költöztem ide. Gondoltam, megnézem, mi a helyzet" - mondta Angela.

„Üdvözlöm a környéken. Ez pedig a házon van. Én vagyok a fogadóbizottság" - mondta a csapos egy kacsintással.

Angela Ribby szemhéjával csettintett rá. Előrehajolt, mintha a fülébe akart volna súgni valamit. A mellei előrebuktak a ruhában, így a csapos teljes rálátást kapott Ribby dekoltázsára. „Köszönöm szépen - mondta Angela. „Mindig is szerettem volna találkozni a fogadóbizottsággal."

„Most már megteheted, élőben. Az én nevem Jake, és a tiéd?"

„Angela vagyok, örülök, hogy megismerhetem."

„Ha bármire szüksége van, csak fütyüljön. Ugye tudsz fütyülni?"

„Ahogy a nagyszerű színésznő, Lauren Bacall mondta egyszer, csak össze kell húzni az ajkaidat és fújni." Jake felnevetett, és Angela halkan füttyentett egyet.

Ez a megjegyzés meglepte Ribbyt, hiszen ő sosem sajátította el a fütyülés művészetét. Arról nem is beszélve, hogy soha nem látta Lauren Bacall egyetlen filmjét sem.

Jake végigvonult a pulton, és kiszolgált egy másik vendéget, aki a szóváltást figyelte.

„Jake, öregem - mondta a férfi közelebb lépve. „Mit szólnál egy sörhöz?"

„Nigel. Haver. Hetek óta nem láttalak. Hogy a fenébe vagy? Azt hittem, elköltöztél."

„Én? Elköltöztem? Hova máshova költözhetnél, miután életed nagy részében a tengerpart közelében éltél? Sehol máshol nincs ehhez fogható! Egy fadobozban kellene kivinniük" - mondta Nigel nevetve, miközben Jake töltötte a sört.

„Mit csináltál eddig?"

„Munka, munka, munka, elég volt - mondta Nigel. Közelebb intett Jake-nek, és odasúgta: „Ki a csaj? Te mész vele, vagy én is mehetek vele?"

„Ő új. Ma költözött ide. A neve Angela. Nagyszerű mellei vannak, és a humorérzéke sem rossz."

Látod, kedvel minket!

Még csak nem is ismer minket.

De meg akar ismerni.

„Elnézést, Jake - mondta Angela. „Egy nagy Martinit szeretnék rendelni, rázva, nem keverve. Legyen dupla."

„Egy dupla Martini, máris" - mondta Jake.

„Szóval James Bond-rajongó vagy, ugye?" Kérdezte Jake, miközben a Martini-t a lány elé tette.

Angela játszadozott az olívabogyóval, megforgatva azt a pohárban, majd az egészet visszaütötte.

Ribby megborzongott. Mint korábban, most sem látott egyetlen James Bond-filmet sem, és Ian Fleming egyetlen regényét sem olvasta. Azon tűnődött, honnan tudhat Angela olyan dolgokat, amiket ő nem tud.

Angela beszélt. „Sean Connery alakítása volt a kedvenc Bondom. Le kellett volna állítaniuk a filmek forgatását, miután ő kilépett." A poharát a bárpult felé tolta: „Még egy dupla Martinit kérek, Jake."

„Hűha, ez elég erős cucc" - Jake szünetet tartott. „Biztos vagy benne, hogy még egy duplát bírsz, ilyen hamar?"

„Én vagyok a vendég, nem igaz, és te vagy a fogadóbizottság, szóval éreztesd velem, hogy szívesen látnak. Ígérem, hogy jó leszek" - mondta Angela.

Jake végignézett a pultnál ülő Nigelre. Tíz srác jött lefelé a lépcsőn, és Ribby-t bámulták. „Szeretnélek bemutatni egy barátomnak. Nigel, ő itt Angela.

Talán örülne egy kis társaságnak. Nigel jól ismeri a környéket, és jó fej. Kezeskedem érte."

„Nagyon örülök a találkozásnak" - mondta Nigel, miközben kezet nyújtott.

„Én is örülök a találkozásnak" - mondta Angela, miközben megmozdult, hogy elkerülje a zsibbadt feneket. Meghintette az olívabogyót a friss Martiniban, és beleszúrta. A szájába pattintotta, és a második italt is leöntötte a nyelőcsövén.

„Úgy hallom, új vagy a környéken?" Nigel megkérdezte, miközben figyelte, ahogy Angela szája sarkából egy aprócska martini szivárog ki.

Ribby felkapott egy szalvétát, és letörölte a folyadékot. Még mindig szörnyű íze volt. Mint ahogyan a körömlakklemosó ízét elképzelte. Hogyan élvezhetett Angela olyasmit, amit ő maga nem élvezett?

„Igen, béreltünk egy lakást. Gyönyörű itt" - mondta Angela.

„Mi?"

Ribby összerezzent.

Angela nevetett. „Mi, mint a királyi értelemben. Egyedül élek."

„Szeretnél táncolni?" Nigel megkérdezte.

Ribby még soha életében nem táncolt.

Angela megpróbált leszállni a zsámolyról. Elvesztette az egyensúlyát, és megbotlott.

Nigel megragadta a karját. „Hűha, jól vagy?"

„Jól vagyok" - mondta Angela. „Vagyis jól leszek, amint átmegyek a kislány szobájába. Van ötleted, hol lehet?"

„Ott van, a bárpult végén."

„Okie dokie", mondta Angela. Megragadta Nigelt a gallérjánál fogva, és belenézett a mélykék szemébe. „Ne mozdulj! Pár másodperc múlva visszajövök, és elfogadom az ajánlatodat egy táncra."

Ribby mély levegőt vett, miközben Nigel bólintott, és hátrált.

Angela végigtapogatta a ruháját.

A bódéba érve Ribby nekitámaszkodott a fémajtónak, amely hűvösnek érezte a hátát. Letépett egy csomó vécépapírt, és letakarta az ülőkét, mielőtt leült.

A szoba pörgött.

Azt hiszem, rosszul leszek.

Nem, nem leszünk rosszul, Rib. Még egy-két másodpercet ülünk itt. Aztán kimegyünk a mosdókagylóhoz, és lefröcsköljük az arcunkat egy kis vízzel. Rendbe fogunk jönni. Megígérem.

Néhány pillanattal később Angela odasétált Nigelhez. A férfi aggódónak tűnt. Nem volt jóképű, de nem is volt csúnya. Eléggé normálisnak tűnt. Fekete farmert, világoskék pólót és fekete csizmát viselt. Tetszett neki a kis szakálla.

„Akkor gyere- mondta Angela, megfogta Nigel kezét, és a táncparkettre vezette.

Lassú dal volt.

Ribby nem is tudta, hogyan kell tartani. A tenyere csöpögött az izzadságtól.

Nigel karnyújtásnyira tartotta őt.

„Közelebb - suttogta Angela, és a fenekét simogatva magához húzta.

Miközben Chris de Burgh a *Lady in Redet* dúdolta, Angela Nigel vállára hajtotta a fejét, és ellazult. Ribby is ellazult. Érezte, ahogy a férfi szíve az övéhez ver. Érezte a férfi leheletét a nyakán.

Angela haza akarta vinni a férfit.

Ribby nem.

***

A tánc után Angela megragadta Nigel kezét, és visszahúzta a bárpult felé. Leültek a székekre, térdeik összeértek. Nigel két ujját a csapos felé villantotta, és azt mondta: „Tequila".

Angela a füle mögé túrta a haját, és közel hajolt hozzá: „Le akarsz itatni?".

„Uh, nem. Ez nem az én stílusom."

Angela megérintette a térdét, amikor megérkeztek az italok.

Nigel visszadobta a felesét. „Uh, szóval, mivel foglalkozol? Mármint a megélhetésért. Úgy értem, azt hiszem, egy kicsit gyorsan haladunk."

Egyetértek!

Shhh Ribby. Menj vissza aludni. Aztán Nigelhez: "Egy kicsit ebből, egy kicsit abból." Visszadobta a tequilát, és a lime-ot a fogai közé dugta.

„Ah, egy titokzatos nő, mi?" A férfi felnevetett. „Hát, én a PR-szakmában dolgozom."

„Milyen izgalmas! Mindig ugyanannál a cégnél dolgoztál?"

„Igen. A tíz legnagyobb cég egyike egyenesen az egyetemről vett fel. Ha az ember a legjobbaknál kezd el dolgozni, csak lefelé vezet az út."

„Értem. Szóval, mit szeretsz csinálni? Mármint a PR-on és a bárokban való lógáson kívül."

„Általában nem szoktam bárokban lógni."

„Persze, persze", mondta Angela.

„Őszintén szólva" - mondta Nigel, és a kezével megsimogatta a térdét.

Ribby nyugtalannak érezte magát. Kezdett túlságosan ismerős lenni. El akart menni.

Angelának tetszett.

Nigel folytatta: - Ismerem Jake-et. Évek óta ismerjük egymást, ezért néha-néha idejövök a Macskaszembe, hogy kiszabaduljak. Nem lehet állandóan a lakásban ülni, Netflixet nézni vagy Xbox-játékokkal játszani. Jobb kimozdulni. Emberekkel találkozni, és ez a környék annyira happening!"

„Az is, de most megölnék egy csésze kávét. Nincs kedved máshová menni, kevésbé zajos helyre, és meghívni egy lányt egy csésze kávéra? Visszahívnálak az enyémbe, de totál rendetlenség van, mióta csak ma költöztem be" - mondta Ribby.

Mondtam, hogy hagyd ezt rám. Húzzál innen!

„Van egy kis kávézó nem messze, aztán hazakísérlek. Ha neked nem gond, Angela?"

Egy csésze kávé, nekem megfelel.

Vegyél be egy nyugtatót.

Ribby és Nigel karonfogva sétáltak az Éjjeli Bagoly kávézóba, ahol cappuccinót rendeltek. Egészen hajnali egyig kötetlenül beszélgettek, amikor Ribby azt mondta, hogy haza akar menni.

„Olyan úriember vagy, hogy megkértél, kísérj haza. Örülök, hogy Jake bemutatott minket egymásnak."

Amikor megérkeztek Ribby lakására, Nigel megkérdezte: „Megkaphatom a telefonszámodat? Szeretnélek újra látni."

„Még nincs telefon" - mondta Angela, miközben a táskájában kotorászott a kulcsokért. Amikor visszanézett, Nigel egy csókra vetette magát. Amikor a férfi ajkai találkoztak Angela ajkaival, a nő visszacsókolt. A keze végigsimított a férfi vállán és mellkasán. Az övéi viszont felfedezték.

Amikor Ribby térdei kezdtek megroggyanni, a nő átvette a hatalmat. Túlságosan kifulladt ahhoz, hogy beszélni tudjon, a nő elhúzódott. „Jobb, ha bemegyek." Megérintette az ajkát. Még mindig bizsergett.

„Remélem, nem voltam túlságosan tolakodó. Úgy tűnt, tetszett."

„Igen" - mondta Angela.

„Mennem kell" - mondta Ribby. „Hosszú napom volt, a költözéssel meg mindennel." Kinyitotta az ajtót, és bement.

Nigel követte őt a nyitott lifthez. „Mikor látlak újra?"

Ahogy a lift záródni kezdett, Angela átvette a szót. „Jövő szombaton, ugyanabban a denevéridőben, ugyanabban a denevércsatornán."

Amikor az ajtók bezárultak, Ribby ismét megérintette az ajkát. Ez volt az első csókja, és nagyon tetszett neki.

Angela többet akart. A csókjától forró, lázas lett.

Kinyitotta az erkély ajtaját. Nigel ott állt lent, és felnézett. Intett neki.

„Jó éjt, Nigel - mondta Ribby.

„Jó éjt, Angela - mondta Nigel.

Tudod, fel is hívhattuk volna.

Csak most találkoztam vele, és semmit sem tudok róla. Különben is, a fejem és a gyomrom furcsán érzi magát.

Teljesen ártalmatlan.

Ha ez igaz, akkor vissza fog jönni.

Ribby visszatért befelé. Becsukta és bezárta az erkélyajtót. Bement a fürdőszobába, és jó ideig bámulta magát a tükörben, arra számítva, hogy ott Angelát látja. Nem találta nyomát.

Egy forró zuhany után Ribby ágyba bukott. Becsukta a hálószobája ajtaját, mint otthon. Aztán eszébe jutott, hogy erre már nincs szüksége. Felállt, szélesre tárta, majd visszapottyant az ágyba. Flanel hálóingét vette fel, mert az éjszakai levegő megfázott tőle. Amint visszadőlt a párnára, a szoba forogni kezdett. A mennyezet volt a padló, és a padló volt a mennyezet. Amikor lehunyta a szemét, a gyomra a torka felé emelkedett. Úgy kapaszkodott az ágy szélébe, mintha egy mentőcsónakon sodródott volna, amíg nem bírta tovább a pörgést. Berohant a fürdőszobába, és elhányta magát. Ribby összebarátkozott azzal a porcelándarabbal, úgy térdelt előtte, mintha isten lenne.

Amikor kiürült a gyomra, visszabotorkált az ágyba, és megpróbált aludni. A szoba már nem forgott. Nem érezte jól magát a hangtól a fejében. Úgy tűnt, Angela tudott dolgokat. Hogy tapasztalt dolgokat. Mást, mint amit ő maga tapasztalt. Hogyan volt ez lehetséges? Miért rendelt annyi Martinit?

A Martinik és tequilák ivásának gondolatától Ribby gyomra összeszorult. Ezúttal a száraz hányás volt az oka; már nem volt mit felajánlania a porcelánistennek.

Az isten lábainál aludt, homlokát a hűvös porcelánhoz szorítva.

FEJEZET 7

Ribby kinyitotta a szemét. A fürdőszobában volt, a padlón. Felemelte magát, a vécécsészét használta horgonyként. Bizonytalanul letette a fedelet, és leült rá. Megnyitotta a csapot a mellette lévő mosdókagylóban, néhány másodpercig hagyta folyni a vizet, majd töltött egy poharat, és ivott egy kortyot. A keze remegett, ahogy a víz lecsorgott a gyomrába.

Amikor Ribby fel tudott állni, belekapaszkodott a mosogatóba, megnézte a tükörképét, és megfogadta, hogy soha többé nem iszik alkoholt.

Milyen könnyűvérű.

Ribby lezuhanyzott, felöltözött, és elment sétálni, hogy kiszellőztesse a fejét. Megállt egy kávézóban, és rendelt egy erős kávét. Miközben kortyolgatta, úgy döntött, hogy készen áll hazamenni, és felszállt a buszra.

Vagyis Márta otthonába.

Tényleg megtörtént a tegnapi nap? Olyan volt, mint egy álom.

A hányós rész inkább rémálom volt!

Nigel csókja álomszerű volt.

Az első csókom jobb volt, mint a palacsinta vajjal és sziruppal.

Pszt, megéheztetsz.

Ribby leszállt a buszról, és hazafelé tartott Amikor befordult a sarkon, ott ült Martha, hálóingben, délután négykor, és egy üveg sörből kortyolt.

„Hogy van a lányom?" Kérdezte Martha.

„Nagyon jól éreztük magunkat, anya. Angela rengeteget mókázik. Meghívott, hogy jövő hétvégén is maradjak nála."

„Jó. Mindenki azt mondja, hogy túl komoly vagy. Szükséged van egy korodbeli barátra, akivel szórakozhatsz."

„Ki az a mindenki, anya?"

Martha felállt. Kicsit megbotlott, amikor Ribby hátrált. A sör illata a mosdatlan testtel kombinálva arra késztette, hogy felületes lélegzetet vegyen.

„Nem számít. Szerintem neked is szükséged van egy férfi társaságára."

„Tegnap este találkoztam egy Nigel nevűvel. Ő kísért vissza Angela lakására, és…"

„Egy éjszaka távol vagy otthonról, és egy férfi hazakísér! Úgy hangzik, mintha jobban az én csajom lennél, mint gondoltam!"

„Semmi sem történt."

„Ezúttal nem, lányom, de az én vérem folyik az ereidben, és az idő be fogja bizonyítani, hogy igaz, amit mondok. Ha egyszer a kezedbe kerül egy férfi, ha egyszer elkezd megérinteni téged olyan helyeken, ó, azokon a helyeken, akkor életre kelsz. Elvisz oda, ahová sosem gondoltad volna, hogy a tested eljuthat. Bármelyik férfi képes erre, lányom, akár szereted őt, akár nem. Bármelyik férfi képes rá. Bármelyik férfi, aki tudja, megtaníthat téged."

„Ezt nem akarom hallani" - mondta Ribby, és felsietett a lépcsőn a szobájába. Becsapta az ajtót, és bezárta. Lefuttatta a fürdőt, bőven tett bele buborékokat, és kiválasztott egy könyvet az éjjeliszekrényéről. Órákig áztatta magát, és próbált nem gondolni arra, hogy Nigel mit taníthatna neki.

FEJEZET 8

Hétfő reggel, vissza a munkába. A szokásos ügyfélsor. Ribby kiszolgálja őket, a főkönyvtáros nem vesz tudomást róla. Később Ribby a második emeleten a könyveket visszatette a polcokra. Kinézett az ablakon, hátha történik valami érdekes, de nem történt semmi. Amíg nem volt. Egy feszített limuzin az utca túloldalán. Egy sapkás sofőr szállt ki, és kinyitotta az ajtót. Ribby figyelte, ahogy egy pár hosszú lábú, feltűnően magas magassarkú cipőben egy szőke nőhöz erősítve kiszáll. A sofőr becsukta az ajtót, és a nő elsétált a könyvtárral ellentétes irányba.

Szeretnék másképp kinézni.

Én is. Mire gondoltál?

A hajunkat, megváltoztathatnánk. Megfesthetnénk. A szőkék jobban szórakoznak.

Talán egy parókát helyette? Kevésbé tartós.

Jól hangzik. Alig várom!

Amikor a könyvek visszakerültek a helyükre, Ribby visszatért az asztalához. Keresett egy parókaboltot a közelben. A Paróka-R-Us néhány háztömbnyire volt. Ránézett az órára, mindjárt ebédidő volt. Könnyedén meg tudta tenni az oda- és visszautat. Az üzlet előtt megnézte a kirakatban kiállított parókákat.

Ez tetszik nekem. És ez is.

Tényleg? Ilyen rövidet szeretnél?

Igen, határozottan rövidebbet.

Megszólalt a csengő, amikor belépett az üzletbe. Feltűnően csend volt, csendesebb, mint a könyvtárban.

„Halló?" Ribby szólalt meg.

Egy nő ugrott elő a pult mögül, kinyújtott kézzel: - Üdvözlöm a boltomban. Miben segíthetek ma?" A nő még állva is sokkal alacsonyabb volt Ribbynél.

Ribby szólásra nyitotta a száját, de mielőtt bármit is mondott volna, a nő újra megszólalt.

„Ha le szeretne ülni ide, akkor odavihetem a parókákat. Csak mutasson rá, melyiket szeretné felpróbálni. Rád igazítom a parókát, aztán voilá, megnézheted a tükörben az új énedet."

A nő Ribby hátára tette a kezét, és a székhez vezette. Ribby leült, miközben a nő egyre lejjebb és lejjebb kurblizta a széket. Ribby még lejjebb görnyedt, hogy alkalmazkodni tudjon.

„Mit csinálsz?" - kérdezte a nő, miközben végigsimított Ribby haján. „Úgy értem, miből élsz? Tényleg olyan parókát akarsz, ami illik az életmódodhoz. Egyébként gyönyörű a haja."

„Uh, köszönöm. A könyvtárban dolgozom. Szeretnék egy szőke parókát. Rövidet, mint amilyen a kirakatban van. Tessék."

„Ó, ez egy érdekes választás. Ez a legnépszerűbb szőke parókánk. Ismered a mondást, a szőkéknek több a szórakozás."

A nőnek volt egy doboza a pult mögött, tele pontosan olyan parókákkal, mint a kirakatban lévő. Odahozta, és elkezdte felkötözni Ribby valódi haját.

„Meggondoltam magam - mondta Angela. Felfelé mutatott: „Azt szeretném felpróbálni".

Mi az? Mit csinálsz?

A másik is közönséges. Én valami különlegeset akarok.

Ez így is jó.

A paróka frufruja a homlokán átfésült, és hátul be volt hajtva. Vállhosszú volt, és elég merevnek tűnt.

Egyértelműen nem.

Egyetértek.

Mi a helyzet azzal?

Feltűnően rövid volt, a bal oldalon egy résszel, de az lépcsőzetes volt. A frufru tollas volt, a frizura végig rétegzett, és a haj éppen a fülcimpák alatt végződött. Abban a pillanatban, ahogy a nő felvette, Ribby és Angela is imádta. Teljesen ellentétben állt Ribby mindennapi megjelenésével.

El sem hiszem, gyönyörűen nézek ki.

Hát persze, hogy jól nézel ki, Angela.

„Tökéletes! Csomagold be!" Mondta Ribby. „Vissza kell mennem dolgozni."

Már csak néhány új ruha hiányzik!

Ribby a délután folyamán a számítógépen dolgozott. E-maileket küldött az első bűnöző pártfogoltaknak, akik késve vitték vissza a könyveiket. A visszaesőknek telefonhívást kellett kezdeményezniük.

Munka után elmentek a bevásárlóközpontba, és vásároltak néhány dolgot. Későre járt, így Ribby-nek el kellett fognia egy Ubert, hogy időben odaérjen a kórházba.

Belevetette magát a gyerekek szórakoztatásába. Mikey hiánya még mindig ott lógott a levegőben, ennek ellenére a gyerekeknek sikerült mosolyogniuk, sőt még nevetniük is egy kicsit.

Hazafelé menet a buszon a szél elkapta Ribby kabátját, és meglökte.

Miért nem megyünk az igazi otthonunkba?

Még csak hétfő van, nem akarjuk, hogy anya gyanút fogjon.

Oké, akkor én is részt veszek ebben a színjátékban.

Shhh.

Ribby elfordította a kilincset, és kinyitotta Martha házának bejárati ajtaját.

Egy férfihang nevetésben tört ki.

Ribby néhány pillanatig hallgatózott, és hallotta, hogy evőeszközök csattognak a tányérokhoz. A gyomra korgott. Egész nap nem evett semmit.

A konyhában John MacGraw a félig üres táljába mártotta a kenyerét. Martha pörköltet kanalazott Scamp táljába, és ő felnyalábolta.

Amikor belépett a konyhába, Ribby ránézett Marthára, aki mosolygott. Amikor John a közelében volt, Martha néha más embernek tűnt. Az összes férfi közül, akit az anyja hazahozott, John volt a legrendesebb. A legjobbat hozta ki az anyjából, aki mintha azt akarta volna, hogy a férfi azt higgye, közel állnak egymáshoz.

„Szia, anya. Neked is jó napot, John."

„Csatlakozz hozzánk" - nyávogta Martha, és megpaskolta a hozzá legközelebbi szék ülőkéjét. Mielőtt Ribby leülhetett volna, Martha felugrott. „Várj! Előbb mutatni akarok neked valamit. Ez egy ajándék Johntól."

„Ez várhat vacsora utánig" - mondta John, határozott hangon biztatva mindkettőjüket, hogy üljenek le.

„Az biztos, hogy jó illata van" - mondta Ribby, amikor Martha megfogta a kezét, és kihúzta a konyhából.

„Ta-dah!" Mondta Martha. Ez egy új hordozható telefon volt, nagyon hosszú hosszabbítóval.

„Hűha, ez fantasztikus."

„Az biztos, most pedig menjünk vissza a konyhába. Nem akarjuk megvárakoztatni Johnt."

„Anyukád remekül főz" - mondta John, amint leültek.

„Köszönöm, a telefont."

„Ne aggódj, épp ideje volt már, hogy legyen itt egy. Így könnyebben tudok kapcsolatba lépni veled" - mondta John.

Martha még egy kis pörköltet tálalt John tányérjába. „Nem vagyok benne biztos, hogy említettem-e már neked, John. Ribby a hétfő estéit azzal tölti, hogy beteg gyerekeket szórakoztat a kórházban". Kanalazott még egy keveset Ribby táljába. „Milyen volt ma Mikey?" A választ meg sem várva: „Mikey Ribby kedvence, ő..."

Ribby könnyekben tört ki. Korábban még nem sírt Mikey miatt. Most nem tudta abbahagyni. A könnyek csak folytak, csurogtak le az arcán, bele a tál pörköltbe.

„Térj magadhoz, kislány - mondta Martha emelt hangon. Johnra pillantott, hátha észreveszi. Megelégedve azzal, hogy nem vette észre, megveregette Ribby kezét, és nyávogott. „Mi a baj? Mi itt vagyunk társaságban, te meg itt bőgsz, mint egy kisbaba. Szedd össze magad!" Egy szöget nyomott Ribby kézfejébe, és azt suttogta: „Zavarba hozod Johnt".

„Jaj" - mondta Ribby, elhúzta a kezét, és folytatta a zokogást.

„Ne aggódj miattam" - mondta John. „Egy jó sírás még senkinek sem ártott. Ez a te otthonod, Ribby, és sírhatsz, ha akarsz."

Ribby nevetni kezdett. Nem kuncogni, hanem nevetni. A fejében egy dallam szólt: *Ez az én otthonom, és sírhatok, ha akarok, sírhatok, ha akarok, sírhatok, ha akarok.* „Mikey meghalt."

FEJEZET 9

„Angela meghívott az egész hétvégére - mondta Ribby másnap reggel a reggelinél.

„Ez jó időzítés, Ribby, jó időzítés. John és én együtt töltjük a hétvégét. Terveink vannak."

Ribby megkönnyebbülten felsóhajtott.

„Érezzétek jól magatokat, és..." Megragadta Ribby csuklóját. „Szeretném elmondani, mennyire sajnáljuk Johnnal, hogy tegnap este hallottunk a kis Mikey-ról. Nem akarom, hogy megint elkomorulj, de büszke vagyok rád. Remélem, jól fogjátok érezni magatokat a hétvégén. Megérdemled."

Ribby, az anyja kedves szavaitól megdöbbenve a nyakába borította a karját.

„Hát akkor - mondta, megveregetve lánya hátát.

Elváltak, és Ribby elindult a buszmegálló felé. A napja egyre kevésbé hasonlított a mormota napjára.

Micsoda baromság. Hogy ölelhette meg mindazok után, amit mondott és tett magával? Hogy tehetted? Beleborzongtam.

Őszinte volt.

Annyira naiv vagy!

Az új parókát és a sötét napszemüveget viselve Angela elhatározta, hogy bevásárlókörútra indul.

De nem engedhetjük meg magunknak.

Erre való a hitel.

Még mindig vissza kell fizetnem.

Nyugi, minden rendben lesz.

Angela felpróbálta a legkevésbé sem Ribby-szerű ruhákat, és kimerítette a hitelkártyáját.

Őszintén, nincs több költekezés.

Oké, oké, de nem nézünk ki mesésen?!

Ribby bevallotta, hogy már nem ismerte fel magát.

Ott vagy! Te vagy az ablak, én pedig a keret.

Fejek fordultak el, ahogy végigsétált a sétányon. Macskaszólamok és füttyögések hallatszottak.

Beugrott egy másik, a vízparthoz közelebbi szórakozóhelyre. A kidobó ellenőrizte Ribby igazolványát, és kétszer is megnézte a képet.

„Biztos, hogy ez maga?" - érdeklődött.

„Persze, hogy én vagyok" - válaszolta Ribby. „Ez egy paróka."

„Elnézést, nem akartam megsérteni. Itt egy kupon egy ingyen italra.”

„Köszönöm.”

Nem tetszett, ahogy az a fickó ránk nézett.

Igen, olyan volt, mintha röntgenlátása lenne, és átlátna a ruhánkon.

Micsoda görény.

Vegyük meg az ingyen italt, aztán irány a Macskaszem.

⁂

Valamivel később megérkezett a Macskaszembe, és észrevette Nigelt, aki egyedül ült.

Nem hiszem, hogy felismert volna minket.

Miért is ismerné? Sötét szemüveget és szőke parókát viselünk.

Angela egy Martinit rendelt.

Ribby gyomra már az alkohol puszta gondolatától is émelygett.

Nigel odapillantott Angelára. Az egy kacsintással nyugtázta, majd visszadobta a Martinit. Rendelt még egyet.

„Szeretnél táncolni?" - kérdezte a férfi.

Nigel átkarolta Angela derekát, és magához szorította. Belenézett Angela sötét napszemüvegébe.

Angela a kezét Nigel jobb fenekére csúsztatta. Hátra- és előrefelé ringatta a férfit magához. Ketten forgolódtak a sötétben a lüktető diszkóhangra. Mielőtt a dal véget ért volna, csókolóztak. Elfelejtették, hogy nyilvános helyen vannak. Nigel megfogta a lány kezét, és kivezette a klubból.

Nem voltak szavak, mert a köztük lévő szenvedély túl nagy volt. Néhány lépést sétáltak, majd Angela a kőfalhoz szorította a férfit, és még egyszer megcsókolta.

Tovább sétáltak, elhaladtak a 7-11-es mellett. Egymásba kapaszkodva, csókolózva, Angela rúzsa a férfi gallérján és az arcán végigfolyt. Mindketten úgy néztek ki, mintha harcban álltak volna.

Amikor Ribby lakására értek, Nigel rájött, hogy ki az az Angela. Megfogta a kezét, és felvezette az emeletre.

„Ööö, várj egy percet - mondta Nigel. „Ez valami játék?"

„Persze, hogy nem" - mondta Angela, kigombolta az inge gombjait, és végigcsókolt a mellkasán. „Gyere."

„Nem tudom, mi van veled" - mondta Nigel. „I..."

„Ó, fogd már be! Pedig azt mondják, a nők túl sokat beszélnek!" - mondta, miközben letépték egymás ruháit, és az ágyra zuhantak.

Utána Nigel összeszedte a ruháit, és kisurrant, mielőtt Angela felébredt volna.

Ribby nem emlékezett arra, hogy elhagyta volna a szórakozóhelyet.

Angela minden egyes részletre emlékezett.

FEJEZET 10

Ribby Balustrade gyermekkora nem volt boldog. Magányos egyke volt, akinek jót tett volna egy kétszülős háztartás. Mivel apját sosem ismerte, kénytelen volt elképzelni őt. Úgy látta őt, mint Atticus Finch *A feketerigó megölése* és Gregory Peck valós személyiségének kereszteződését.

Amikor Ribby az apjáról kérdezte, Martha témát váltott.

Ribby visszatért a „*Megölni a feketerigót*" olvasásához . „Soha nem értesz meg igazán egy embert, amíg nem az ő szemszögéből nézed a dolgokat... amíg nem mászol bele a bőrébe, és nem járkálsz benne."

Miután számos kérdést tett fel az apjáról, és nem kapott válaszokat, Ribby kigondolt egy tervet. Felmászik az anyja által „No-Go-Zone"-*nak*nevezett *padlásra*, és nyomoz, mint Nancy Drew. Sajnos ott fent csak faltól falig terjedő csúszómászókat, főleg pókokat fedezett fel. Ráadásul a régi, poros és dohos, elfelejtett, dobozos tárgyak beteges bűzét, amelyeknek semmi közük az apjához.

Visszalopódzott, és hallotta, hogy az anyja cipője kattog a verandán. Rájött, hogy elfelejtette becsukni a padlásajtót, Ribby pánikba esett. Visszatolta a létrát az eredeti helyére, azt tervezte, hogy később megjavítja. Remélte, hogy az anyja nem veszi észre.

Amikor leültek vacsorázni, Ribby újra és újra azért imádkozott, hogy az anyja ne vegye észre. Azt mondta Istennek, hogy soha életében nem fog rosszat mondani vagy tenni. Megfogadta, hogy lemond kedvenc játékáról, egy Anna nevű szőke, szőke hajú babáról.

Márta felakasztotta a kabátját, majd egyenesen a konyhába ment. Leült. Ribby felforralta a vízforralót, és felszolgált az anyjának egy csésze kávét. Martha belekortyolt, vigyázva, hogy el ne maszatolja a szájfényét.

Ribby megfigyelte ezt az árnyalatot. A szájfény megőrzése azt jelentette, hogy Martha megint elmegy. Megköszönte Istennek, hogy meghallgatta, és a pulzusa lelassult.

„Szóval, mit csináltál ma?" Martha megkérdezte. „Befejezted a házi feladatot?"

„Majdnem, mama, majdnem" - válaszolta Ribby előre hajolva, hogy feltöltse anyja kávéscsészéjét.

„Apropó, mit csináltál fent a No-Go-Zone-ban, kislányom?" Martha megkérdezte, miközben nyugtatta Ribby remegő kezét, miközben töltött.

Ribby nem vette fel a szemkontaktust az anyjával. Néhány másodperccel később a vizelet végigfröccsent a lábán, a cipőjére, a padlóra, és sírni kezdett.

„A fenébe is, Ribby. Most nézd meg, mit csináltál! Összepisilted a padlómat. Hozd a felmosót, és takarítsd fel! Ne törődj a rendrakással, takarítsd fel! Mit csináljon egy anya a lányával, aki hazudik? Mit kezdjen egy anya egy olyan lányával, aki összepisili a szép tiszta padlóját?"

Ribby kétségbeesetten felmosta. Az előre-hátra csobogás időt adott neki a gondolkodásra. A vizelet hideg érzése a bőrén megborzongatta. Amikor a padló ismét makulátlan volt, Ribby visszatette a felmosórongyot a helyére, és elindult felfelé, hogy átöltözzön.

„Ne olyan gyorsan, kislányom - mondta Martha, a hajánál fogva megragadta a lányát, és a létrához vonszolta. „Nem hagyhatjuk nyitva egész éjszakára, ugye? Tudod, a csúszómászók. Most pedig felfelé" - mondta Martha, miközben felfelé lökte a lányát.

Ribby csapkodott a karjával. Félt felmenni. Félt, hogy leesik.

Amikor felért a csúcsra, Martha felnevetett. „Tulajdonképpen, ha már ennyire szeretsz ott fent lenni, ott kellene töltened az éjszakát. Menj be, kislányom." Márta felmászott mögötte a létrán. „Gondolj bele, mit jelent a No-Go-Zone" - huhogta Martha, miközben becsukta a csapóajtót. A létra megingott Martha súlya alatt. Amikor a magas sarkú cipője megérintette a padlót, elkattant, majd megállt. Ribby már sírt. „Felrakom a zárat, és lekapcsolom a villanyt. Figyelsz te rám?"

Ribby még hangosabban zokogott.

„Ha esetleg érdekelne, nem csak pókok vannak odafent. Kis szőrös patkányok is vannak!"

Ribby sikoltozva dörömbölt az ajtón, és könyörgött az anyjának, hogy engedje ki. Könyörgött. Megesküdött, hogy soha többé nem engedelmeskedik neki. Nem jött válasz.

Odakint becsapódott egy autó ajtaja. Martha és az egyik udvarlója elhajtott.

Valami szőrös dolog súrolta a lábát, és a lány futott, megbotlott, és beverte a fejét. Újra az anyját hívta. Még mindig nem válaszolt.

Amikor Márta visszatért, azt mondta: - Ne menj fel oda többet. Úgy értem, soha."

„Igen, mama" - mondta Ribby, és soha többé nem ment oda.

A padláson rekedt emléke. A megaláztatás, hogy bepisilt a nadrágjába. Az összes bűntudat és szégyenérzet bosszúállóan tért vissza. Ugyanaz a traumatikus emlék. Ribbyt arra kényszerítette, hogy újra és újra átélje.

Az anyád egy totális és teljes SZARVAS.

Jót akart. Megtanulta a leckét.

Az én lábam is jót akar, és feldugnám neki, ha még egyszer ilyesmivel próbálkozna.

Örülök, hogy most már a sarkamban vagy.

Már nem lepte meg és nem sokkolta Ribbyt, amit Angela tudott.

És ezt soha ne felejtsd el!

FEJEZET 11

Angelát teljesen összezavarta Ribby hűsége Martha iránt. Gyötrelmes volt Ribby fejében élni Martha kegyetlenségének első kézből származó beszámolójával.

Angela a belső párbeszéd erejét használta, hogy segítsen Ribby-nek szembenézni a múlttal. Arra bátorította Ribbyt, hogy szorítsa ökölbe szorított kezét. Ez a pillanatban összpontosította az energiáját. A cselekvés eleinte működött, még akkor is, amikor Ribby rosszat álmodott vagy visszatekintett.

Később Angela megpróbálta összegyűjteni a rossz emlékeket, és visszaszorítani őket. Távol. Olyan messzire Ribby elméjébe, hogy már nem voltak elérhetők. Elméletben ez jó ötlet volt, a valóságban Angela nem tudta őket kizárni.

Az egyetlen kiút, úgy tűnt, a nyilvánvaló. Hogy Ribbyt egyszer és mindenkorra kivonja a helyzetből. Valahova, messzire, ahol Martha nem tudta volna kihasználni, vagy többé kárt tenni benne. Angela úgy gondolta, hogy tiszta szakításnak kell lennie. Várta a pillanatot, amikor az időzítés megfelelő lesz.

A jó dolgok azokkal történnek, akik várnak.

Egy újabb, Martha lakhelyén töltött hét után Angela boldog volt, hogy elindulhatott bulizni. Szőke parókát, sötét napszemüveget és egy piros, ujjatlan ruhát viselt. Új ruhájában erősnek, legyőzhetetlennek érezte magát. Elhatározta azt is, hogy semmi sem állhat a szórakozás útjába.

A szórakozóhely felé vezető úton egy csapat tizenéves fiú fütyült, és cicázott. Csak kamaszok voltak, de olyan fiúk, akiknek jobban kellett volna tudniuk.

Angela a hozzá legközelebb állót a pólója elejéhez húzta. „Ha még egyszer a közelembe jössz, **bármelyikőtök is**, letépem a golyóidat, és megetetem velük reggelire. Megértettétek?"

A fiúk elszaladtak.

Angela nevetett, végigsimította a ruhája elejét, és ellenőrizte, hogy nem tört-e le egy köröm. Rágyújtott egy cigarettára, és tovább sétált a parton, majd a kocsmába.

Vadul.

Hűha, mi a helyzet? Ez több volt, mint egy kis O.T.T.

A fiúkból férfiak lesznek. Meg kellene tanulniuk a tiszteletet.

Úgy futottak, mintha te lennél Bellatrix Lestrange!

Ebben a parókában nem!

A szórakozóhelyre érve Ribby odalépett a bárpulthoz, és rendelt egy italt. Vonakodva kortyolt bele. Angela átvette a helyét, és visszadobta a Martinit.

Rendelt még egyet, és ezzel megragadta a bejáratnál álló, nagyon fitt kidobóember tekintetét.

Várjunk még egy-két percet Nigelre.

Úgysem fog emlékezni ránk.

Ó, rám biztosan emlékezni fog.

Két martini később.

Menjünk, itt nem történik semmi.

Türelem, kedves barátom, türelem.

A kidobó a lépcsőn lefelé jövet elválasztotta a fiatalokat útban oda, ahol Ribby ült.

„Hogy vagy?" - kérdezte, és túlságosan is igyekezett szexi lenni.

„Nagyon jól, köszönöm - mondta Ribby.

Fogd be Rib— haddintézzem én ezt el. „Igazából ez a hely ma este Bores-ville."

„Igen, egy kicsit olyan itt, mint a Szezám utca, nem igaz?" - mondta a kidobó, mielőtt bemutatkozott volna: »Ed; Ed, a kidobó«.

„Angela vagyok."

„Örülök, hogy megismerhetlek, Angela" - mondta Ed, miközben megpróbált végignézni a lány ruhájának elejére. „Ööö, ha jól akarod érezni magad, maradj itt kettőig. Akkor végzek a munkával. Elmehetnénk valahova?"

„Uh, köszi az ajánlatot" - mondta Ribby - »de, nekünk kell....«.

„Fél három körül vissza tudok jönni" - mondta Angela. „Hol találkozzunk?"

Ed rendkívül konkrét volt a tengerpart eldugott helyét illetően.

Angela remélte, hogy olyan jó, mint amilyennek látszik.

****

Nem tudom elhinni, hogy randevúztál azzal a bunkóval. Mi abszolút és teljesen NEM megyünk.

Rib, ne aggódj emiatt. Nyugi. Aludj egyet. Majd később beavatlak. Most menj, kölyök, esti hálóinges este.

Fél háromkor Angela a parton várta. Fekete ruhát vett fel.

Ed, a kidobóember feltűnt, és a lány odaszólt neki. A férfi odabotorkált hozzá.

„Be vagy rúgva."

„Egy kicsit, de nem eléggé." A férfi a földre lökte a nőt, megtépte a ruháját, és ráesett.

„Nyugalom, fiú, nyugalom" - mondta Angela, és próbált uralkodni magán.

„Gyerünk, bébi. Megígértem, hogy megmutatom neked, milyen jó lesz." A férfi a szájára nyomta a száját.

„Jaj", mondta Angela, „ne olyan durván, bébi. Nem szeretem, ha durva."

De úgy tűnt, Edet ez nem érdekelte. A kezei téptek és téptek.

„Anyukád nem tanított neked jó modorra?" Mondta Angela, miközben szétterpesztett ujjakkal hátralökte a férfit. „Az olyan nők, mint én, azt akarják, hogy a férfi kedves legyen; gyengéd." A nő a férfi mellkasát dörömbölte.

A férfi hatalmas kezével megragadta a lány csuklóját, és átkarolta. „Vannak nők, akik igen, és vannak, akik nem." A férfi nevetett. „Már az első pillanattól fogva tudtam, hogy te vagy az. A bárpultnál ültél, a ruhád az égig érő magasságban. Szemezgetsz minden fickóval, aki bejön az ajtón. Kétségbeesetten vágytál rá. Alig vártam."

„Várj egy percet" - mondta Angela, és igyekezett kiszabadulni. „Tényleg akarlak, de nem itt. Szeretném, ha tudod, kicsit romantikusabb lenne az első alkalomhoz képest."

Ed megdermedt.

A nő folytatta. „Láttad már az *Innen az örökkévalóságig* című filmet Burt Lancasterrel és Deborah Kerrrel? Tudod, azt, ahol azt csinálják, ahogy jön a hullámzás?"

Közelebb hajolt hozzá. „Persze, az egy klasszikus." Lehajolt, és megcsókolta a lány nyakát. „Kevesebb beszéd, mi, bébi?"

„Gyere közelebb a vízhez, mint a filmben, érted, mire gondolok?" Angela suttogta. „Vigyél oda, azt akarom, hogy ott legyél."

Ed megállt. A lány ellökte magát, és felállt.

Belenyúlt a táskájába, majd elejtette, és a vízhez rohant. Átpillantott a válla fölött. A férfi figyelte őt.

A vízparton felemelte a ruhája szegélyét.

Ed letépte magáról az inget, és a lány irányába rohant, útközben ledobva a farmerját.

Amikor a férfi nekirontott, a nála lévő kulcs egyenesen a szemgödrébe fúródott. A férfi felsikoltott, majd jajgatott, amikor az ágyéka összeért a nő térdével. A nő összerezzent a zúgó hangtól, amikor kihúzta a kulcsot a férfi szeméből. Ahogy a vér végigfolyt az arcán, zokogva forgolódott, és az ágyéktájékát fogta. A kulcsot a férfi nyakának oldalába szúrta, és egy artériához csatlakozott. A vér úgy spriccelt, mint a tűzoltótömlőből a víz.

Néhány lépésre eltávolodott a testtől, és belemártotta a lábujjait a vízbe. Időnként visszapillantott a férfira. Egészen addig, amíg a férfi meg nem állt. Visszament, és meghallgatta, hogy meghalt-e: meghalt. Végre. A nő, mint egy zsák krumplit, egyre mélyebbre és mélyebbre gurította a vízbe. Minden egyes lökéssel a holttest egyre könnyebbnek tűnt.

Archimédésznek igaza volt.

Amikor már olyan messze volt, amennyire csak tudott, visszaúszott a partra, összeszedte a ruháit és átöltözött.

A holmiját ott hagyta, ahol elejtette.

Amikor az új nap napfénye tüzes vörösre festette az eget, Angela visszatért a vízbe.

Végigpásztázta a partot, de nem látta a férfi nyomát. Belemártotta a kulcsot a vízbe, hogy leöblítse róla a vért, majd hazaugrott. Egy hosszú zuhany után úgy aludt, mint egy csecsemő.

FEJEZET 12

Ribby kinyitotta a szemét. A beáramló naptól összerezzent. A déjà vu ismerős érzése arra késztette, hogy felüljön. Nyújtózkodott és ásított, és azon tűnődött, miért érzi magát ilyen szörnyen. Nem emlékezett semmire, miután a bárban ült.

Kikászálódott az ágyból, és feltette főni a kávét, miközben lezuhanyozott és felöltözött. Megpillantotta a ruháját a padlón, összegyűrve. Felemelte, és homok hullott a padlóra. Megvonta a vállát, és bedobta a szennyeskosárba.

Miközben cukrot kevert a kávéjába, a ruhára és a homokra gondolt. Próbált visszaemlékezni az előző éjszakára, de semmi sem jutott eszébe.

Megnézte az ajtaja előtt az újságot. Megnézte a címlapot, miközben felvette a kávéját. A hóna alá dugta az újságot, visszahúzta az üvegajtót, és káosz hangjai támadtak rá. Rendőrségi autók. Mentőautók. Tűzoltóautók. A sajtó. Bámészkodók tömege. Bedlam és nem messze az otthonától. A rendőrség a terület nagy részét homoktorlaszokkal zárta le. A vízpart közelében egy másik területet zászlókkal zártak le.

Angelának elég jó elképzelése volt arról, hogy mi ez a nagy felhajtás.

Meg kell néznem, mi történik.

Talán egy valóságshow zárt díszlete. Vagy egy film.

Ó, az izgalmas lenne. Megyek, megnézem.

Ribby felöltözött, és kiment a strandra. Belopta magát a tömegbe, és megkérdezett egy idős hölgyet, hogy mi történt.

„Meghalt" - mondta a nő. „Holtan találták. Biztosan teknősök kaphatták el. Micsoda látvány!" Egy zsebkendővel megtörölte a homlokát.

Duuun dun duuun duuun dun dun dun dun dun dun dun dun BOM BOM BOM...

Jaw témája? Muszáj? Azt mondta, hogy egy csattogó teknős volt.

„Ó, te jó ég, szegény ember."

A magam módján csináltam.

Te, csitt. Kérlek...

A rendőrnek megafonja volt. Megkért mindenkit, hogy oszoljanak, hacsak nincs bizonyítékuk.

Duuun dun duuun duuun dun dun dun dun dun dun dun dun, BOM BOM BOM...

Csapkodó teknős.

****

Ribby, megijedve az új otthona körüli káosztól, visszatért régi otthonába.

Miért mész vissza oda? Maradj itt, és nézd meg, mi történik.

Nem, el akarok menekülni a zaj elől.

Mi van, ha Márta és valamelyik bácsija még zajosabb az ugrálós-bugrálós dologgal?

Fúj. Majd átmegyek azon a hídon, ha odaérek.

Kinyitotta a redőnyöket a nappaliban. Odakint semmi sem mozdult, még a szellő sem fújt. Az óra ketyegett mögötte a szívverésével szinkronban. Csend volt, majdnem túlságosan is csend. Behúzta a redőnyt.

A távirányítóért nyúlt, és bekapcsolta a tévét. Kattintgatott, de nem talált semmit, ami felkeltette volna az érdeklődését. Átlapozott egy magazint, majd kiválasztott egy könyvet a polcról. Egyik sem kötötte le a figyelmét. Kimet a konyhába, és készített magának egy csésze teát.

Visszafelé menet megszólalt a bejárati csengő. Kinyitotta az ajtót, és szemtől szemben találta magát a szomszédjukkal. Mrs. Engle két lábassal volt felfegyverkezve.

„Szervusz, Ribby - mondta Mrs. Engle benyomulva. „Hát, anyukád mondta, hogy van hely a hűtőben." Mrs. Engle az asztalra tette a lábast, kinyitotta a hűtőt, és behajolt, hogy kikémleljen egy helyet.

„Egész hétvégén távol voltam. Nem is volt alkalmam belenézni a hűtőbe."

„Rengeteg hely van benne. Szükségem van..." Mrs. Engle nem fejezte be. Mindent átrendezett, aztán betette az áruját. „Pár nap múlva visszajövök érte, Rib. Phil dédnagybátyám meghalt. Mind az enyémhez jönnek. Sokat esznek. Anyukád azt mondta, hogy bármi, ami belefér, neki megfelel".

„Sajnálattal hallom a nagybátyádat. Természetesen mindig szívesen látlak." Ribby elindult a bejárati ajtó felé, remélve, hogy a szomszédja követi.

„Kedves vagy, Rib" - Mrs. Engle tétovázott, mozdulatlanul állt. „Még mindig szórakoztatja azokat a kedves kisgyerekeket a kórházban?"

„Persze, hogy igen. Minden hétfőn, kivétel nélkül."

A bejárati ajtóhoz mentek.

„Ó, mellesleg anyukád azt mondta, hogy keddig vagy szerdáig távol lesz. Ő és Tom, vagy Jerry, nem tudom, melyikük, felmentek a tengerpartra néhány napra. Asztmás, ugye tudod? Az orvosa azt javasolta, hogy menjünk el a városból. Anyukád is elment a társaság kedvéért, és magával vitte Scampet is."

Ribby keresztbe fonta a karját. „Anya hosszabb szabadságra ment. Bárcsak tudtam volna, mert akkor egy kicsit tovább maradhattam volna a barátnőmnél, Angelánál."

Mrs. Engle szemöldöke felszaladt. „Hát, nem tudta a barátnőd telefonszámát."

„Köszönöm, hogy szóltál." Ribby kinyitotta az ajtót, és követte Mrs. Engle-t a verandára.

A sötétben szúnyogok zümmögtek, és tücskök ciripeltek. Keresztbe tett karja kevés védelmet nyújtott az éjszakai levegő hűvössége ellen.

„Jó éjt, Ribby, és még egyszer köszönöm."

„Jó éjt, Mrs. Engle." Ribby becsukta a bejárati ajtót, és bezárta.

Őrült egy vén bakancsos.

Kislánykorom óta a szomszédunk.

Ó, micsoda történeteket tudott mesélni.

Nem pletykás, mint a többi szomszéd.

Az élet a külvárosban.

Igen, legtöbbször nagyon unalmas.

Túlságosan csendes errefelé, és szomjas vagyok. Mármint egy italra. Egy igazi italra.

Anyának biztos van egy kis Jack Daniels, de hiányozni fog neki, ha egy cseppet iszunk.

Gyerünk, élj veszélyesen.

Ribby engedett, töltött egy jiggert, és visszadobta. Útközben megégett. Jó kis égés volt.

Kérek még.

Jobb, ha kicseréljük, mielőtt anya észreveszi.

Gondolj bele... ki fizette ki? Mi fizettük.

Igen, de az egész üveggel. Fáj a gyomrom, és a fejem forog.

Ideje lefeküdni. Aludd ki magad.

Az emeletre menet Ribby belekapaszkodott a korlátba, hogy stabilizálja magát. A szobájában ledobta magáról a ruháit, és bebújt az ágyba. Felült, és eszébe jutott, hogy nem zárta be az ajtót. Odabillegett hozzá, bezárta, majd visszazuhant az ágyba.

Jobb félni, mint megijedni.

Ribby hamarosan mélyen elaludt. Azt álmodta, hogy ő Deborah Kerr, aki Burt Lancasterrel szeretkezik az *Innen az örökkévalóságig* című filmben .

A hullámok végigcsaptak a testükön, ahogy a tengerbe sodorta őket. Mély ölelésbe záródtak. Aztán Lancaster felnézett rá, csakhogy már nem Burt Lancaster volt. Egy idegen volt. A szeméből egy kulcs lógott ki. Véres volt a keze.

Ribby sikoltozva ébredt fel. Kiugrott az ágyból, és a fürdőszobába rohant, hogy lemossa a vért a kezéről. Ahogy megnyitotta a csapot, az ujjaira pillantott. A vér már nem volt ott. Angela tovább álmodott.

FEJEZET 13

Vegyen ki egy szabadnapot.

Arra kérsz, hogy jelentsenek beteget? Nem jelentek beteget.

Legalább a kórházi melót hagyd ott. Nem tudok ma odamenni.

Majd meggondolom.

Ahogy telt a nap, Ribby egyre nyugtalanabbul érezte magát.

Életében először felhívta a kórházat, és lemondta a fellépést. „Majd bepótolom, és egy másik héten két előadást tartok" - mondta, hogy megnyugtassa magát.

Köszönöm, Rib.

Nem azért csinálom, mert te kérted, hanem azért mondtam le, mert haza kell mennem.

Miért? - Mert nem akarok hazamenni. Úgy érted, hogy Mártához? Ő nincs is ott.

Nem tudom, miért. Csak azt tudom, hogy mennem kell.

Mindegy!

Munka után felszállt a buszra, és hamarosan megérkezett a házához. Ott, a verandán ült egy nő.

Egy idegen. Ahogy közeledett, zokogást hallott, és a nő felnézett. Az anyja nővére volt az, Tizzy néni, akit évek óta nem látott. Ribby nem tudta, mi történt közöttük, de azt tudta, hogy Tizzy néni megesküdött, hogy soha többé nem teszi be a lábát a nővére küszöbére. És mégis ott volt.

Mit keres itt?

Fogalmam sincs. Biztos vagyok benne, hogy majd a maga idejében elmondja.

Az érdekes lesz. Nem.

Ribby visszaemlékezett a legutóbbi találkozásukra. A hetedik születésnapján volt. Tizzy néni egy különleges Barbie-baba tortát készített neki. Rózsaszín, cukormázból készült ruha volt rajta, körülötte masnival, amit maraschino cseresznyéből és kókuszdióból készítettek. Barbie teste a torta közepén volt. Miután mindenki megkapta a szeletét, Ribby, mint a születésnapos lány kihúzhatta Barbie-t. Ő volt az övé, hogy megtarthassa. Tizzy néni több ruhát is vásárolt Barbie-nak. Csakhogy Tizzy néni elfelejtette becsomagolni Barbie-t, mielőtt a tortába tette volna. Heteken keresztül cukormáz, kókuszdió és torta hullott ki a baba függelékeiből.

„Gyere be, Tizzy néni - mondta Ribby, miután kiszabadította magát nagynénje fogószerszámszerű szorításából. „Mi történt? Anya, jól van?"

„Ennek semmi köze Marthához" - mondta, amit egy újabb sírógörcs követett.

Erre nincs szükségünk. Mondd meg neki, hogy menjen egy szállodába.

Nem tehetem, ő a családom.

Ő egy drámakirálynő.

Miután beértek, Ribby megkínálta Tizzyt egy csésze teával. Ő visszautasította.

„Tereljük el a gondolataidat, és nézzünk egy kis tévét. Éhes vagy? Rendelhetek vagy készíthetek valamit?"

„Ha nem bánod, szívesen főznék neked vacsorát" - javasolta Tizzy néni. „Az jobban elterelné a gondolataimat, mint a tévénézés." Besétált a konyhába. „Kötényt?"

Ribby kinyitotta a fiókot, és elővette Martha egyik kötényét.

Tizzy néni magára kötötte. „Mit szeretsz enni?"

„Lepj meg" - mondta Ribby. „Ha nem találsz valamit, csak kiabálj."

„Úgy lesz."

Még a tévé bekapcsolása mellett is hallotta Ribby, ahogy a nagynénje a konyhában kavarog és hümmög.

Egy idő múlva hallotta, hogy tányérokat és evőeszközöket tesznek az asztalra, és bement, hogy megkérdezze, segíthet-e.

„Nem, csak ülj le te is - mondta Tizzy néni. „Bolognai spagetti és fokhagymás kenyér sajttal, mindjárt jön. Mit szeretnél inni? Van borod?"

„Csak vizet. Majd megnézem, van-e bor."

„Nem, az jó lesz. Nincs szükségem semmire. Csak gondoltam, talán szeretnél egy kicsit."

Beszélgettek és élvezték a finom vacsorát, majd rendet raktak.

„Kimerültem" - mondta Tizzy néni. „A kanapé rendben van. Nem akarok gondot okozni."

„Egyáltalán nem baj, aludhatsz anyám szobájában. "

„Biztos vagy benne, hogy nem bánja?"

„Nem, szerintem örülni fog, hogy beugrottál."

Meglepődne, ha látná.

Órákkal később Ribby forgolódott az ágyban. A folyosó túloldalán a nagynénje szórványos zokogása hallatszott.

A megvásárolandó listán egy pár zajzáró fejhallgató.

Jó ötlet!

Ezért vagyok itt.

FEJEZET 14

Az álomban Ribby magasan lebegett egy felhőn. Minden fekete-fehér volt, kivéve a piros ruháját. Olyan volt, mint egy menyasszonyi ruha, hosszú nyaklánccal, amely a felhő szélein átfolyt.

A lakásába lebegett, és látta magát, amint nem egyszer, hanem kétszer szeretkezik valakivel. Miután elaludt, a férfi felöltözött, és elhagyta az épületet.

Odakint az utcán már Angela volt. Háztömbökön át sétált, aztán az óceánba. Egyre mélyebbre és mélyebbre ment, ahogy a víz a feje fölé emelkedett.

Ribby le akart nyúlni érte, hogy megragadja, hogy megmentse, de nem tudta. Felhőjéről Angelát kiáltotta, ledobta a ruhája vonóját, könyörgött Angelának, hogy kapaszkodjon belé. De úgy tűnt, Angela nem hallja őt.

Angela teljesen elmerült. Csak buborékok emelkedtek a felszínre.

Ribby a vízbe ugrott a felhőjéről.

Amikor megtalálta Angelát, arccal lefelé lebegett.

Ribbyből Angela lett, Angelából Ribby, és együtt törtek át a felszínen.

FEJEZET 15

Amikor Ribby felébredt, a rádióból hangok suttogtak felfelé a lépcsőn. Azon tűnődött, vajon visszatért-e az anyja.

Felöltözött, és lement a lépcsőn, ahol Tizzy néni úgy ült a konyhaasztalnál, mint a felmelegedett halál.

A kávéfőző fortyogott. Tizzy néni már megterítette az asztalt müzlis tálkákkal, pirítóssal és lekvárral.

„Jó reggelt - mondta Ribby. „Jól aludtál?"

Tizzy néni szó nélkül bólintott.

Ribby megkérdezte volna a látogatásának okáról, de úgy döntött, nem teszi. Nem akarta, hogy a nagynénje megint jajveszékelni kezdjen. Majd elmondja, miért jött, ha készen áll rá.

Bárcsak belevágna a dologba. Nem a semmiért jött el idáig.

Shhhh. Ne légy udvariatlan.

Néhány pillanatnyi csend után Ribby kiment a verandára, hogy összeszedje az újságot. A címlapon ez állt: „A boncolás befejeződött - meggyilkolták!" Átfutotta a cikket Jason Edward Thompsonról, a lakása közelében holtan talált férfi személyazonosságáról.

Ráállt a képre, és felismerte: Ed, a kidobó volt az. Nagydarab fickó volt, és azon tűnődött, hogyan történhetett ilyesmi a környéken, ahol ő lakott. Szomorú volt, hogy ilyen fiatalon halt meg, és bár nem ismerte a férfit, sajnálta a családját.

Ribby a konyhaasztalra tette az újságot, és töltött magának egy csésze kávét. Figyelmét a nagynénjére fordította. „Ha készen állsz a beszélgetésre, én itt vagyok neked."

„Nem volt hova mennem" - mondta Tizzy néni. „A férjem elhagyott egy másik nőért. A lányom gyűlöl engem. Azt mondja, az apja nem keresett volna mást, ha jobb felesége lettem volna. Jenny huszonöt éves, soha nem volt még távol otthonról, és egyedül van kint, talán még az utcán is él. El kellett jönnöm, hogy megkeressem és hazahozzam. A barátnője azt mondta, eléggé biztos benne, hogy Jenny errefelé tart. Reméltem, hogy talán kapcsolatba lép magával. Hallottál valamit róla?"

Ó, testvér.

„Sajnálom, de egész hétvégén távol voltam, és az anyám is. Megvan neki a címünk?"

„Lehet, hogy a telefonomról vette le. Nincs sok pénze, még hitelkártyája sincs. A férjem engem hibáztat. Ő is ugyanúgy aggódik, mint én, de a maga részéről vigasztalja őt." A hangja megremegett.

Úgy hangzik, mint a The Young and the Restless egyik epizódja.

Viselkedjetek!

„Biztos nagyon aggódsz. Sajnálom, de fel kell öltöznöm, és munkába kell mennem. Ha akarod, találkozhatnánk ebédre, és beszélgethetnénk még?" Ribby felsietett a lépcsőn, miközben a nő folytatta. „A könyvtárban dolgozom. Lehet, hogy beugrik, hogy használja az ingyenes wifit. Sokan szoktak. Te is bemerészkedhetnél a városba, és megkereshetnéd őt."

„Inkább itt maradnék, de megvan neki a mobilszámom."

„Kapcsolatba léptél a rendőrséggel?"

„Felhívtam őket. Megvan az én és Gordon száma. Mi mást tehetnék még?"

„Van egy friss fényképed Jennyről?" A nő a fejére húzta a ruháját, majd hozzátette: „Készítek néhány szórólapot, és szétküldhetjük őket a városban."

„Jó ötlet. Úgy örülök, hogy idejöttem" - mondta Tizzy néni.

Ribby végigsimított a haján. Visszasietett a konyhába. Tizzy néni kotorászott a táskájában, kivett egy fényképet a lányáról, és átnyújtotta neki. Azt mondta a néninek, hogy érezze magát otthon, és kiment, egy pillanatra megállt, hogy visszapillantson a házra.

A nagynénje úgy integetett neki a nyitott redőny mögül, mint egy elveszett gyermeknek.

FEJEZET 16

Ribby nem ment be dolgozni, mert Angela beteget jelentett.

Angela bement a lakásba, és átöltözött fürdőruhába. Amíg a közvetlen napfény érte az erkélyét, elkapott néhány sugarat. Amikor az elvonult, a fürdőruha fölé egy napernyőt dobott, összepakolt egy táskát, és elindult a tengerpart felé. Angelának tetszett a nyüzsgés, a zsongás és a város hangjai. Tizzy néni állandó jajveszékelése és nyafogása az őrületbe kergette.

Ahogy elhaladt az iskola területe mellett, kiszúrt egy síró kislányt. A gyerek felnézett, majd újra lenézett, mintha nem akarná felhívni magára a figyelmet.

„Mi a baj?" Kérdezte Angela.

„Semmi" - válaszolta a gyerek.

Megszólalt az iskolai csengő, a kislány pedig letörölte a könnyeit, és megigazította a ruháját.

Angela figyelte, remélve, hogy valamilyen módon segített azzal, hogy megállt.

A gyerek felé fordult, és kidugta a nyelvét.

Pimasz kisasszony.

Angela vett egy példányt az *Elfújta a szélből*, hogy a tengerparton olvassa.

„Sírva fakadok tőle" - mondta a hölgy a pénztár mögött.

„Rhett Butler bármikor kekszet ehet az ágyamban" - válaszolta Angela.

A homok perzselően forró volt, ahogy a szandálja oldalán átcsúszott. Imádta a strandot, de hogy a homok mindenhova kerüljön, már nem annyira.

Kiterítette a takaróját, hasra feküdt, és kinyitotta a könyvét. Nézte, ahogy a párok kéz a kézben sétálnak egymás mellett, és elájulnak egymástól. A sirályok a feje körül csapkodtak, és úgy céloztak, mintha a szőke parókája céltábla lenne.

Angela elaludt, hallgatta a sirályok hangját és a partra csapódó hullámokat. Amikor felébredt, már majdnem öt óra volt, összeszedte magát és a holmiját, és a táskájába tette. A nap nem adott meleget. Szoknyája a szélben a lába körül csavarodott.

Nem szokott ma este fellépni a kórházban. Ez egy sminkes fellépés volt.

Ribby készített egy szórólapot, és kinyomtatott néhány példányt azzal a szándékkal, hogy néhányat kifüggeszt az út mentén és a kórház hirdetőtábláján.

Miért kell folyton ezeknek a kölyköknek fellépnünk?

#1. Ők nem kölykök. Ők kis angyalok, akiknek rossz lapokat osztottak. #2. Bármit megteszek, hogy mosolyogjanak, hogy nevessenek. Hogy csökkentsem a családjukra nehezedő terhet. #3. Ha nem tetszik, akkor dobd el.

Ezt nekem mondták.
Pontosan.
Egyelőre.

✳✳✳

A kórházi előadás után Ribby hazament. A háza előtt ott állt a fehér Attics-R-Us furgon. Az ablakra pillantott, észrevette, hogy a redőnyök nyitva vannak, és felszaladt a lépcsőn. Vérfagyasztó sikoly hallatszott.

Ribby szíve olyan hevesen vert, hogy azt hitte, ki fog törni a mellkasából. Végigrohant a folyosón, be a konyhába, ahol Tizzy nénit a földön találta, amint ököllel ütötte az Attics-R-Us férfi terjedelmes alakját.

Ribby nem habozott, amikor a lány benyúlt az evőeszközös fiókba, és egy nagy késsel jött elő. Rávetette magát, és a hátába döfte a kést.

A férfi hátborzongatóan gurgulázó hangot adva esett előre. Ribby kihúzta a kést, és vér folyt.

Tizzy néni beszorult a vaskos férfi pocakja alá, és meglökte a testét.

Ribby segített neki felállni, és ketten hátráltak, miközben a vértócsa egyre tágult.

Tizzy néni felsikoltott.

Ribby sikoltott.

Mint két fejetlen csirke, úgy rohantak a konyhában, sírva és visítva.

ÁLLJ!

Ribby engedelmeskedett, és mozdulatlanul állt.

Tizzy néni tovább száguldozott.

STOP. Szédülök tőled, Tizzy néni.

Tizzy megállt. Ránézett a holttestre, a vértócsára. Felemelte a ruháját. Még több vér. Megpróbálta letörölni.

„Szükségem van..." Tizzy néni a mosogatóhoz ment, és belehányt.

Ribby hallgatta a hányás hangját és az óra ketyegését. Az ujjaival dobolt a konyhaasztalon.

Nyugalom. Most már nyugodt vagyok.

Jézusom, Ribby.

Meg kellett mentenem Tizzy nénit. Muszáj volt. Talán nem halt meg. Talán hívnom kéne a mentőket?

Nincs mentő. Nézd meg, van-e pulzusa.

Ribby felemelte a csuklóját.

Ehhez nem kell óra?

Angela vette át a helyét.

Halott, mint a vízfolyás.

Megöltem valakit, megöltem valakit!

Igen, megöltél. Megleptél. Most pedig, szükségünk van egy tervre.

Először beszélnem kell a nénikémmel.

Nem, nekünk kell egy terv. Tizzy néni várhat.

Tizzy néni megpróbált leülni, de ahelyett, hogy leült volna, sikoltozott és felrohant az emeletre.

Meg kell fordítanunk.

Mi lesz a késsel?

A mosogató alatt, hozd a gumikesztyűt. Aztán keress valamit, amibe beleteheted, például egy újságpapírt, takarót vagy törölközőt. Valamit, ami nem fog hiányozni.

Ribby megtalálta a kesztyűt, és felvette. Előkapott egy újságot az újrahasznosító szemetesből, amibe becsomagolta a kést, valamint egy takarót és egy törölközőt az ágyneműs szekrényből.

Most, vissza a testhez, lehajolt, és megdobta. Az rögtön visszapattant. Újabb kísérletet tett, ezúttal a mozdulattal meglökte a testet, és a lábával tartotta. Hányt, de sikerült lent tartania a gyomra tartalmát. A hátralévő úton megfordította. A pénisze megpattant, és a feje tompa puffanással csapódott az asztal lábához. A nő rávetette a takarót, meggyőződve arról, hogy most már halott.

Az emeletről Tizzy néni kiáltott fel: „Ki a fene volt ez a S.O.B. egyébként?".

***

Tizzy néni visszatért a konyhába. „Hívnunk kellene a rendőrséget - mondta.

Szó sem lehet róla.

Igaza van, ki kell hívnunk a rendőrséget.

Börtönbe akarsz kerülni, amiért megölted azt az erőszaktevő szemétládát?

Majd én megmagyarázom. Tizzy nénit mentettem meg.

De hogyan magyarázod meg, hogy miért volt itt?

"Uh, Tizzy néni. Hogy jutott be? Miért engedted be?" Ribby érdeklődött.

„Bekopogott az ajtón, és rögtön bejött, mintha várták volna. Gondoltam, hogy Martha barátja, ezért megkínáltam egy csésze kávéval. Abban a pillanatban, ahogy hátat fordítottam neki, a földre lökött, és... és..." - a nő az arcára tette a kezét, és zokogott.

Ribby azzal vigasztalta: - Minden rendben lesz. Megígérem. Majd kitalálunk valamit."

Meg kell szabadulnunk a testtől.

Meg kell szabadulni tőle! Hogyan? Miért?

Mert maga ölte meg, és mert a furgonja még mindig a ház előtt parkol.

A furgon. Elfelejtettem a furgont.

El kell vinnünk innen.

Túl nehéz felemelni. Van egy talicskánk.

Jó ötlet. Betesszük a talicskába.

„Tizzy néni - simogatta meg Ribby a kezét. „Miért nem főzöl nekünk egy csésze teát? Kimegyek egy percre... te csinálsz nekünk egy csésze teát, ugye?"

„Egyedül akarsz hagyni ilyesmivel?"

„Csak néhány percig maradok. Készíts teát, hogy elterelje a gondolataidat. Most már nem tud bántani téged."

Miután kiment, Ribby kinyitotta a fészert, és kihúzta a talicskát. Tolta, a kerekek csikorogva csikorogtak a gyepen. Megpróbálta felemelni a lépcsőn, de még üresen is túl nehéz volt. Megfordította magát és azt is. Hátrafelé lépkedve addig húzta, amíg fel nem döcögött a lépcsőn a verandára. Kimerülten kinyitotta a bejárati ajtót, és tovább tolta a talicskát az előszobán át a konyhába.

Kérd meg, hogy segítsen neked. Mármint, hogy bejuttassa.

Úgy lesz. Meg kell szabadulnunk a testétől, mielőtt felkel a nap. „És mi lesz a furgonjával?"

„Milyen furgon?" Tizzy néni kérdezte.

Hoppá. Tényleg ezt mondtam, ugye?

Yepper.

„Kint hagyta a furgonját - mondta Ribby. Becsukta maga mögött a bejárati ajtót.

„Szabaduljunk meg a holttesttől és a furgontól egyszerre - javasolta Tizzy néni.

Most már kezdett belejönni a dologba.

Jaj, bátyám!

Éppen amikor felkészültek arra, hogy a holttestet a talicskára rakják, kopogás szakította félbe őket a bejárati ajtón.

„Ki lehet az?" Tizzy néni suttogta.

Ribby lábujjhegyen az ajtóhoz lépett, és bekukucskált a kulcslyukon. Mrs. Engle volt az, mindkét kezében nagy tálcányi étellel felfegyverkezve. Biztosan a könyökével kopogott. Ribby lenézett magára; a ruhája csupa vérfolt volt.

„Hahó, Ribby! Én vagyok az, Mrs. Engle. Csak még néhány dolgot kell betennem a hűtőjébe. Remélem, nem bánja."

Ribby lekapta a kabátját a fogasról, feldobta, majd kinyitotta az ajtót. Felajánlotta, hogy beteszi a tálcákat a hűtőbe. A lábával megpróbálta becsukni a bejárati ajtót.

„Köszönöm szépen, kedvesem - mondta Engel asszony. „Ja, és mellesleg, én most elmegyek pár napra, aztán visszajövök a temetésre. Ha nem leszel itt, majd a pótkulccsal beengedem magam." Közelebb hajolt, mielőtt suttogott volna. „A temetés után mindenki idejön enni. Sosem értem, miért éheznek meg a temetéseken a rokonok. Gondolom, ez természetes reakció, ha szembesülünk egy szerettünk halálával. Nálam mindig az ellenkező hatást váltja ki."

„Remélem, minden, ööö, jól megy neked és a családodnak" - mondta Ribby, miközben megpróbálta újra becsukni az ajtót.

„Köszönöm, kedvesem." Engelné lefelé indult a lépcsőn, és kiment a pázsitra.

Ribby megkönnyebbülten fellélegzett, de továbbra is figyelt,

Mrs. Engle megfordult: „Apropó, hallottál valamit Martháról?".

„Nem, nem, még nem" - ismerte el Ribby.

„Ó, azt hittem..." Mrs. Engel a fehér furgonra pillantva mondta.

„Jobb, ha ezeket beteszem a hűtőbe, Mrs. Engel" - mondta Ribby. „Olyan jó illatuk van, és olyan éhes vagyok, hogy most rögtön meg tudnám enni őket!"

„Szívesen látom a maradékot nálam az összejövetel után. Bűn lenne, ha elfogyna az étel." Megfordult, és hazafelé vette az irányt.

„Hú!" Mondta Ribby. Berúgta a bejárati ajtót, és bement a konyhába. Tizzy néni a sarokban kuporgott, és úgy tördelte a kezét, mint Lady Macbeth.

Ribby elrakta a lábasokat, letépte a kabátját, és kidobta az előszobába, aztán a nénikéjével foglalkozott.

„Mit fogunk csinálni, Ribby?" Kérdezte Tizzy néni. „Ki kell vinnünk innen. Mit fogunk csinálni? Mit csináljunk? Mit? Mit?"

Ribby megpofozta Tizzy-t. A kezdeti döbbenet után öleléssel jöttek össze.

„Van egy tervem, Tizzy néni. Ne aggódj! De előbb el kell hoznom néhány dolgot a kinti fészerből. Mindjárt jövök, ígérem."

Amikor Mrs. Engle és a nővére eltűntek a látóteréből, Ribby kiment, és otthagyta Tizzy nénit a kanapén összegörnyedve.

Tizzy néni ellenőrizte a telefonján a frissítéseket. A férjétől érkezett SMS csengett. Jenny vele volt. Biztonságban volt és jól volt.

Tizzy lehunyta a szemét, és hagyta, hogy a megkönnyebbülés, hogy a lánya biztonságban van, átjárja. Elég nehéz nap volt ez a mai.

Az elmúlt napok nyomasztó érzelmei óriási hullámként duzzadtak fel benne. Minden érzelem a felszínre tört. A fájdalom, a megkönnyebbülés, a fájdalom, a megbánás.

Tizzy megpróbált felállni, de a térde megadta magát alatta. Remegett és reszketett, miközben megpróbált egyszerre elbújni az igazság elől és megbékélni vele.

FEJEZET 17

Ribby visszatért a konyhába. Volt nála néhány szerszám: egy lapát, egy fejsze, egy ponyva, egy overall, kertészkesztyű és egy olló. Felmérte a helyzetet.

Mi a fenére való ez a sok holmi?

Csak úgy felkaptam néhány dolgot, amiről úgy gondoltam, hogy segíthet.

Hát persze.

Ribby csípőre tette a kezét. „Most pedig tegyük be a talicskába."

„Biztos, hogy befér?" Tizzy néni érdeklődött.

Igen, befér.

Be kell férnie, nincs B-tervünk.

„Használjuk a takarót, és ráhúzzuk - ajánlotta fel Ribby. „Nem kell felemelnünk, önmagában véve. Rátekerjük a takaróra, és úgy állítjuk be, ahogy kell. Csak be kell tennünk a talicskába, és onnantól kezdve már könnyű lesz."

„Ribby, megijesztesz! Mintha már csináltál volna ilyet korábban is" - mondta Tizzy néni. „Uh, ugye nem csináltad még?"

„Istenem, dehogy, Tizzy néni, de olvastam könyveket és láttam filmeket. Most pedig induljunk. Fogd meg a takaró másik végét, és amikor háromig számolok, mindketten eltoljuk őt. Oké?"

Amint egy kis lendületet vettek, könnyen ráfordították a takaróra. Most jött a neheze.

„És még egyszer. Három után."

„Oké, Rib, ahogy akarod."

„1, 2, 3, hahó!" mondta Ribby. A halott férfi feje üregesen csattanó hangot adott ki, ahogy a fémtartályhoz ért.

„Még egyszer!" Ribby parancsolt: „1, 2, 3 — igen!" Ribby azt mondta, ahogy a testet háromnegyedig lerakták a talicskára.

„Most én felállítom - mondta Ribby -, te pedig betűröd a lábát és ... a testrészeit".

„Kizárt dolog, hogy ezt bárhova is betakarjam!" Mondta Tizzy néni. „Egészen a Kingdom's Come-ig lóghat!"

Ribby hiába nevetett, és hamarosan Tizzy néni is nevetőgörcsbe esett.

A két nő hisztérikusan viselkedett.

Amatőrök.

Angela felvette a becsomagolt kést, és felment vele az emeletre. Letörölte róla a vért és az ujjlenyomatokat, mielőtt újra becsomagolta. A kést Martha zoknis fiókjának leghátsó fiókjába rejtette.

Angela visszatért a földszintre, ahol feltörölte a konyhában a véres mocskot.

Mire végzett, Ribby és Tiz is kellőképpen megnyugodott.

Folytasd csak, Rib!

„Gyere, Tiz néni! Csináljuk meg!"

„Veled vagyok."

Halleluja! Felszálltunk.

$$***$$

Oké, most meg kell találnunk a kocsikulcsát. Nyúlj a zsebébe, Tizzy."

„Nem fogom!"

„Menj az útból" - mondta Angela. Megtalálta a kabátzsebében a kulcsokat.

„Most pedig visszatoljuk a furgonhoz, aztán..."

„Úgy érted, hogy kivisszük, ebben?" Tizzy néni kérdezte.

„Igen. Nincs más választásunk, Tiz. Addig kell ezt csinálnunk, amíg sötét van. Be kell vinnünk a furgonjába."

„Hogy fogjuk beemelni, Rib? Az lehetetlen."

„Muszáj. Nincs más választásunk" - mondta Ribby.

Ribby rávetette a ponyvát a holttestre.

Látod, mondtam, hogy jól fog jönni.

Okoska.

Ribbynek és Tizzy néninek együtt kellett tolniuk, hogy a holttestet a furgonhoz vigyék. Ribby kinyitotta a vezetőajtót, és kinyitotta a furgon hátulját. Megnyomott egy kék gombot közvetlenül a raktérben, és a hidraulikus emelő nyögve elindult lefelé. A két nőnek együtt sikerült felnavigálni a talicskát az emelőre, és hamarosan a holttest a furgon hátuljában volt.

Ribby visszament a házba, levetkőzte a véres ruháit, és egy műanyag zacskóba rejtette őket a szekrénye hátsó részében.

És mi lesz a késsel?

Az rendben van, megoldottam.

Miután újra kint volt, Ribby azt mondta: „Vezetned kell, Tizzy néni, mert én nem tudok vezetni".

„De én túlságosan félek vezetni egy ilyen nagyvárosban! Nem tudok! Nem fogok!"

„Nézd, nincs időnk erre a baromságra" - vágott közbe Angela. „Félsz vezetni, amikor itt van egy nagy kövér halott, akitől meg kell szabadulnunk! A kíváncsi szomszédokról nem is beszélve! Meg kell szabadulnunk a furgonjától és a holttestétől, amíg sötét van."

„Hacsak persze nem akarod, hogy felhívjam a rendőrséget, és elmondjam nekik, hogy mi öltük meg, Tizzy néni?"

Tizzy néninek leesett az álla.

Gyakorlatilag Rib, te ölted meg. Csak úgy mondom.

Csak úgy mondom.

Tizzy néni csukd be, vagy berepül egy molylepke.

„Elmegyünk a The Bluffsba, ahol megszabadulhatunk a holttesttől és a furgontól, Tizzy néni, de neked ki kell kapnod magadból. Oda kell juttatnod minket! Mit szólsz hozzá?"

Tizzy néni bólintott.

„Rendben, akkor menjünk!" Ribby a halott férfi kulcsait a nénikéje remegő tenyerébe helyezte.

FEJEZET 18

Mindezek ellenére Tizzy néni jó sofőr volt, bár ideges.

Útközben megálltak egy benzinkútnál, nem messze a Bluffs-tól, ahol Ribby rendelt egy taxit, hogy egy óra múlva felvegye őket.

Ahogy haladtak a félreeső területre, Ribby azt mondta: „Tegye fel a távolsági fényszórót, Tizzy néni". Előrefelé haladtak, miközben a horizonton a hold egyre közelebb csalogatta őket.

„Állj!" mondta Ribby. Amikor a jármű teljesen megállt, ő és Tizzy néni kiszálltak.

„Woo-ee!" Tizzy néni felkiáltott. „Ez aztán a hosszú út lefelé!"

„Ne menjünk túl közel - mondta Ribby -, a sziklafal omladozik."

Néhány lépést hátráltak, amikor a felhők szétváltak, és a csillagok fénye megcsillant. Dideregve álltak egymás mellett, miközben a szél körülöttük korbácsolta őket. Tizzy néni átölelte magát.

„Ez tényleg gyönyörű - mondta Tizzy néni.

„Nappal is fel kell majd hoznom ide, hogy teljes szépségében gyönyörködhessetek."

„Azt nagyon szeretném, Ribby. Egyébként elfelejtettem mondani, hogy— Jenny az apjával van. Nemrég írt nekem egy sms-t."

„Ez kiváló hír."

OMG! Mi ez, a The Young and the Restless? Folytasd Rib!

Oké, oké, oké. „Tizzy néni, csak annyi a dolgod, hogy sebességbe teszed a furgont, és amint a jármű elindul előre, kiugrasz. Le fog zuhanni a szikláról, és a csettintők megeszik reggelire. Viszlát, kövér fattyú. Viszlát, kövér disznó furgonja. Viszlát, bajok. Vége a történetnek! Aztán visszatérhetünk az életünkhöz. Ez lesz a mi kis titkunk."

„Isten is tudni fogja" - mondta Tizzy néni.

És én is.

„Isten meg fogja érteni, mert önvédelem volt. Megerőszakolt téged, Tizzy néni!"

Kezd hideglelést kapni Ribby. Csináld meg most.

„Isten mindig tudja - mondta Tizzy néni, miközben megfordult és elsétált. Átpillantott a válla fölött, aztán kinyitotta a furgon ajtaját, és bemászott. Behúzta az ajtót, és beindította a motort. Felpörgette egyszer, kétszer, háromszor. Aztán elindult a szikla pereme felé.

„UGRÁS, Tizzy néni!"

Már túl késő volt. A furgon továbbment. Vége.

Ribby a perem felé rohant, és éppen időben ért oda, hogy lássa, amint a furgon a vízbe csapódik.

Megpróbált sikítani, de nem jött ki belőle semmi.

Semmi. Egészen addig, amíg el nem kezdődött a hányás. Térdre esett.

Hülye nő.

Nem kellett volna ezt tennie. Nem kellett volna meghalnia.

Az ő döntése volt. Az ő döntése.

Emlékszem a Barbie baba tortára, amit a születésnapomra készített.

Senki sem veheti el ezt az emléket. Most pedig tűnjünk innen a fenébe.

Nem a terv szerint alakult. De soha semmi nem megy így, még a filmekben sem. Azt hiszed, hogy Cary Grant a lány miatt marad, de nem marad. Azt hiszed, hogy Humphrey Bogart megakadályozza Ingrid Bergmant, hogy felszálljon a gépre, de nem teszi. Még ha akarod is, hogy így legyen, nem úgy történik, ahogyan szeretnéd.

FEJEZET 19

Ribby felakasztotta a kabátját az előszobában, és elkiáltotta magát: „Megjöttem, anya". A konyhába ment, ahol Martha az asztal fölé görnyedve ült, kezében a gyilkos fegyverrel.

„Disznót öltél, Rib?" - kérdezte a kést felemelve. Martha felállt.

„Megöltem a kövér fattyút" - mondta Angela. „Leszúrtam, holtan."

Martha kinyitotta a száját, de nem jött ki belőle szó vagy hang, így Angela folytatta. „Undorító állat volt, csak egy disznó, akinek a farka kilógott a nadrágjából."

„Nekem kellett Ma" - vágott közbe Ribby. „Megerőszakolta Tizzy nénit!"

Soha nem tanul. Ezt én irányítottam.

Martha a bal kezét a csípőjére tette. A kést tartó jobb keze karnyújtásnyira maradt. „Mi a fenéről beszélsz? Kövér fattyú? Tizzy néni?"

„A fickó a fehér Attics-R-Us furgonban. Ő a kövér fattyú" - mondta Angela. „Ami pedig a húgodat, Tizzy-t illeti, nos, ő olyan védtelen volt, mint egy kiscica, amikor a férfi erőszakoskodott vele."

„Én mentettem meg tőle" - mondta Ribby.

Martha megfordult, mintha le akarta volna tenni a kést. Aztán láthatóan meggondolta magát, és hátralépett. „És hol vannak most? Ha te ölted meg, hol van a holtteste?"

Ribby a kést bámulta. „Bepakoltuk a furgonjába, és áthajtottunk egy sziklán."

„Tökéletes terv volt" - mondta Angela. „Egészen addig, amíg az az őrült húgod nem volt hajlandó kiszállni a furgonból, és ő is át nem zuhant a sziklán." Angela megkerülte Marthát, és dühösen egy székre pottyant.

Ribby beszélni kezdett, de meggondolta magát, amikor a vízforraló fütyült. Martha letette a kést a konyhaasztalra. Előkereste a tejet a hűtőből és két bögrét a szekrényből. A kanalak már az asztalon voltak, úgy sorakoztak, mint a játékkatonák. Miközben töltött, azt mondta: - Akkor hadd lássam, jól csinálom-e, Rib. A nővérem jött ide. Carl Wheeler azt hitte, hogy nyitva vagyok, és kipróbálta Tizzel. Leszúrta, majd megszabadult tőle. Azt várod, hogy ezt elhiggyem? Kivételesen nagydarab ember volt."

„Átkozottul igaza van - mondta Angela. „Rib— úgy értem, mi— tettük a talicskába. Így hoztuk ki onnan."

„Ó, értem", csipogott Martha. „És aztán azt terveztétek, hogy megszabadultok a holttesttől, de Tiz keresztbe tett a tervnek, amikor ő is odament? És egyáltalán mit keresett itt Tiz? Évek óta egy szót sem hallottam felőle."

„A férje elhagyta egy másik nőért, aki fiatalabb volt" - mondta Angela. „Aztán a lánya megszökött. Teljesen kikészült."

Martha leült, és ivott néhány kortyot a teájából. „Nos, valamit tennünk kell ezzel a késsel. Nem maradhat itt a házamban." Martha felvette a kést, és Ribbyre nézett, aki a jobb kezével teát ivott. A bal keze tenyérrel lefelé az asztalon volt. Martha felemelte a kést, és leengedte, elvágva Ribby kezét a barátjától, a csuklójától.

A teáscsésze az asztalra csapódott, és visszapattant. Ribby felsikoltott. Martha megragadta a jobb kezét, és tenyérrel lefelé az asztalra szorította. „Mondja meg, mi folyik itt, és ki a fene maga - követelte. „Mert tudom, hogy nem a lányom vagy." Martha felfelé emelte a kést, úgy, hogy a hegye majdnem összeért Ribby orrával. „Takarodj a lányomtól, bármi is vagy. Különben végtagról végtagra tépem szét."

„Mama ne. Ne tedd, kérlek. Ne!"

„Ribby vagyok. Csak Ribby" - nyávogta Angela Ribby legpuhább hangján.

Egy pillanatra azt hitte, hogy Martha hisz neki. Egy újabb CHOP, a második kéz levágódott, Ribbyt kétágú szökőkúttá változtatva.

„Dögölj meg! Mind meghalunk" - énekelte Angela, miközben Ribby sírt és sikoltozott kínjában. Angela nem érzett sem fájdalmat, sem igazi örömöt. Bármit tett, bármit próbált tenni— mindig Ribby volt az, aki learatta a babérokat. Ezúttal azonban nem. „Szegény

Ribby - mondta Angela. „Hogy fog mostantól a beteg gyerekekkel foglalkozni a kórházban?"

Ribby sikolyra ébredt a lakásában. Megnézte a jobb kezét. Aztán a bal kezét. Mindkettő még mindig ott volt. Túlságosan megrémült ahhoz, hogy felkeljen az ágyból, kézen fogta magát, és figyelte, ahogy a napfény mintákat rajzol a mennyezetre.

***

Amikor teljesen felébredt, Ribby lezuhanyozott és felöltözött. Úgy döntött, hogy sétál egyet, és kiszellőzteti a fejét Hálás volt, hogy vasárnap van. Ma nem tudott szembenézni a munkával vagy a gyerekekkel.

Amint kiment a szabadba, a rossz álom háttérbe szorult. Kerülte a tengerpartot és a hullámok hangját, mert Tizzy néni emlékeit idézte fel benne.

Mielőtt visszament volna, megállt egy kávézónál, és rendelt egy kapucsínót. Olyan jó íze volt, hogy azonnal kívánt még egyet. Amíg az újrarendelésre várt, Nigel elhaladt mellette. Hetek óta nem látta őt. Még abban sem volt biztos, hogy emlékszik rá.

„Hé, Nigel - szólította Angela, és megkocogtatta az ablakot.

A férfi elmosolyodott, és belépett a kávézóba. Megcsókolta Ribby arcát. Úgy gondolta, ez túlságosan ismerős volt.

„Hogy a fenébe vagy?" Nigel megkérdezte.

„Elfoglaltan dolgoztam" - mondta Angela. „És szükségem van egy kis pihenésre. Nem akarsz csinálni valamit, ma este?"

Nigel a lábára nézett. „Most már van barátnőm, úgyhogy ha elmegyek valahova, ő is jön velem."

„Szegény Nigel" - cukkolta Angela - "Még nem is nősült meg, és máris megkorbácsolták!"

Nigel hátravetette a fejét, és felnevetett. Megragadta Angela kezét, és testvériesen megveregette.

„És akkor hogy hívják?" Kérdezte Angela. „Vagy ez titok?"

„Nem, Uram, nem" - mondta Nigel, és hátrébb lépett, hogy egy, a sorba beállt személy be tudjon állni és rendelni. „Anne-Marie-nak hívják."

Angela meggondolta magát a rendeléssel kapcsolatban, és elindult az ajtó felé. „Egyszer majd be kell mutatnia minket egymásnak."

Nigel előrébb lépett a sorban.

Angela egész úton hazafelé füstölgött.

FEJEZET 20

A kórház után, a következő este Ribby hazafelé buszra szállt. Már majdnem besötétedett, amikor megérkezett. A bejárati ajtó tárva-nyitva állt. Belülről az utcai forgalommal vetekedő hangerejű zene harsogott. Óvatosan haladt felfelé a bejárati lépcsőn, amikor Scamp mancsai feléje tapostak. Felugrott, és feldöntötte a lányt. Martha jött, és nevetve nézte, ahogy a kutya megnyalta Ribby arcát.

„Szállj le rólam, Scamp - mondta Martha, miközben a lábával ellökte a fenekét. Kinyújtotta a kezét, hogy segítsen Ribby-nek. Miután talpra állt, Ribby lesöpörte magát.

„Már majdnem csont és bőr vagy - mondta Martha. „Nem ettél még?"

Ribby megragadta az anyját, és átkarolta a nyakát. Martha visszaölelte, majd elengedte, és megkérdezte: „Csészét?".

„Remekül nézel ki, anya!" Mondta Ribby, miközben együtt sétáltak a konyhába. „Csodálatosan lebarnultál."

Martha felnevetett. „Csodálatosan éreztük magunkat. Egy perc alatt ott élnék, ha lenne rá pénzem. Tom csodálatos házigazda volt." Körbejárta a konyhát, felforralta a vízforralót, előkészítette a bögréket. „Mit csináltatok? És kinek a holmijai azok a szobámban."

„Tizzy nénié."

Martha majdnem elejtett egy bögrét. „Itt van a nővérem? Gondolom, itt nyomorog. Akkor hol van? Bevásárolni?"

„Ööö, nem, nem igazán" - mondta Ribby. „Jenny-t keresi." Ribbyben furcsa déjà vu érzés támadt. Megborzongott, és mindkét kezét a zsebébe dugta.

„Hát, az biztos, hogy furcsa dolog, hogy ilyen messzire eljött. Biztosan sok bepótolnivalónk van."

„Nem tudom, hogy visszajön-e" - dadogta Ribby. „Azt hiszem, talán haza kellett mennie. Mármint hirtelen."

Martha belekevert egy kis cukrot. „A csomagjai nélkül?" Ivott egy kortyot. „Láttad ma már őt?"

„Nem, a barátnőmnél, Angelánál voltam." Nem itta meg a teát, meg sem próbálta. A keze még mindig szilárdan a zsebében volt.

Martha lehajtotta a csésze teát. Hátratolta a székét, és olyan nagyra tátott szájjal ásított, hogy egy busz is áthaladt volna rajta. „Most már megyek aludni."

„Akkor jó éjt, anya" - mondta Ribby. Letörölte a bögréjét, és addig mászkált a konyhában, amíg meg nem hallotta Martha hívását a lépcső tetejéről.

„Ööö, egyébként Rib, ezt találtam" - tartott fel egy kést. „A zoknis fiókomban volt becsomagolva."

„Talán Tizzy néni megölt vele valakit" - mondta Angela, miközben felment a lépcsőn.

Martha átnyújtotta neki a kést, és harsány nevetést eresztett meg. „Elég nagy a fantáziád. Reggel majd alaposan kimossuk. Jó éjt!"

Angela egy új törülközőben fogadta el a kést Marthától.

Miért használt új törölközőt?

Ezt nekem kell megtudnom, és neked kell kiderítened.

Ribby a szekrénye mélyére rejtette a kést a véres ruhái közé.

Oké, akkor menj aludni.

Ne beszélj hozzám, majd én beszélek.

Jó éjt, Ribby.

Jó éjt, Angela.

FEJEZET 21

Ribby mély álomba merült. Azt álmodta, hogy magasan a felhők között van, ahol ült, és nézte, ahogy más felhők elhaladnak mellette. Néha a felhőkön emberek lovagoltak. Időnként felismert valakit. Egy híres embert, aki mintha körülnézett volna, hogy felismeri-e valaki.

Nagyon furcsa volt látni, ahogy Cary Grant mosolyogva integetett neki, miközben a felhője elszörfözött mellette.

Ribby felkiáltott: „Mr. Grant, ó Mr. Grant, maga az abszolút kedvenc színészem!".

„Maga nagyon kedves" - mondta Cary, miközben a felhője továbbhaladt.

Ribby tekintete egészen addig követte őt, amíg már nem látta, mivel a felhők nagy része elgurult. Eltűnt.

Kivéve egy hatalmas fekete felhőt, amely feléje viharzott.

Nem tudta, mit tegyen, hogyan lendüljön előre. Csapkodott a karjával, de ez nem használt. Nagy levegőt vett, és belélegezte a felhőbe, de ez sem működött. Ezúttal nem tudta, hogyan kell a felhőn lenni. Korábban megmozdult, ha akarta, de ezúttal nem mozdult.

A nagy fekete felhő közelebb lebegett. Ribby leült, majd átölelte a térdét. Esni fog az eső, és ezért mentek a többi felhőlovasok menedéket keresni. Nagyon egyedül érezte magát. Ha csak Cary Grant felhőjére ugrott volna, akkor legalább nem lenne teljesen egyedül.

BUMM! Oldalra esett a bolyhos felhő karjaiba. Mennydörgés visszhangzott az üres égbolton.

CSATTANÁS.

Villámok csapkodtak a betolakodó fekete felhőből Ribby felhőjébe. A lány felsikoltott. Nagyon közel volt. A karján a szőr felállt a statikus elektromosságtól. A bőre felhevült, egyre forróbban és forróbban.

„Hagyd abba!"

„NEM!" - ordította egy dühös női hang.

Villám csapott ismét Ribby felhőjébe, ezúttal kettévágva azt. A nő oldalra gurult, és magzati pózt vett fel. Felnézett, és egy nőt látott, aki feltűnően hasonlított Tizzy nénire. Laza, fekete ruhát viselt, nem éppen ruhát vagy köpenyt, amely fel- és körbeostorozta.

„Rosszat tettél velem, és ezért megfizetsz. Nem bujkálhatsz örökké. Használd ki a lehetőséget most—és UGRÁS!"

„De, Tizzy néni - nyögte Ribby -, megmentettem az életed!"

„Elvetted az életemet, és a pokolba küldtél! Te ostoba, ostoba lány! Most pedig add fel a tiédet, és UGRÁS!"

„De én, én nem akarok meghalni."

„Én sem akartam! Most pedig kitaszítottak a mennyországból. Istentől. Arra ítélve, hogy itt lebegjek az örökkévalóságig."

Egy újabb villám negyedekre szaggatta Ribby felhőjét.

A felhő köddé oszlott, majd semmivé. Ribby befogta az orrát, mintha egy folyóba ugrana, ahelyett, hogy a halálba zuhanna. Azt kiáltotta, hogy „Shiiiiiiiiiiiiiiiittt!", mint Redford és Newman a *Butch Cassidy és a Sundance kölyökben* , amikor leugrottak a szikláról.

A semmi tágas karjaiba zuhanva Ribby kiesett az ágyból, és puffanva landolt a padlón.

FEJEZET 22

Márta odalent csörömpölt a fazekakkal és serpenyőkkel. Ribby hallgatózott, és két hangot hallott. Az anyja társaságot kapott.

Péntek reggel volt, és Ribby késői munkakezdést kért. Hallani akart az anyja kirándulásáról, mielőtt a saját házába utazik a hétvégére.

„Jó reggelt, anya - mondta Ribby, miközben befordult a sarkon. Meglátta John MacGraw-t, amint az újságot olvasta.

Martha mögötte állt, és a válla fölött olvasott.

„Jó reggelt, John - mondta Ribby, miközben töltött magának egy kávét, majd a hűtő mellé állt.

„Nem találom sehol. Elvitted, Ribby? Az üveg Jack Daniels-emet? Itt volt, és tele volt."

„Tizzy néni megitta" - mondta Angela. „Ideges volt, és lenyelte, hogy megnyugtassa az idegeit. Biztos vagyok benne, hogy ki akarta cserélni. Majd később hozok neked egy újat."

„Szükségünk volt rá, hogy elkészítsük a tojásainkat, Rib."

„Igen, semmi sem jobb, mint egy kis Jack Danielst önteni a tojásokba. Tökéletes orvosság másnaposság ellen" - mondta John.

„Nos, ma reggel nélkülöznünk kell" - mondta Martha.

„Akkor nekem nincs tojás, kedvesem" - mondta John. „Csak még egy csésze kávét."

Martha az asztalhoz vitte a kannát. „Ülj le, lányom. Van valami fontos dolog, amiről beszélnünk kell."

Jézusom, miről van szó?

Ribby tanulmányozta Marthát és Johnt, miközben pillantásokat váltottak. Leült az anyjával szemben, és várta, hogy elmagyarázzák.

Ó, te jó ég, ezek NEM házasodnak össze! Ugye? Gros.

„Holnap este különleges látogató érkezik hozzátok. A neve Mr. Edward Anglophone - mondta Martha.

„Tényleg? De... ki ő?"

„Hadd fejezzem be a magyarázatot. Tudom, hogy hamarosan indulnod kell a munkába. Ez nem tarthat sokáig."

Ribby bólintott, és Martha folytatta.

„Amikor a vízparton voltunk, egy kedves kis panzióban szálltunk meg, és találkoztunk Edwarddal. A barátai Teddynek hívják. Saját könyvtára van odakint. Megismerkedtünk vele, és jól kijöttünk. Meghívott minket egy italra. Említette a könyvtárát, és hogy szüksége van egy új főkönyvtárosra."

„Tudott rólad, Ribby" - ismerte el John.

„Rólam?"

„Ismer embereket a világ minden táján lévő könyvtárakban" - tette hozzá Martha. „És könyvtárosokat."

„Rajta tartja az ujját a pulzuson, hiszen ő maga is új könyvtárost akar felvenni" - mondta John.

„Igen" - tette hozzá Martha. „A könyvtára bezárt. Ezért akar találkozni veled."

„Hogy átvegyem a könyvtárát?"

„Potenciálisan" - mondta John.

„Főkönyvtáros? Engem?" Ribby felkiáltott. „Nem vagyok alkalmas arra, hogy vezető könyvtáros legyek. Ahhoz diploma kell!"

Mi is lehetnénk főkönyvtáros.

„Hát, én csak annyit tudok Rib, hogy ha valakinek saját könyvtára van, akkor bárkit felvehet főkönyvtárosnak, akit csak akar. Ez egy kis Rib, nem olyan, mint a torontói könyvtár— de ez az élet lehetősége. Szóval, 8-ra itt lesz. Venned kell valami új ruhát. Csinálj magadnak valami szépet, hogy jó benyomást kelts." Márta belekortyolt a kávéjába. „Arról nem is beszélve, hogy teljesen tele van."

Most meg, hogy rászed minket, ki?

Biztos, hogy nem.

Nekem úgy hangzik.

„Igen, rengeteg pénze van. És nincs családja. Rokonai sincsenek - mondta John.

„Nem akarok találkozni vele. A munkámmal nincs gond. Különben is, nem akarok messzire költözni. Szeretek itt lenni."

Nem akarunk csicskáztatni! Te, te hülye öreg denevér!

„Sajnálom anya, de ez a lehetőség nem nekem való."

„Lányom, találkozni fogsz vele és kész!"

„Csak találkozz vele" - mondta John. „Mit veszíthetsz?"

Ribby hátralökte a széket. Angela a lépcső felé fordult.

„Amikor a pokol befagy" - mondta Angela.

Martha széke a padlónak csapódott.

Ribby felszaladt a lépcsőn, és bezárta az ajtót.

Angela feldobta Ribby szekrényét, és felkapta a becsomagolt kést. Várt.

Ha az a ribanc megpróbál bejutni ebbe a szobába, meg fogja bánni.

Lépések. Taposás taposás. Stomp Stomp Stomp. Két sorozat. Futás. Nevetés.

Ribby visszatartotta a lélegzetét.

Percekkel később már teljesen világos volt, mire készülnek. Martha felkiáltott: „Igen!", miközben a fejtámla a falnak csapódott.

Teljesen undorító volt.

Tűnjünk el innen!

FEJEZET 23

A könyvtárban káosz uralkodott, amikor Ribby megérkezett.

Mrs. P. Wilkinson, a könyvtár vezetője már hónapok óta tervezte a könyvdedikálást. Ez az ő gyereke volt, mivel személyes barátságban állt a bestseller-író P. K. Schmidlappal.

Amikor Ribby a bejárat felé indult, két gyerek felkiáltott: „Hé, mit képzel, hová megy, hölgyem? Már órák óta itt vagyunk. Nem jöhet be!"

„Én itt dolgozom" - mondta a nő a könyvtári személyzeti jelvényét villogtatva.

Miután bejutott, megkereste Mrs. Wilkinsont.

„Kész káosz van odakint" - kiáltott fel Ribby. „Hol van Mrs. Wilkinson?"

„A férje telefonált. Kórházban van, szétrepedt vakbéllel. Nem tudjuk a jelszavát, így a számítógépéről nem tudjuk lekérni a menetrendet. Néhány száz gyerekre számítottunk, nem pedig több ezerre!" Monica remegő hangon mondta: „Nem tudom, mit tegyek. P.K. csak még hatvan percig van itt, mert más elfoglaltságai vannak." Könnyekben tört ki.

„Ó, Istenem, fel kellett volna hívnod. Ne aggódj, beszélek P.K.-val, hátha ki tudunk valamit találni."

„Nem tudsz átjutni a felügyelőjén, vagy inkább a feleségén" - mondta Monica. „Ott van - magas, szőke, és tele van magával."

Schmidlapné drága, dizájner öltönyt és 15 centis magassarkút viselt. Többször is az órájára nézett, amikor Ribby feléje tartott.

„Elnézést, Mrs. Schmidlap?"

„Yeeeeeeeeeeeeees."

„Válthatnánk pár szót? Van egy kis problémánk."

„Nekünk nincs problémánk! Nektek van bajotok!" Schmidlap asszony kiabált, mire a férje elejtette a tollát, a gyerekek pedig felugrottak.

Ribby körül egyre nagyobb lett a feszültség.

„Eet rendben van, drágáim" - mondta Schmidlapné, megragadta Ribby bal karját, és félrehúzta. „Ti nem vagytok szervezettek. A férjem, még egy órát aláír, aztán zipp, ve elmentek. Ze gyerekeknek nem szabad csalódniuk, de ő nem maradhat. Más kötelezettségei vannak. Ve más kötelezettségei vannak" - suttogta dühös hangon.

Ribbynek megoldást kellett találnia. Legalább ezer gyerek volt kint és további ötven-száz bent. Meg kellett győznie P.K.-t, hogy dedikálja a könyveket azoknak a gyerekeknek, akik a leghosszabb ideig vártak. Megtehette volna, ha felgyorsítja a dolgot.

„Mi a helyzet a kompromisszummal?" Schmidlap asszony megkérdezte.

„Igen, jó ötlet."

„Tizenkettőkor kell mennünk, pontban, minden ha és de nélkül. Mi, P.K., nem írhatunk alá mindenki helyett, ma nem. Mi van, ha, zeeze gyerekek ma vesznek egy példányt ze könyvből, vagy megrendelik ve mondjuk ma? P.K. minden rendelést aláír, és a hét végéig ide lesz szállítva, ez megfelelne?"

„Csak annyit tehetünk, hogy megpróbáljuk. Köszönöm a javaslatot. Meglátom, mit tehetek."

Ribby visszatért kifelé. Behúzta maga mögött az ajtót.

„Hé, mit csinál, hölgyem? Még nem láttuk P.K.-t! P.K.! P.K.! P.K.!" - kiabálták, és előrenyomultak.

„Ne beszéljen már mindenki! Kérem, maradjanak csendben, és én elmagyarázom!"

A gyerekek elcsendesedtek.

„Oké, így már jobb!" Mondta Ribby. Észrevette, hogy elővigyázatosságból megérkezett a rendőrség. „P.K.-nak pontosan délben tizenkettőkor el kell innen indulnia, hogy teljesítsen egy előzetes kötelezettséget".

A tömeg kifütyült és gúnyolódott. A rendőrök bevonultak.

„P. K. dedikálja az összes könyvet. Itt vannak a parancsai. Ha bármi változás van az információinkban, kérem, hogy ma délután öt óráig írásban jelezzék nekünk. Jövő héten itt vehetik át őket" - javasolta Ribby.

„Egy héten belül!? Már mindenki befejezte a példányok elolvasását. Elmondják majd a befejezést. Elrontják nekünk."

„Elviheted ma a könyvedet, és elolvashatod dedikálatlanul, vagy itt hagyhatod, hogy P. K. dedikálja, rajtad áll."

Némi morgás hallatszott, és Ribby tudta, hogy ez akárhogy is alakulhat.

Schmidlapné kijött segíteni, és a fülébe súgott egy javaslatot.

Ribby közvetítette az üzenetét a gyerekeknek. „Ha ma dedikáltatni hagyjátok a könyveteket, akkor egy exkluzív ajándékot kaptok P. K.-től — egy limitált példányszámú — könyvjelzőt!".

A gyerekek ujjongtak. Ribby és Schmidlapné megölelték egymást. A rendőrök megemelték a kalapjukat. Pontban tizenkettőkor P.K. limuzinnal indult el.

Amikor mindennek vége lett, Ribby elernyesztette a vállát, ahogy a feszültség elolvadt. A nap hátralevő része hála istennek eseménytelenül telt.

Útban a lakásuk felé Ribby a megfoghatatlan Mr. Angolkisasszonyra gondolt.

Talán csak fel kellene keresnem?

Főkönyvtárosnak lenni menő lenne, és a mai nap után megérdemelné.

Igen, a mai vezetői feladat úgy éreztette velem, hogy képes vagyok rá. Úgy értem, főkönyvtárosnak lenni, és mikor lesz még egy esélyem?

Nagyon gazdag lehet, ha saját könyvtára van.

Igen. De miért engem? Bárkit megkérdezhetne.

Soha nem gondoltam volna, hogy ezt mondom, de Martha biztos felelős az érdeklődéséért.

Arról nem is beszélve, hogy engem vett számításba a szerepre.

Szóval, beleegyeztem. Találkozunk vele.

Igen, megegyeztünk.

FEJEZET 24

Másnap este 20:34 volt, amikor Ribby hazaérkezett. Fekete ruháját és magas sarkú cipőjét viselte.

Egy limuzin parkolt a járdaszegélynél.

A sofőr megemelte a kalapját. „Szép estét" - mondta.

„Igen, valóban szép" - válaszolta Ribby.

„Ahogy maga is" - mondta a sofőr egy kacsintással.

Ez váratlanul érte Ribbyt.

Angela visszakacsintott.

Ribby felszisszent odabent, de hamarosan mosolyra húzta a száját, amikor belépett a nappaliba. „Jó estét - mondta.

Angol felállt, és kezet csókolt neki. Körülbelül 1,80 méter magas és nyolcvan év körüli volt. Botjával állt, és drága szabású, kék csíkos öltönyt viselt, piros nyakkendővel.

„Kér valaki egy italt?" Martha megkérdezte.

„Szeretném - mondta Mr. Anglophone -, ha elvinném Ribbyt egy körre a kocsimmal. Mármint, ha nem bánja?" A férfi a nő irányába pillantott, majd az órájára nézett. „A Revolving étteremben van asztalfoglalásunk kilencre."

„Elnézést kérek a késésért."

Ó, istenem! Valószínűleg még a vacsorát sem fogja kibírni! Teljesen és teljesen elöregedett!

„Ó, igen, megértem, hogy a szépségnek idő kell" - mondta Anglophone, miközben felállt, és kinyújtotta a karját Ribby felé.

Ribby megfogta.

Ribby és Anglophone elindultak az ajtó felé.

„Ne aggódj, hogy korán hazaér, Teddy. Tudjuk, hogy vigyázni fogsz rá."

Te jó ég! Ezzel biztosan NEM megyünk haza.

Ribby a válla fölött az anyjára pillantott, ahogy a kocsihoz közeledtek. Amint beültek, Anglophone azt mondta: - Sofőr, mehet a célállomásunkhoz. Gondolom, megnézted a térképen, hogy hol van?"

„Igen, Mr. Anglophone, uram, a GPS készen áll".

„Jó, jó. Akkor most már tanul" - mondta Mr. Anglophone. „Most pedig csukja be a válaszfalat, hogy a hölgy és én magunkra maradhassunk."

Mocskos vén szatyor.

A limuzinsofőr tekintete a visszapillantó tükörben érintkezett Ribbyével, miközben megnyomott egy gombot. Üvegfal emelkedett közéjük. Vörös bársonyfüggönyök lebegtek rajta, és a hátsó ülést privát szobává alakították. Mr. Anglophone megnyomott egy gombot, hogy feltáruljon egy bárpult hűtött pezsgővel.

„Ribby, kedvesem, már nagyon vártam, hogy találkozzunk."

Ribby, nem tudván, mi mást mondhatna, azt mondta: „Köszönöm, Mr. Anglophone".

„Szólítson nyugodtan Teddynek, mert a nevem Edward. Mondja csak, honnan kapta a nevét, Ribby? Ez valami rövidítése? Eléggé egyedi, de kedves név."

Ribby felnevetett. „Furcsa. Ezt még soha senki nem kérdezte tőlem."

„Ha ez egy olyan titok, amit nem akarsz megosztani, teljesen megértem, kedvesem."

Ő egy öreg simlis. Egy sármőr. Ezt meg kell hagyni neki!

„Amikor kislány voltam, nem tudtam kiejteni a keresztnevemet. Úgy írják, hogy Rebecca, de úgy ejtik, hogy Reee-becca. Tudod, azzal a szörnyen eltúlzott hosszú „e"-vel. Én mindig Rib-eccának ejtettem" - nevetett. "Anya nem szerette *Beckyre* rövidíteni . Úgy gondolta, hogy túl közönségesnek hangzik, ezért elkezdett Ribby-nek hívni. Ez ragadt rám, és azóta is ez a nevem."

„Nos, akkor hívhatlak Rebeccának, ha akarod, de én jobban szeretem, ha különleges nevet adok neked".

„A név, amit szeretek, az Angela. Szeretnél engem Angelának hívni?"

OMG! Miért csinálod ezt velem?

„Angela" - mondta Teddy, ahogy lepergett a nyelvéről. „Rendben, akkor legyen Angela." Teddy végigsimított a kezével Ribby térdén.

Ribby úgy döntött, hogy az ecsetelés véletlen volt.

Angela nem volt ebben olyan biztos.

***

Az étteremben a sofőr először Teddynek
   majd Ribbynek nyitotta ki az ajtót.
   „Legalább két óra múlva indulunk - mondta Teddy.
„Majd küldök egy sms-t ha készen állunk".
   „Igen uram."
   „Legtöbbször egy átkozott bolond" - mondta
Anglophone a sofőrjére utalva - »de hűséges
amennyire csak lehet«.

FEJEZET 25

Az étteremben sor állt, de az anglofónok jelenléte elválasztotta az utat.

Úriember módjára felajánlotta Ribby karját, és végigkísérte őt a zsúfolt éttermen.

Olyan volt ez számára, mint egy testen kívüli élmény. A vendégek elfordították a fejüket, üdvözölték őket, sőt poharukat is emelték, hogy koccintsanak rájuk. Úgy érezte magát, mint egy híresség.

A pár továbbment egy privát terembe. A mennyezet magas volt, az asztaluk fölött csillogó csillár lógott. Maga az asztal gyönyörű tányérokkal, evőeszközökkel és csillogó kristálypoharakkal volt megterítve. Egy üveg pezsgő hűlt az állványon.

Miután helyet foglaltak, Anglophone mindkettőjüknek rendelt.

Ribby úgy érezte magát, mint Bella a Szépség és a Szörnyetegben a nagy bálteremben.

Öreg ugyan, de nem szörnyeteg.

Pszt!

Anglophone elég sokat beszélt az üzleteiről és a pénzéről.

Ribby megkérdezte, hogy volt-e valaha házas.

„Kétszer majdnem megnősültem. A nők nem azok voltak, akiknek látszottak. Aranyásók, tudja." Szünetet tartott, és közelebb lépett Ribbyhez. „Mindkettőt megöletettem."

„Hogy mit csináltál?" Mondta Ribby, és majdnem kiöntötte a pezsgős poharát.

„Egy kis tréfa, hogy lássam, figyelsz-e" - mondta Teddy. Nevetett, és megveregette a lány kézfejét. „Manapság nem sokan kedvelnek egy ilyen vén csirkefogót, mint én!"

Ribby újabb kortyot ivott a pezsgőből. Már szédültnek érezte magát.

„Akkor jó. Keressük meg azt a lusta, semmirekellő sofőrömet!"

„Kezdek nagyon fáradt lenni" - mondta Ribby. „Hazavinnél?"

„Persze, hogy nem bánom, Ribby, mármint kedves Angela. Fiatal még az éjszaka, és a könyvtáramban még nem beszéltük meg a szerepet."

„Élveztem ezt az estét, de nem hiszem, hogy alkalmas lennék a pozíció betöltésére. Ez hízelgő, de..."

„Badarság! Ezt nem önnek kell eldöntenie! Jó érzésem van önnel kapcsolatban, és ez elég."

Amikor visszatértek a limuzinba, Ribby megkérte Teddyt, hogy magyarázza meg az utolsó kijelentését.

„Van pénzem. A pénz megkönnyíti, hogy mindenhol szemmel tartanak. Tudok rólad. Például, hogy segítesz az édesanyádnak a jelzáloghitelben, és hogy egy vízparti lakást is bérbe adsz."

Ribby zihált.

Folytatta: „Hogy önzetlenül szórakoztatod a szegény beteg gyerekeket, és hogy egymaga elhárítottad a tülekedést P. K. dedikálásán. A felesége, Schmidlapné nem sok embert kedvel, de téged igen. Ha vele együtt tudsz dolgozni, bármit meg tudsz csinálni. A munka a tiéd, ha akarod."

Ribby fejében pörgött a levegő, amikor Teddy megnyomta a kaputelefon gombját, és szólt a sofőrnek, hogy menjen vissza az otthonába.

Ő maga követett minket, vagy felbérelt valakit, hogy tegye ezt.

„Még gondolkodnom kell rajta."

„Akkor legyen. Hét napod van, hogy dönts. Itt a névjegykártyám, bármikor elérhet éjjel-nappal." Egy kis szünet után azt mondta: „Várjon egy percet! Miért nem jön fel, és nézi meg a könyvtárat a saját szemével? Nincs jobb alkalom, mint a jelen. Akár most rögtön együtt is visszamehetnénk!"

„Hát, nem is tudom."

Felajánlotta neked a vezető könyvtárosi állást. A tiéd lehet. Tudom, hogy most ijesztőnek tűnik, de őszintén megmondja. Nem titkol semmit, nem hazudik. Ez már valami. Ő a mi kiutunk. Megfigyelhetjük őt, megnézhetjük, milyen is valójában, anélkül, hogy elköteleznénk magunkat. Gyerünk Ribby, próbáld meg. Különben is, a sofőr szuper helyes. Nézd azokat a szőke fürtöket, amik a sapkája alól kandikálnak ki.

A kék szeméről nem is beszélve.

Tudom, tudom. Tudom, tudom. Különben is, jó móka lehet!

„Kora reggelre ott lennénk. Ugyanabban a panzióban szállhatsz meg, ahol Martha és John nyaraltak. Minden elő lesz készítve az érkezésetekre. Ez segíteni fog a döntésben."

„De nekem nincs más ruhám— azon kívül, ami rajtam van."

„Á, emiatt ne aggódj."

Ribby kinyitotta a száját.

Előre látta a következő ellenvetését. „Felhívom anyádat, és elmagyarázom."

Ribby már semmiben sem volt biztos. Gondolatban ide-oda járt a fejében. Kellene, vagy nem kellene?

„Örömmel - mondta Angela, és a sajátjába fogta Teddy kezét.

Túl sokáig tartott a döntés.

Ribby, akinek figyelmét elterelte, hogy a sofőr a visszapillantó tükörben őt nézte, összerezzent.

Teddy utasította a sofőrt, hogy vigye őket haza.

Ribby úgy tett, mintha aludna a visszaúton.

Angela remélte, hogy Teddy szundikál egyet, hogy fel tudjon menni, és le tudjon ülni a sofőr mellé.

Teddy elővette a laptopját, és gépelni kezdett.

A túlbuzgó kattintgatástól elborult a fejem.

Biztos vagyok benne, hogy hamarosan ott leszünk.

Másodpercekkel később: *Ott vagyunk már?*

FEJEZET 26

A hajnali órákban érkeztek Port Doverbe.

A sofőr kinyitotta Teddy előtt az ajtót. „Vigye Miss Angelát Mrs. Pomfrere-hez. Ne jöjjön vissza, amíg be nem mutatták neki."

„Igenis, Mr. Anglophone."

„Kérje meg Mrs. Pomfrere-t, hogy gondoskodjon róla, hogy Miss Angela négy óra múlva felkeljen és kész legyen a reggelire. Mondja meg neki, hogy azonnal ott lesz Miss Ribbyért."

„Igen, uram" - felelte a sofőr, visszaszállt a kocsiba és elhajtott.

Ribby, aki elbóbiskolt, most kinyitotta a szemét. Kinézett az ablakon, próbálta megnézni, milyen lehet az angolkisasszony háza, de túl sötét volt.

Néhány pillanattal később megérkeztek a panzióhoz. Mrs Pomfrere kisietett, hogy üdvözölje őket. A sofőr bemutatkozott neki, majd diszkréten tájékoztatta az Anglophone birtokon elköltött reggeliről, és elindult.

„Hihetetlenül örülök, hogy megismerhetem, Miss Angela. Anglophone úr nagyon sokat mesélt önről."

Ribby nem tudta nem észrevenni Pomfrere asszony öltözékét. Bár még rendkívül korán volt, mégis estélyi ruhát viselt. „Köszönöm, Mrs. Pomfrere. Ha siet valahová, kérem, ne hagyja, hogy feltartsam. Mutassa meg a szobám irányát, és biztos vagyok benne, hogy boldogulok."

„Megoldani? Megoldani? Miért vagyok így felöltözve, hogy üdvözöljem önt. Most pedig kérem, kövessen, és berendezkedünk!" Bementek, ahol a nő forgószélként haladt végig a folyosón és fel a lépcsőn Ribby szobája felé.

„Te még édesebb vagy, mint képzeltem. Teddy biztosan odáig van érted, és én már látom is, hogy miért. Jaj, jaj, de hosszúak a lábaid, nem igaz?" mondta Mrs. Pomfrere túlságosan ismerős hangon.

„Ööö, hát - dadogta Ribby.

„Ez a te szobád - nyitott ki Mrs. Pomfrere egy ajtót.

Mindenféle fajtájú és színű rózsák töltötték meg a szobát. Mennyei illata volt. A szekrényajtó tárva-nyitva állt, tele dizájner ruhákkal.

„Remélem, a méretek megfelelőek. Teddy becsülte. Mindent megtalálsz, amire szükséged van. Ha bármire szüksége lenne, a nap huszonnégy órájában állok rendelkezésére."

„Úgy érti, ez mind nekem van?"

„Ó, igen, igen, a ruhák és még sok minden más. Szerencsés lány vagy, az vagy. Azzal, hogy Mr. Angolkisasszony az oldaladon áll. Ő bármire képes. Olyan, mint a varázslat."

„Uh, igen, az vagyok" - mondta Ribby, majd egy gyenge »Köszönöm«, miközben Mrs. Pomfrere becsukta maga mögött az ajtót.

Hűha! Ez aztán a fickó!

Ezt ő tette értem.

Gondolom, ezért kattogott a laptopján egész úton.

Ribby hirtelen felnevetett. Úgy érezte magát, mint egy gyerek az édességboltban. Most, hogy újra felpörgött, a szoba egyik oldaláról a másikra száguldott, minden sarkon csecsebecséket és ajándékokat talált. A fürdőszobában egy buborékokkal teli Spa-kád várta, hogy megérkezzen.

A könyökét a buborékok alá helyezte, majd feltörte a víz felszínét. Elragadtatott nyögés szökött ki a torkán. A hőmérséklet tökéletes volt. Levetkőzött, és leereszkedett bele. A buborékok bizsergették a bőrét. Hanyatt dőlt, mély levegőt vett, és lehunyta a szemét. Újra kinyitotta őket, hogy megbizonyosodjon róla, nem álmodik-e. Úgy érezte magát, mint Csipkerózsika, és arra ébredt, hogy a paradicsomban van!

Én is eljuthatnék idáig.

Nekem is!

Kipihenten, kényelmes hálóruhában bebújt a takaró alá, és álomba merült.

***

„Ébren van, Miss Angela?" Pomfrere asszony kérdezte a csukott ajtón keresztül. Anélkül, hogy Ribbynek időt hagyott volna a válaszadásra, az illető újra kopogott.

Egy másik hang, suttogva. Teddyé.

Ribby eltakarta magát, arra számítva, hogy rögtön berontanak.

„Hát akkor hozd a kulcsot, és ébreszd fel!" Teddy követelte. „Van hová mennünk, és van mit megnéznünk."

Engedjetek be! Engedjetek be! Mocskos vén szarházi.

„Fel kellett volna ébresztened, amikor a sminkes megérkezett - kiáltott fel Teddy.

Sminkes. Érdekes...

„Megpróbáltam, Mr. Angolkisasszony, de olyan mélyen aludt, hogy nem akartam megzavarni."

„Öt perc múlva jövök, Teddy."

„Otthon várlak. A sofőröm majd elhozza hozzám, ha készen áll. Kérlek, ne várakoztass meg."

Szuper. Szabadidő a sofőrrel.

Öt percünk van, hogy elkészüljünk.

Gyorsan lezuhanyozott, átnézte a komódot, és felfedezett egy sor selyem alsóneműt.

A vén csirkefogónak figyelemre méltó ízlése van.

És a szeme is elég jó. Ezek a méretek telitalálat!

Szívrohamot kapna, ha csak selyemben sétálnánk ki. Fogadok, hogy a sofőr szemei is kipattannának a fejéből.

Ne légy undorító. Ribby begombolta a selyemblúzát, és felhúzta a szoknyáját.

Aztán újabb, határozottabb kopogás következett. „Elnézést, azért jöttem, hogy megcsináljam a Madame sminkjét."

Mindenre gondolt.

Egy apró, Martha kora körüli nő pillanatok alatt befejezte Ribby sminkjét.

"Én vagyok Angela!" Mondta Ribby, miközben mosolyogva nézett a tükörképére.

„Hát persze, hogy az vagy" - válaszolta a nő közömbösen.

Nem, te biztosan nem vagy az.

Féltékeny vagy?

„Köszönöm. Adnék borravalót, de nincs nálam pénz".

„Ó, nem kell borravalót adnia, Mr. Angolkisasszony gondoskodik róla".

Ribby gyomra korgott, miközben belelépett a tüskés sarkú cipőjébe.

A limuzinhoz vezető úton úgy lépkedett, mint egy részeg. A sofőr elmosolyodott, amikor majdnem felborult. Ha tetszett is neki, nem mutatta ki. Szó nélkül kinyitotta neki az ajtót.

Az út a házig elég kellemes volt. Pomfere asszony panziója egy kis falu közepén állt. Ahogy a kocsi végigkanyargott az országúton, Ribby megpillantotta az Erie-tavat.

„A kikötő és a világítótorony arra van - magyarázta a sofőr. „Télen nagyon népszerű a jegesmedvebúvárkodás."

„Ó, emlékszem, hogy láttam erről valamit a hírekben. Mivel jótékonysági céllal vetik magukat a vízbe, csodálom a bátorságot, ami ehhez kell." A nő megborzongott.

„A barátom tavaly részt vett rajta, majdnem lefagyott a -" szünetet tartott - "a, ööö, a szerelése."

Ribby felnevetett.

Azt hiszi, túlságosan primitív és illedelmes vagy ahhoz, hogy előtted golyókat mondj.

Nos, én a főnöke vendége vagyok.

„Mindjárt ott leszünk - mondta a sofőr.

Átmentek néhány falucskán, amelyek elég kicsik voltak ahhoz, hogy észrevegyék őket, de egy szempillantás alatt eltűntek.

„Megérkeztünk - mondta a sofőr.

Ribby egyenesen ült. Most, hogy megérkezett a főépülethez, mindent magába akart szívni.

Angela a *Dallas* című tévésorozat főcímzenéjét dúdolta .

Az Angol házához vezető felhajtó túl hosszú volt. Fák sorakoztak a körúton, a szél akaratának megfelelően hajladoztak. Angela megborzongott.

Kihúzta a nyakát, próbálta megpillantani a házat. Amikor sikerült, mélyet lélegzett, és visszatartotta a levegőt. Nem volt szép ház. Keskeny ablakaival és sötét téglaépítményével hidegnek, barátságtalannak érezte. Teljes ellentétben állt a másik házzal, amelyben éjszakázott.

Egyenesen Bronte-szerű.

Nézze csak, rózsabokrok.

Reméljük, hogy belül is szép.

Biztos vagyok benne, hogy az lesz.

A sofőr megállította a kocsit, és megfordult, hogy kinyissa az ajtót. Ribby megborzongott, ahogy végigbotorkált az aszfalton.

Mielőtt bekopoghatott volna a bejárati ajtón, egy férfi nyitotta ki. Magas volt, vékony, drótos, tetőtől talpig feketébe öltözött. Olyan arckifejezést öltött, amilyet az ember egy citrom szopogatása után szokott.

„Helló - mondta Ribby.

Magas hangon mondta: - Asszonyom, Mr. Anglophone várja önt. Túl sokáig várakoztatta!"

„Sajnálom."

Ne kérjen bocsánatot, ő a segítség. Nyomuljon el mellettem, mintha a maga tulajdona lenne a hely. Te vagy Theodore Anglophone vendége. Megérdemled, hogy itt legyél.

Pontosan ezt tette.

A szájtátott szájú férfi nem volt elégedett, de ő profi volt. Bejelentette Ribby érkezését.

Teddy azonnal felállt, és egy kézmozdulattal azt mondta: „Üdvözlöm az otthonomban".

Ribby alaposan szemügyre vette a szobát, amelyben Teddy állt. Bár nem volt magas ember, ebben a környezetben mégis magasnak tűnt. Még a szobával szemben álló páncélos is alacsonyabb volt nála.

A lovagok sokkal kisebbek voltak, mint képzeltem.

Ribby elmosolyodott. „Köszönöm, Teddy. Milyen csodálatos szoba!"

Jackpot!

„Kedvesem - mondta Teddy -, úgy nézel ki benne, mint egy kép. Sőt, meg kell festetnem a portréját, ahogy most van."

Teddy mintha elfelejtette volna, hogy haragudott ránk.

Ribby elpirult. „Nagyon szépen köszönök mindent— mindent."

„Örömömre szolgál, kedves Angela. Most pedig gyere ide, és ülj le velem szemben, hogy a hátad mögött beáramló reggeli fényben nézzelek." Teddy csettintett az ujjaival, és az inasa kihúzta Ribby számára a széket. „Remélem, minden rendben volt a panzióban?"

„Igen, csodálatos, Mr., ööö, Teddy."

„Nem voltam biztos benne, hogy mit szeret reggelizni, ezért a szakácsom mindenből kettőt készített." Ismét csettintett az ujjaival, és megkezdődött az ételek felvonulása.

„Ó, te jó ég!" - mondta a lány. Szalonna, juharszirup, áfonyás muffinok és kolbászok illata érte el az orrát.

Beszéljünk csak egy szmorgasbordról! Elég étel, hogy egy hadsereget is jóllakjon!

Az inas utasította az alárendeltjeit, hogy először Mr Angliát szolgálják fel.

Anglophone megtapsolta a kezét.

Az alkalmazottak azonnal odamentek, hogy kiszolgálják Ribbyt.

Anglophone ismét megtapsolta a kezét. „Tibbles, Mimózát kell innunk!"

Azonnal egy pincér kettévágott két narancsot, és kifacsarta a levét. Egy másik pincér felbontott egy üveg pezsgőt. Az első pincér összekeverte a két italt. Ribby figyelmesen figyelte, ahogy a pincér nagy pontossággal töltötte ki az egyes anyagokat.

Egy teli poharat nyújtott át Teddynek, hogy tesztelje. Teddy bólintott, hogy kielégítő volt. Megtöltött egy második poharat, és átadta Ribby-nek. Koccintottak a kellemes időtöltésre, és belekóstoltak az ételbe.

„Remélem, nem bánod, de kifizettem anyád jelzáloghitelét".

Ribby tátva maradt a szája.

Teddy intett még egy kávéért, és töltöttek neki. Miközben megkeverte, hozzátette: „Azt az épületet is megvettem, amelyben a lakásod van".

Ribby zihált. A szalvétával megtörölte a szája sarkát.

Ez váratlan fordulat.

„Természetesen nem kell többé bérleti díjat fizetned. Spórolj a pénzzel, ha nem költözöl ide. Utazzon. Nézd meg a világot!"

Mondj valamit, bármit.

„Ja, és a hitelkártyádat is kifizettem." Belekortyolt a mimózájába.

"Uh, köszönöm. Nagyon szépen köszönöm. Ez nagyon kedves tőled."

Ribby kényelmetlenül érezte magát Teddy bejelentései után, és ez látszott is rajta.

„Mondd csak, Angela, mi a szíved vágya?"

„A szívem vágya?" Mondta Ribby elpirulva. „Nem tudom."

„Tudnod kell, hogy mit akarsz. Egy ilyen okos lányt, mint te. Valami, ami mindig túl messze volt a kezedtől, és mégis a szíved vágyott rá. Gondolj csak bele. Idővel majd újra megkérdezem."

Ribby hallgatta, ahogy Teddy a világ körüli utazásairól mesélt.

„Ülhetnénk itt tovább is, és beszélgethetnénk, de nagyon szeretném megmutatni a könyvtárat."

„Ó, igen. Alig várom, hogy láthassam" - mondta Ribby. A mimóza egyenesen a fejébe szállt. „De szeretnék egy kis friss levegőt szívni. Nem szoktam ilyen korán pezsgőzni. Túl messze van gyalog?"

Teddy felnevetett. „Egy ilyen fiatal manónak, mint te, nem az, de olyan alkalmatlan cipőt viselsz". Csettintett az ujjaival. Egy nő lépett be. „Kérem, hozzon a vendégemnek egy pár megfelelő cipőt." A nő meghajolt, elhagyta a szobát, és pillanatokkal később visszatért egy pár futócipővel. „Vegye fel ezeket. A magassarkút magammal viszem a kocsiban." Aztán az inasához: „Tibbles, rajzoljon a vendégünknek egy térképet".

„Útközben gondolkodj el a szíved vágyán. Ne feledd, azt akarom, hogy adj neki nevet."

A levegő csípős és tiszta volt. Kitisztította a fejét.

Olyan kedves, szelíd és adakozó.

Talán nem az vagy az, akinek vagy akinek tetteti magát. Maradjunk résen, amíg nem tudjuk, mit akar. Ne feledd, semmi sincs ingyen.

Ribby tovább sétált, elméje elmerült abban, hogy választ találjon a férfi kérdésére.

Hadd találgasson. Még ne fedjük fel a kártyáinkat.

Befordult a sarkon; meglátta a limuzint, majd a könyvtárat.

Stephen kinyitotta az ajtót Teddy előtt, aki Ribby cipőjét tartva kilépett. Beült a limuzinba, és cipőt cserélt, a lapos cipőt a kocsi hátsó ülésén hagyva.

„Itt van, kedvesem - mondta Teddy. Az ajtó fölött a felirat állt: ***E. P. Anglophone: Magánkönyvtár.*** A tábla alatt egy tábla volt: Főkönyvtáros: üres hely.

Meglep, hogy a mi nevünk még nincs ott fent. Elég magabiztosnak tűnik.

Viselkedjen.

„Jöjjön - mondta.

A nagy fa boltívek fogadták őt odabent. Angolkisasszony megfogta a kezét.

Ribby szíve kihagyott egy ütemet. A könyvtár kerek volt. Kör alakú polcok. Könyvek, könyvek és még több könyv, ameddig a szem ellátott. Ezer és ezer. És létrák, készenlétben, hogy feljusson a legfelső polcra. A mennyezet magasságáig, az ólomüvegek mintegy húsz láb magasra. Amikor felnézett és megfordult, megszédült.

Teddy egy székhez vezette, amibe sóhajtva belebukott.

„Elégedett vagy?"

„Ó, igen!" Mondta Ribby, próbálva kordában tartani az érzelmeit. „Olyan, mintha valami álomból lenne."

Szép Ribby, de valami nem stimmel.

„Mondd meg most. Mi a szíved vágya?"

„Ez az!"

Micsoda kis bolond!

„Ne aggódj" - mondta Teddy. „A tiéd lehet, és a tiéd is lesz. Ha te..."

Itt Teddy megállt, mert a sofőrje felhívta rá a figyelmét. „Ööö, egy pillanatra kérem, Angela. Érezd magad otthon."

Ribby felállt és megingott. Felmászott az egyik létrán, lejött, és felmászott egy másikra. Minden szerző, akire csak gondolni tudott, itt volt. Rájött, hogy a sofőr visszatért, és alatta áll, megigazította a szoknyáját.

„Ó, megijesztettél."

Nem én! Gyere ide hozzám!

„Mélységesen sajnálom, de az Angol úr el lett hívva. Megkért, hogy kísérjem vissza a birtokra, ha készen áll."

„Én, én csak..." Ribby úgy lépett le, hogy nem figyelt teljesen. Rosszul lépett és megbotlott.

A sofőr, akinek még a nevét sem tudta, elkapta.

Ribby élénkvörösre pirult. A tekintetük összekapcsolódott. Letette a lányt, és elsétált.

„Köszönöm."

A férfi nem válaszolt.

Azt hiszi, szándékosan csináltam. Hogy tetszik nekem.

Angela kuncogott.

Követte a férfit az ajtón át a parkolóba, majd úgy döntött, hogy nem száll be a kocsiba.

„Inkább gyalog megyek - mondta.

„Biztos vagy benne?" A férfi lenézett a cipőjére.

A lány felemelte az állát, és válasz nélkül elindult.

„Ahogy a Madam kívánja."

Meg kellett volna kérnie tőle a futókat.

Tudom én! Tudom!

Visszatérve a házhoz, fájó és hólyagos lábakkal, Ribby kiszúrta a kint ülő sofőrt.

Megbillentette a kalapját a nő irányába, aztán eltakarta a szemét, és visszaaludt.

Istenem, de aranyos!

Ha! Teddy kirúgná, ha megemlíteném, hogy nem adta oda a másik cipőmet.

Ne merészeld!

Ribby végül levette a cipőjét, és a hátralévő utat a harisnyájában tette meg.

Tibbles pillantása, amikor cipővel a kezében belépett a házba, valahol a vigyor és a vigyor között volt.

A pokolba vele!

„Elnézést, kisasszony - mondta Tibbles. „Mr. Angolkisasszony feltartóztatva van. Szeretné, ha visszatérne a panzióba. Majd szólok a sofőrnek, hogy vigye el önt."

Hát, nem tudok odáig gyalogolni.

Nem, nyelje le a büszkeségét, és szálljon be a kocsiba.

Kínos csend volt egész úton Pomfrere asszonyig, amelyet egyik utas sem akart megtörni.

Úgy viselkedsz, mint egy elkényeztetett kölyök!

Nem érdekel.

A kocsi elrobogott, és Ribby bebattyogott a kocsiba.

FEJEZET 27

Ribby becsapta maga mögött az ajtót, amikor visszatért a lakosztályába. Átdobta a cipőjét a szobán, majd az ágyra vetette magát, zokogását a párnába fojtva.

Ó, ez a férfi olyan álomszép!

Tudta, hogy szükségem van a cipőmre, és mégsem adta oda.

Nem is kérte őket.

Mégis Teddynek dolgozik. Én Teddy vendége vagyok. Meg kellene próbálnia boldoggá tenni.

Túlreagálod. Mosd meg az arcod, attól jobban fogod érezni magad, és felejtsd el.

Az a baj, hogy nem tudok. Olyan hülyének érzem magam. A karjaiba zuhantam, mint Jane Eyre.

Kit érdekel? Ha ezt gondolta, akkor valószínűleg hízelgő volt. Vágjunk bele. A könyvtár.

Gyönyörű, ez minden. De miért akarja Teddy, hogy én, egy képzetlen ember vezessem a könyvtárát?

Látod, ezért mondtam, hogy ne tedd ki az összes kártyádat az asztalra. Most már tudja, hogy ez a hely a szíved vágya. Tündérkeresztapát játszik, és a melleknél fogva tart minket.

A szívem azt súgja, hogy ő a helyzet magaslatán van. Hogy nincsenek hátsó szándékai. De a fejem, ó, a fejem.

Ribby megragadta a táskáját, és elővette a cigarettás dobozkát. Csúsztatott egyet az ajkai közé. Még anélkül is, hogy meggyújtotta volna, az illata megnyugtatta. Az ajkához szorítva elaludt.

„Beszélnünk kell - suttogta Teddy az ajtón keresztül.

Ribby felült, a cigaretta még mindig az ajkán lógott. Visszatette a csomagba. A csukott ajtón keresztül szólt: „Bocsánat, biztos elaludtam".

„Készülj fel. Most azonnal haza kell vigyelek. Pakold össze a holmidat, és lent találkozunk a kocsiban."

Hallgatta, ahogy a férfi elsétál, majd a földre rogyott, és visszaszorított egy zokogást.

Az anglofon ad és az anglofon elvesz.

De miért? Mit tettem? Stephen miatt van ez így?

Ne légy nevetséges.

Nem számít. Így lesz a legjobb. Vedd le a ruháit. Sétálj ki innen emelt fővel.

De a könyvtárban. Szívem legmélyebb vágya. Most, hogy elmondtam neki, mégsem kellek neki.

Ribby átöltözött abba a ruhába, amelyben megérkezett.

Ez az ő vesztesége, Rib. Emlékezz, emelt fővel. Ráadásul minden, amit most keresünk, a miénk. Nincs lakbér, nincs jelzálog, nincs hitelkártya. Gyakorlatilag adósságmentesek vagyunk! Képzeld el, mennyire jól fogunk szórakozni!

Kifelé menet egy puszit nyomott Mrs. Pomfrere arcára.

„Soha nem búcsúzunk el a vendégeinktől. Reméljük, még találkozunk."

„Köszönöm."

A sofőr az ajtó mellett állt, és Ribbyre várt. Miután beült a kocsiba, bekapcsolta a biztonsági övét. Elfordította a fejét, és kinézett az ablakon, hogy befogadja mindazt, amit soha többé nem fog látni, és hogy elfedje csalódottságát.

„Angela, ez szigorúan üzleti ügy. Semmi köze sincs hozzád vagy a megállapodásunkhoz."

„Úgy érted, még mindig akarsz engem?" Ribby remegő hangon kérdezte, és a szíve majdnem kiugrott a mellkasából.

„Természetesen, azt akarom, hogy te legyél az új könyvtárosom" - mondta, és a kezével végigsimított a combján.

A perverz. Csak játszik veled. Csapja el a kezét.

Ribby elpirult. Véletlen volt. Semmi sem történt.

A vén perverz pofája. Már mondtam neked. Adj neki egy centit...

„Sofőr, kérem, húzza fel a sorompót. A hölgy és én szeretnénk egy kis egyedüllétet."

Ribby felnézett, elkapta a sofőr tekintetét a visszapillantó tükörben. Keresztbe fonta a karját maga körül.

Az anglofon kinyitott egy üveg vizet, és átnyújtotta Ribbynek, megkövetelve tőle, hogy vegye ki a karját a keresztből. A lány elvette és belekortyolt.

„Ribby, úgy értem, Angela, ha a könyvtár a szíved vágya, akkor a tiéd. Ami az enyém, az a tiéd."

A lány felegyenesedve ült, és figyelt, de az angolkisasszony elhallgatott. Még néhány korty vizet ivott, várakozva.

Arra vár, hogy mondjak valamit?

Valamilyen játékot játszik. Maradj csendben. Mi kiterítjük a kártyáinkat, hadd tegye ő is ugyanezt. Addig is őrizze meg a hidegvérét. Élvezd a kilátást.

Itt tényleg szép, de a szívem hevesen ver.

Nyugodj meg. Vegyen néhány mély lélegzetet. Befelé. Kifelé. Be. Kifelé.

A légzőgyakorlatai megszakadtak.

„Mit adsz nekem a szíved vágyáért cserébe?"

Itt is van. Hadd intézzem én ezt.

„Én, én nem tudok semmit adni neked, Teddy. Csak magamat."

Komolyan Rib, kérlek fogd be a pofád!

„Csak magadat? Nem érzed magad méltónak?"

Ribby megpróbált megszólalni, de a szavak megakadtak a torkán.

Többet akar Rib; szexet akar.

Ribby céklavörösre pirult.

„Ó, jaj, jaj - mondta Teddy, és megveregette a lány kézfejét. „Nagyon aggódónak tűnsz, pedig nem akartalak aggasztani. Én egy öregember vagyok. Szörnyen régóta élek szerelem, érintés nélkül. Soha nem várhattam el, hogy olyasvalakit szeress, mint én. Még akkor sem, ha a szíved vágya lenne."

„Én - mondta Ribby.

„Pszt, hadd fejezzem be. Szeretném, ha az életem része lennél. Társnak. Barátságra. Ha belém szerelmes lennél— ha tudnál szeretni, az lenne a szívem vágya. Talán egy nap majd teljesíted."

Hű, ez aztán a csavart labda. Fordított pszichológia? Légy óvatos.

A kocsiban most csend volt, és két rendkívül kényelmetlenül érző utas. Ribby ivott még néhány korty vizet, az Angol pedig megnézte a telefonját.

„Hozzám jössz feleségül?" - fakadt ki.

OMG, ez a második görbület olyan messzire ment, hogy elakadt a szavam, Rib.

Én is, mármint, mit is mondhatnék. Akarom a könyvtárat, de nem szeretem őt.

Fiatalok vagyunk és lendületesek. Ő már olyan messze van, hogy már majdnem a túloldalon van. Várj, most...

Jaj ne, nem arra gondolsz, amire én gondolok?

A cél érdekében. Azt akarja, hogy a barátja legyél, hogy vezesd a könyvtárát. Nem szexet kér, hanem társaságot és szerelmet. Nem igaz? Szóval, ha te teljesíted a szívének vágyát, ő pedig a tiédet, akkor mi a baj?

Akkor miért kérsz házasságot? Még én is tudom, hogy ez nem lenne törvényes házasság, hacsak nem teljesülne be. Csak a gondolat, hogy én és ő...

Tudom, tudom.

***

Teddy a telefonjával foglalatoskodott.

Ribby és Angela megvitatták a felmerülő kérdéseket.

Megint dobolt az ujjaival. Annyira idegesítő! Most a tollával kattogtat - katt-katt-katt, katt-katt, katt-katt.

Válaszra vár.

Nem tudom, hogyan fogadhatnám el. Mondj egy okot, amiért igent kellene mondanom. Hogyan mondhatnék igent?

Könnyen. Egy szó: könyvtár. Még két szó: Főkönyvtáros.

De minek a vezető könyvtárosa? Nincs személyzetem, nincsenek munkatársaim, és jelenleg nincsenek vendégeim.

De te leszel a könyvek főnöke.

Maga nem segít.

Próbálkozom!

Tudom, de neki a mi kapcsolatunk nem több, mint egy üzleti ügylet. Férj és feleség lennénk, de csak névleg. Olyan férfit akarok, akit szerethetek, aki viszont szeretni fog engem. Ez a megegyezés.

Megállapodni? Ezt nevezed te megegyezésnek? Harmincöt éves vagy, és a harminchat már a sarkon van. Nincsenek kilátásaid, nincs jövőd. Ez ad neked jövőt. Teddy megnyithatja a világot neked, nekünk. A szerelem nem olyan, mint amilyennek látszik. Ha nem értesz egyet, egész életedben bánni fogod.

Ribby Teddy irányába pillantott.

Mondj valamit! Bármit.

„Csak időre van szükségem, Teddy, hogy átgondoljam."

Teddy a távolba bámult.

Hamarosan, de nem elég hamar a sofőr megállt a járdaszegélyen Martha háza előtt.

$$*\!*\!*$$

A hátsó ülés sötétjében Ribby összeszorította és feloldotta az öklét. A gyors mozdulat, a kinyílás és a becsukódás döntésre késztette. „Teddy, biztos vagyok benne, hogy megfelelő megállapodásra tudunk jutni."

Teddy átkarolta a lányt, és mosolyogva sugárzott. „Ó, köszönöm, hogy a világ legboldogabb öregemberévé tettél."

Szép munka, Rib! Bravó! Dolgozz vele együtt! Dolgozzátok ki! Ne feledd, mi irányítunk itt.

Ribby hangja megremegett, de sikerült egy enyhe mosolyra bírnia, amikor kitört a férfi öleléséből. „Adj néhány napot, hogy elvarrjam a szálakat."

„Tudok várni rád, Angela, de kérlek, ne várass túl sokáig. Érted már egy életet vártam" - mondta Teddy, miközben megcsókolta a lány kezét.

Ó, te jó ég, de el van ragadtatva!

Csókot váltottak az arcán.

A sofőr kinyitotta Ribby ajtaját, és ő tartotta, amíg a lány kilépett a járdára.

„Huszonnégy óra múlva felhívlak - mondta Teddy.

Ribby bólintott. Mögötte a verandán Martha felkiáltott: - Te vagy az, Ribby? Ó, szia Teddy!" Integetett.

Teddy visszaintegetett, amikor a sofőr becsukta az ajtót, és visszament a kocsi elejére. Elindultak.

„Igen, anya, én vagyok az."

„Hamarabb jöttél vissza, mint gondoltam. Gyere be, és mesélj el mindent."

Ribby megbotlott a veranda lépcsőjén.

FEJEZET 28

Ribby egy fejveregetéssel köszönt Scampnek, és a trió bement a konyhába.

„Ribby, ülj le. Millió kérdésem van hozzád. Hogy ment?" Martha fecsegett, nem hagyva Ribby-t szóhoz jutni. „Egy csésze kávét, igen, főzök neked egy csésze kávét, aztán... Jaj, de kimerültnek tűnsz."

„Anya, igen, fáradt vagyok. Hosszú volt az út. Mr. Anglophone, Teddy, érdekes."

„Azt hittem, hogy ti ketten jól kijöttök egymással. Feltette a kérdést?"

Tudta, hogy fel fogja tenni a kérdést? Tudta? Mi a?

„Tudtad, hogy fel fogja tenni?"

Ez is része valamilyen mesteri tervnek? Ó, ez mélységesen nyugtalanító.

„Szereti a könyvtárat, és nem engedné, hogy bárki más vezesse."

A könyvtárra gondol. Az én hibám.

„Persze, hogy nem. Nagyon nagylelkű, hogy felajánlotta nekem ezt a lehetőséget."

„Mr. Anglophone már azelőtt megbizonyosodott róla, hogy maga az igazi."

Mit akar ez jelenteni? Visszatérünk a Mesterterv koncepcióhoz?

Ribby visszafogta a dühét. „Te tudtad?"

Kedves anyuci megint mélyebbre süllyedt, mint mélyen.

„Na Rib, ne húzd fel magad. Jót akart. Biztosra akart menni. Ennyi pénzzel hihetetlenül óvatosnak kell lennie."

Ribby csendben ült, és kevergette a csésze kávéját.

Martha felállt, és azzal foglalatoskodott, hogy rendet rakjon. Ribbyre pillantott. „Kimerült vagy, szeretnéd, ha megfürdetnélek?"

Vezessek neked egy fürdőt? Oké, vedd le a maszkodat. Ki ez a nő?

„Az nagyon jó lenne."

Később a fürdőben Ribby elaludt és álmodott.

Teljesen meztelenül lebegett egy rózsaszín buborékban az Angolkisasszony könyvtárában.

Anglophone megjelent. Vörös arccal és ökölbe szorított kézzel strázsált, miközben a sofőrje árnyékot vetett rá.

Anglophone azt mondta: - Azt akarom, hogy azok az új könyvek azonnal váltsák fel a régi könyveket. Tegye őket szemmagasságba, hogy a lányom megtalálja őket."

„Ez nem tartozik a munkaköri leírásomba" - válaszolta a sofőr, majd hátat fordított.

Anglophone megragadta a karjánál fogva, lehúzta, és arcon csapta. Bár a pofon kemény volt, a sofőr felkészült rá, és még csak meg sem rezzent.

„Az a dolgod, amit én mondok neked, fiú!"

„Angol úr, természetesen megteszem, amit csak akar, csakis az ő kedvéért, és csakis az ő kedvéért. Az öné vagyok, azt tesz velem, amit akar" - mondta a sofőr.

Anglophone elengedte a karját. A sofőr kiegyenesedett.

Milyen hatalma van Anglophone-nak?

Ez csak egy álom. Álmodunk. Ébredj fel, Ribby! Kelj fel, Ribby!

Shhh, ez érdekes. Próbáld meg ráközelíteni a könyvekre, amiket látni akar.

Próbálom, de... a francba!

„Nagylelkű vagyok veled Stephen, és nagylelkű vagyok vele. Nem kérek sokat tőled. Öreg ember vagyok. Én vagyok a munkaadód. Ne légy szemtelen a jövőben."

„Elnézést kérek" - mondta Stephen, és kalapjával a kezében végig a földig hajolt. „Biztosíthatom, hogy többé nem fordul elő. Gondolom, ez a nap nagy részét igénybe fogja venni."

„Rendben van. Akkor kezdje el újra kitölteni a könyveket. Értesítse Tibbles-t, ha végzett a feladattal."

„Mit csináljak a régi könyvekkel?" kérdezte Stephen.

„Hátul vannak üres dobozok. Egyelőre tárold őket" - mondta Teddy. „Nem jelentenek semmit. A jövőben talán elajándékozzuk őket. Egyelőre tedd el őket az útból."

Teddy kilépett.

Stephen folytatta a munkát. Átpillantott a válla fölött, ahol Ribby meztelenül ült a képzeletbeli buborékjában.

„Stephen - suttogta a lány.

Ez aztán a furcsa álom.

Teddy tényleg nagyon keményen bánik vele.

Igen, elvárja a tökéletességet.

Akkor mit csinál velem?

„Ébredj fel, Ribby!"

Ribby buborékja kipukkadt, amikor Martha belépett a szobába.

„Már régóta kopogtatok."

„Bocsánat anya, elaludtam."

„Jól van. Ez azt jelenti, hogy pihensz. Itt van valami, amit elkortyolhatsz."

Ribby a buborékok alá rejtette a legtöbbet magából.

„Nem mintha nem láttam volna már mindent, lányom." Martha felnevetett.

Ribby megborzongott, majd a pezsgős pohárért nyúlt. Martha leült a kád szélére.

„Rád" - mondta Martha, miközben csettintettek a poharakkal.

Ez nagyon furcsa. Ez a nő nem lehet az anyád. Úgy hízeleg neked, mintha tudná, hogy az öreg pasas tette fel a kérdést, és szándékában áll összeköltözni veletek.

A szappanhab lecsorgott Ribby karjáról a pohár szárára. „Anya, hogyan ismerkedtél meg Mr. Angolkisasszonnyal?"

„Ezt már elmondtam neked, nem igaz?"

„Nem hiszem. Ha igen, nem emlékszem rá."

„Nos, vacsoránál voltunk, és bejött Anglophone" - emlékezett vissza Martha. „Nagyon harsány és követelőző volt a személyzettel, és úgy tűnt, hogy valamilyen jelentőséggel bír. Kíváncsiak voltunk, ki okozhat ilyen jelenetet. Amikor először megláttam, ismerősnek tűnt. Azt hittük, hogy politikai személyiség, vagy láttuk a tévében. Izgatottnak tűnt, és szidalmazta a limuzin sofőrjét, aki a nyomában haladt. Mindenki őt bámulta."

„Észrevette?" Ribby megkérdezte. „Úgy értem, hogy az étteremben mindenki bámulta?"

„Először teljesen figyelmen kívül hagyta a többi vendéget. Amikor rájött, hogy jelenetet okoz, tőlünk kért bocsánatot, nem az alkalmazottjától. Aztán mindenkit meghívott pezsgőre."

Úgy hangzik, mint egy zsarnok.

Egyetértek. „És ennyi volt?" Kérdezte Ribby.

„Nem, nem, kislányom. Ezután megkértük, hogy csatlakozzon hozzánk, és ő elfogadta. Megkínált, és mi ettünk és ettünk. Csodálatos este volt. Meghívott bennünket Pomfrere asszonyhoz, mint a vendégét. Ezért hosszabbítottuk meg a nyaralásunkat, mert nem került semmibe."

„De akkor én hogy kerültem bele a beszélgetésbe?"

„Vacsora közben, nem tudom pontosan, miről beszélgettünk, de meséltem neki rólad. A könyvtárban betöltött szerepedről és az önkéntes munkádról a gyerekekkel a kórházban. Teddy nagyon kíváncsi volt. Szeretett volna találkozni veled. Említette a könyvtárát. Azt mondta, hogy bezárt, amíg nem találja meg a megfelelő embert, aki vezetni fogja. Rólad kérdezett."

Meséljen nekünk többet a zaklató Teddyről.

„Nagyon szemérmes az egészet illetően, tekintve, hogy már tudott rólam."

„Tudni valakiről nem ugyanaz, mint megismerni valakit, lányom."

„Igen, de úgy hangzik, mintha már eldöntötte volna."

„Erről nem tudok."

„Ő, Teddy, valóban megkért, hogy vezessem a könyvtárát, mama, de voltak más feltételek is. Komplikációk."

„Komplikációk, mint például?"

„Például, hogy fel kell mondanom a munkámat. Új helyre kell költöznöm. El kell hagynom a gyerekeket."

„Valaki más fogja átvenni. Egyszer az életben önzőnek kell lenned."

Ribby kicsit megnyugodott, és ivott még egy kortyot a pezsgőből.

„Abból, amit Angol úrból láttam, nagyon nagylelkű volt. Nem egy pénzsóvár."

Vajon tud-e a jelzálogról?

Nem az én dolgom, hogy elmondjam neki.

„Igaz." Ribby megborzongott. „Többet kell gondolkodnom erről a Ma-ról, és el kell tűnnöm innen, mielőtt a testem szilvává válik."

Martha felállt, és elvette Ribby pezsgős poharát. „Lányom, valószínűleg soha többé nem lesz ilyen lehetőséged. Tudom, hogy nem mindig voltam a legjobb anya. Tudom, hogy helyesen fogsz dönteni."

„Köszönöm - mondta Ribby. Miután az ajtó bezárult, kiszállt a kádból, megszárítkozott, és felvette a hálóingét.

Ez volt az abszolút és teljesen „szájzáras kanállal" anya és lánya időszaka.

Anya nagyon igyekezett támogatni.

Igen, tényleg az volt. Láttam a dollárjeleket a szemében. De váltsunk témát. Beszéljünk arról a furcsa álomról.

Igen, az álmomban Stephen volt a neve.

Mindig is úgy gondoltam, hogy Stephen Moyerre emlékeztet a True Bloodból.

Nem láttam azt a sorozatot, de tudom, hogy kire gondolsz.

Azért furcsa volt, hogy az anglofon könyveket újakkal helyettesíti. Nem értem.

Ki a régit, be az újat. Ez kettős célzatú. Új könyvek új könyvtárossal. Számomra teljesen érthető.

Inkább előérzetnek tűnt.

Ribby nevetett. Nem vagyok elég okos ahhoz, hogy előérzeteim legyenek.

De én igen.

Olyan vicces vagy.

FEJEZET 29

Egy kapkodó reggel után, mivel elaludt, Ribby megérkezett a munkahelyére, és bejutott az épületbe.

Rögtön egy transzparenst látott: „Gratulálunk RIBBY!" felirat hívta fel magára a figyelmét.

Ro-ro. Úgy tűnik, valaki kiengedte a macskát a zsákból.

Kicsoda? Mama? Én... én... én.....

Kiáltások és tapsvihar.

Jaj, ne, ki kell jutnom innen!

Nem, nem kell. Ahhoz már túl késő. Meglátnak téged. Mosolyogj!

Ribby mosolygott, miközben munkatársai köré gyűltek.

„Szép volt, Ribby!"

„Tudtuk, hogy meg tudod csinálni!"

„Mérhetetlenül büszkék vagyunk rád! Főkönyvtáros! Hűha!"

A hirdetőtáblán a következő feljegyzés volt:

„Gratulálunk a mi Ribby Balusztrádunknak!

Főkönyvtáros, E. P. Angliai Magánkönyvtár.

Aláírás: Mrs. P. Wilkinson, vezető könyvtáros".

Ribby hitetlenkedve dörzsölte a szemét. Újra kinyitotta őket, és az orra alatt motyogott valamit. Hogy mehetett előre és jelenthette be ezt anélkül, hogy előbb megkérdezte volna őt? Ökölbe szorította az öklét, miközben forróság támadt az arcán. Már nem ő irányította az életét, a sorsát. A pult mögé ment, és az asztalra hajtotta a fejét.

Térj magadhoz, Rib! Elrontod az örömüket. Olyan büszkék rád, pedig ez az utolsó napod itt. Fogd fel a dolgot. Emeld fel a fejed.

De megígérte! Azt mondta, hogy időt szakíthatok rá. Most ez az utolsó napom. AZ UTOLSÓ NAPOM!

Ami megtörtént, megtörtént. Majd később megmondhatod neki. Most élvezd ki a pillanatot. Legyen inspiráló.

Mrs. Wilkinson az íróasztalhoz sétált. „Először is szeretném megköszönni, hogy fedezett, amikor a kórházban voltam. Másodszor, nagyon büszke vagyok rád, Ribby! Amikor Mr. Anglophone felhívott, mármint *Theodore* Anglophone, olyan büszke voltam rád. Sírtam. Tényleg sírtam. Mindig is olyan voltál nekem, mintha a lányom lettél volna."

„Köszönöm, Mrs. Wilkinson."

„Úgy értem, egy ilyen erős ember. Hogy a te korodban téged választott ki főkönyvtárosnak. Te még sokra viszed."

„Hallottál már Mr. Angliáról?"

„Személyesen nem ismerem, de tudok róla. Azonkívül a könyvtárának építészetéről több magazinban is írtak. Ahogy az otthona is."

„Igen, a könyvtár nagyon szép, ahogy az otthona is, de a magazinokról nem tudtam."

„Ebédet tartunk az ön tiszteletére. Teljes ellátással, hála Mr. Anglophone-nak, aki ragaszkodott ahhoz, hogy minden költséget fedezzen."

„Ó, tényleg?" mondta Ribby.

Az a ravasz vén koldus.

„Addig is - folytatta -, élvezze az utolsó napját".

„Köszönöm, Mrs. Wilkinson."

Ribby a munkatársai irányába pillantott, akik visszatértek a feladataikhoz. Kíváncsiságból bejelentkezett a számítógépbe, és *rákeresett a* Theodore Anglophone-ra.

A legtöbbet keresett elem egy újságcikk volt a helyi újságban. A főcím így szólt: „Gyanús haláleset a helyi könyvtárban."

Mi a fene?

Ribby tovább olvasott.

A főkönyvtáros meghalt?

Ezért zárta be a könyvtárat. Úgy hangzik, mintha a nő őrült lett volna.

Teddy megtalálta a holttestét. Szörnyű lehetett neki.

Nem, nézze csak. Itt az áll, hogy ő hívta a rendőrséget, de a riporterek értek oda előbb.

A riporterek mindig előbb érkeznek. Van fényképük a nőről. Őrültnek tűnik. Hol vannak a ruhái? És úgy néz ki, mintha leköpné a riportereket.

Sokan szeretnék leköpni a riportereket.

Egyetértek, de nézd meg a szemét. Kétségbeesettnek tűnik. Félelmetesnek.

Hisztérikus. Azt írja, Teddy bezárta a könyvtárat, és megesküdött, hogy soha többé nem nyitja ki.

Mostanáig. Ki kell jutnom innen egy kis friss levegőre, mielőtt ez az ebéd elkezdődik. Odament Mrs. Wilkinsonhoz, és engedélyt kért, hogy elmehessen.

„Hát, most már aligha rúghatom ki, nem igaz?" Mrs. Wilkinson felordított. „Elvégre ez az utolsó napja!"

„Igen, ó, igaz" - mondta Ribby. Újabb jókívánságtevők éljeneztek, amikor elment mellette. Odakint egy cigarettát húzott elő a táskájából, és rágyújtott.

Talán egy kicsit elhamarkodottan cselekedtünk.

Egy kicsit!

$$***$$

Ribby időben visszatért a könyvtárba az ebédre. A büfé ételkínálata bőven elég volt mindenkinek. Mindenki falatozott, elvegyült és beszélgetett.

Mrs. Wilkinson elkezdte énekelni, „Mert ő egy vidám jó ember". Ribby arca forróvá vált. Mrs. Wilkinson rövid beszédet mondott, majd ajándékot adott Ribby-nek.

„Nyisd ki! Nyisd ki!" - énekelték a kollégái.

Feltépte a csomagot. Egy mobiltelefon volt.

„Már felraktuk rá az összes elérhetőségünket, hogy kapcsolatban tudjunk maradni" - mondta Wilkinson asszony.

Mintha mi ezzel a sokasággal akarnánk tartani a kapcsolatot!

„Köszönöm szépen - mondta Ribby.

„Beszéd! Beszéd!" - kiabálták.

Ribby nem volt hozzászokva a nyilvános beszédhez, és motyogott néhány összefüggéstelen mondatot.

Kezdek elkábulni.

Azt mondta, hogy mindannyian hiányozni fognak neki.

Megcsináltad, Rib. Most pedig tűnjünk innen a fenébe.

Megtapsolták őket. Mrs. Wilkinson a torkát megköszörülve hívta fel mindenki figyelmét. „Ribby a nap hátralévő részében szabadnapot kap! Köszönöm, Ribby, a torontói könyvtárban eltöltött sokéves kiváló szolgálatodat. Kérem, tartsa a kapcsolatot."

A személyzet körmenetet alkotott.

Mint egy esküvőn.

Vagy egy temetés.

Odakint egy limuzin várakozott a járdaszegélynél.

Ribby ökölbe szorította a kezét.

Hűha, vegyen egy mély lélegzetet.

A sofőr kiszállt.

Stephen.

Meglegyintette a kalapját, aztán nekilátott kinyitni a hátsó ajtót. Odabent Teddy várt hatalmas vigyorral az arcán. Megveregette az ülést, ezzel biztatva Ribbyt, hogy szálljon be.

Szállj be, és hűtsd le magad előbb, mielőtt bármit is mondanál.

Jól van. Kiengedte az öklét. Leült, és becsatolta a biztonsági övét. Mély levegőt vett. „Helló, Teddy."

„Csukd be az ajtót, Stephen!" Teddy ugatott.

Stephen. Tényleg Stephennek hívják.

Eléggé Alkonyzónás, nem?

„Előre - parancsolta az Angol. A sorompó felhúzódott, és a sofőr továbbhajtott.

„Remélem, kellemes napod volt, Angela."

„Elég furcsa volt" - mondta Ribby. „Végül is ez volt az utolsó napom." Mély levegőt vett. „Nem tudtam, hogy tájékoztatja Mrs. Wilkinsont a megállapodásunkról. Le akartam mondani. Ez fontos dolog volt számomra." Az arca kipirult, és a hangja remegett, miközben igyekezett megőrizni a nyugalmát.

„Miért kellene megtenned azt, amit én megtehetek érted?" Teddy suttogta. A kezét a lány lábára tette.

Ezúttal nem volt kétséges a szándéka. Ott hagyta a kezét. Nem vette el.

„Tudom, hogy ezek az emberek a Könyvtárban nem mindig voltak jók hozzád. Tudom, hogy kihasználtak téged, és nem becsültek meg. Azt akarom, hogy hagyd el őket. Azt akarom, hogy tudják, te jobb vagy náluk. Te nyersz, ők pedig veszítenek."

Mi az? Tudtuk, hogy figyel minket, de ez... extrém...

Igaz. Vajon mit tud még?

Ribby mély levegőt vett.

„Sok-sok dolgot tudok rólad. A világról - vallotta be Teddy. „A fanyalgó bolondok tucatjával vannak. Nem alkalmasak arra, hogy a csizmádat nyalják. Ha valaki bántott téged, mutasd meg nekem, és én elintézem."

És egy bérgyilkos! Borda, ez teljesen őrült irányba megy.

Ribby belevájta a körmét az ajtó kilincsébe. Elengedte. „Nem, nem, ilyen nincs. Egészen egyszerű életet élek. Dolgozom, járok a kórházba, hazajövök, és egyáltalán nincs túl sok társasági életem."

Nyugalom! Maradjon nyugodt.

„Meg fogod." Tárt tenyérrel felemelte a kezét, mintha pacsizni akart volna vele. A lány követte a kezét, ahogy felemelkedett, és ahogy újra letette az oldalán. „Amikor együtt leszünk, a világ meghajol majd előtted, és mindenki szeretni fog, és a kedvedre akar majd tenni."

Egy királynő vagy hercegnő leírása.

Ribby szemébe nézett. A gyomra összeszorult. Megcsókolta a férfit.

Ah jézusom, Rib... wtf?

„Sajnálom - mondta Ribby, undorodva a tetteitől. Ez a te hibád. Királynőnek vagy hercegnőnek láttam magam.

Én is, de egy elefántcsonttoronyba voltunk bezárva.

„Kedves gesztus volt - mondta Teddy. „És még jobb, mert benned volt a késztetés, hogy te magad is megtedd, és követted. Igen, látom, hogy boldogok leszünk együtt. Gyere vissza velem most. Gyere az otthonunkba. Kezdjük el ma a közös életünket."

„Várj, Teddy, várj. Még rendbe kell tennem néhány dolgot."

„Vacsorázzunk együtt ma este. Ünnepeljünk!"

„Kimerült vagyok, Teddy, és szeretnék egy kis időt tölteni a gyerekekkel a kórházban. El kell búcsúznom, és el kell intéznem néhány elvarratlan szálat."

Teddy egy pillanatra félrenézett, amikor a lány szünetet tartott.

Ő tudja.

Talán, de megcsókoltam.

Igen, persze, hogy megcsókoltad. De miért?

Őszintén szólva nem tudom.

Furcsa.

„Igen, látom, hogy ezt kell tenned. De én vonzódom hozzád. A közeledben akarok lenni. Azt akarom, hogy együtt legyünk. Hadd vigyelek haza, Angela" - könyörgött Teddy.

„Igazából nagyra értékelem az ajánlatot, de inkább felszállnék a buszra".

Megérintette a férfi kézfejét.

„Hol szeretnéd, hogy kitegyünk?"

„Itt, itt is jó lesz."

Stephen megállította a kocsit. Mielőtt kiszállt volna, és kinyitotta volna az ajtót, Ribby kinyitotta, és kilépett.

„Míg újra találkozunk" - mondta Teddy, és egy csókot fújt a lány irányába, anélkül, hogy megszakította volna a szemkontaktust.

Ribby azon kapta magát, hogy elkapja, és a saját ajkához tapasztja az ujjait.

Fúj, Rib. Túl messzire mentél.

Mintha megszálltak volna, vagy ilyesmi.

Ez egy Oscar-díjas előadás volt. Úgy értem, mondtam és tettem már dolgokat, de te, Ribby, te viszed a pálmát.

Kapd be!

FEJEZET 30

Ribby hazaérve hallotta, hogy az anyja zokog.

„Mi a baj, anya?"

„Tizzy nénikéd az. Meghalt."

„Ezt nem hiszem el."

Jól játszottál, Ribby.

„Igen, én sem hittem el, de megtalálták a holttestét. Az Attics-R-Us furgonban volt az egyik haverommal."

„Oh."

„Furcsa ember volt" - mondta Martha.

Mondhatod ezt még egyszer.

„Ez szörnyű. Szegény Tizzy néni."

„Épp most tértem vissza a holttestének azonosításából. Most hívják a férjét és a lányát. Nem szabadna találkozniuk vele, ha ki tudnak bújni belőle. Emlékezniük kell rá, hogy milyen volt. Nem úgy, ahogy én láttam. Teljesen felpuffadt és...." A bárpulthoz ment, és töltött magának egy jig whiskyt tisztán. Lenyelte.

„Hogyan, hogyan történt?"

Ribby, ez egy újabb Oscar-díjas előadás. Nyugalom. Tartsd egyenletes a hangod.

„Azt hiszik, hogy a nő a furgonjával hajtott le egy szikláról, miután leszúrta, mivel a hátán volt egy szúrt seb. A törvényszékiek hívtak, azt mondták, hogy megerőszakolták."

„Megerőszakolták? Te jó ég, milyen szörnyű."

„Várj egy percet. Emlékszel arra a késre, amit a múltkor találtam? Hol van az a kés? Lehet, hogy gyilkos fegyver. Mit csináltunk vele?" - mondta Ribby megrázva. Aztán megállt, és a sápadtságnál is sápadtabb lett. „És Angol úr... ó, ez a botrány mindent tönkretehet az ön számára!"

„Mi köze van neki ehhez?"

„Úgy értem, hozzám. Az úri hívóimról. Ha ez kiderül, tönkreteszi az esélyeit."

Ribby keményen megpofozta Marthát.

Megint. Még egyszer.

„Össze kell szedned magad, anya. Ennek az egésznek semmi köze hozzád, hozzánk, és Mr. Angolkisasszonyt nem fogja érdekelni egyik sem. Különben is, neki nem idegen a botrány."

„Akkor tudod?" Martha megkérdezte.

„Igen, tudok az egykori könyvtárosról, aki Anglophone könyvtárában halt meg. Az egész nagyon bizarrul hangzik."

„A férfiak" - mondta Martha. „A férfiak elmondhatják, és a feleségeik is elmondhatják, és mindenki tudni fogja, hogy az anyád egy kurva."

„Ó, kérlek, anya, hagyd abba a fecsegést. Tönkreteszed a fejemet."

„Ígérj meg nekem valamit, Ribby. Ígérd meg, hogy felhívod Teddyt, és megmondod neki, hogy most azonnal csatlakozni akarsz hozzá. Tűnj el innen és a városból. Mielőtt kitör a botrány."

„De anya, az angolszász birtok nincs messze a várostól. Teddy úgyis rájönne. Épp most hagytam ott. Elvarratlan szálakat kell elvarrnom. Még nem vagyok kész elmenni."

„Neeeeeeeeeee!" Martha felkiáltott. „Ki kell menned ebből a házból MOST!" Martha felrohant a lépcsőn, és elkezdte Ribby holmiját egy bőröndbe dobálni.

Ribby követte.

Elment az esze, Rib.

Már értem. Kezd szétesni.

Martha folytatta a pakolást, összehajtogatva és összetekerve a kézzel hordott holmikat. Magában motyogta: „Megmentelek téged. Csak te számítasz."

Ribby, aki nem tudta, mi mást tehetne, azt kiáltotta: „ÁLLJ!".

Martha mozdulatlanul állt, mint egy szarvas a fényszóróban.

Ribby elmagyarázta. „Mr. Angolkisasszony adott nekem egy szekrényt, tele csodálatos új ruhákkal". Megragadta a táskát, amit a kórházi előadásokon magával vitt, és átdobta a vállán.

Erre nem lesz szükséged!

Lehet, hogy kell, lehet, hogy nem, de nem hagyom itt.

„Ó, értem - mondta Martha, miközben kipakolt. „Hívd vissza! Nem lehet messze. Lányom, ha valaha is szerettél. Ha valaha is meg tudtál nekem bocsátani, és meg tudtad tenni magadért, akkor kérlek, tedd meg MOST!"

Szerintem meg kellene tenned, Rib.

Egyetértek. Ha én már nem leszek, ő majd összeszedi magát.

Nem tudom, milyen állapotban van most.

Muszáj neki.

Ribby felhívta Teddy-t.

„Persze, nem vagyok messze. Megyek érted."

Márta és Ribby megölelték egymást.

Ahogy a limuzin elhajtott, Martha addig nézte a lányát, amíg már nem látta. Becsukta a bejárati ajtót, és térdre rogyott. Egy-két másodpercig ott maradt, hátát az ajtónak támasztva.

Martha élete lepergett a szeme előtt, minden jó és minden rossz, amit tett. Több volt a rossz, mint a jó. Egyedül Ribby tartozott az utóbbi oszlopba. Emlékezett a húgára, amikor még évekkel ezelőtt közel álltak egymáshoz. A húgára, akivel a semmin veszekedett. Egy nővér, akit soha többé nem láthatott.

Gondolatai visszavándoroltak a késhez, amit talált. Hogy a lánya mennyire óvatos volt vele kapcsolatban, és hogy még viccelődött is azzal, hogy Tizzy megöl vele valakit. Furcsa. Arról nem is beszélve, hogy a lánya milyen homályosan beszélt a nővére visszatéréséről. Az egész elég furcsa volt. Valami nem stimmelt. Azon tűnődött, hol lehet most a kés. A lányának köze volt hozzá, ehhez nem férhetett kétség.

Elképzelte, mi történhetett. Carl Wheeler talán felbukkant. Tizzy kinyitotta a redőnyt? Ha véletlenül nyitotta ki, Carl úgy sétált volna be, mint egy meghívott vendég. És akkor felsóhajtott. Leült, és azon gondolkodott, mi történhetett volna. Hogyan sétálhatott be a lánya... mit láthatott volna...

Felszaladt a lépcsőn Ribby szobájába. A lánya a szekrényében rejtegetett dolgokat, már kiskora óta ezt tette. Martha megtalálta a kést egy törölközőbe csavarva. És nem csak a kést, hanem a lánya véres ruháit is.

Kivitte a kést, és a fészer padlója alá temette a véres ruhákkal együtt.

Visszament a házba, és töltött magának még egy whiskyt. Ezúttal egy nagyot. Megcsörrent a telefon, de nem vette fel. Csak ült ott, kortyolgatta, és kortyolgatta, amíg a telefon el nem csengett magától.

FEJEZET 31

Az út Teddy házáig csendes volt. Perifériás látásából észrevette, hogy Teddy elaludt. Mivel ő maga nem tudott aludni, úgy döntött, hogy felhívja Marthát.

Többször is csörgött, de nem vette fel. „Vedd fel, anya, vedd fel! Tudom, hogy ott vagy."

„Ah, um, mi van?" Mondta Teddy, aki ijedten ébredt fel.

„Sajnálom, hogy felébresztettelek, Teddy. Épp anyámat próbálom hívni."

„Ó, akkor hogy van Martha?"

„Nem veszi fel" - mondta Ribby, és visszatette a telefont a táskájába.

„Nem baj" - mondta Teddy, és megveregette Ribby combját. „Reggel felhívhatod őt. Elmondanád, Angela, hogy mire gondoltál?"

„Mikor?" Ribby megkérdezte.

„Mielőtt elaludtam" - jegyezte meg Teddy. „Úgy tűnt, hogy valahol mélyen elmerültél a gondolataidban."

Ribby mondani kezdett valamit, de Teddy félbeszakította — „Angela, ez nem kritika veled szemben, de amikor együtt vagyunk, remélem, hogy csak rám gondolsz. Ránk."

Most már ő akarja irányítani a gondolataidat.

Nem hiszem, hogy erre gondolt.

„Kislány korom óta anyának egyedül kellett felnevelnie engem."

„Tudom, Angela. Martha elmondta nekem. Azt mondta, hogy gyakran rossz anya volt. És mégis aggódsz érte. Milyen furcsa." A férfi a kezébe fogta a lány kezét.

Vegye elő a hegedűket.

Újra elaludt, a lány kezét fogva.

Még több alvásidő jót tesz!

FEJEZET 32

Másnap reggel rendbontás történt Márta háza előtt. Dudálás. Csikorgó kerekek. Kamerák villogtak. Hangos hangok.

Martha felhúzta a redőny sarkát. Zűrzavar volt. Az egyik nő egy táblát tartott a kezében, amin az állt: „Takarodj a szomszédságunkból, te kurva!"

„Ott van!" - kiabálta valaki, miközben a fényképezőgépek kattogtak és villogtak.

„Itthon van!"

Martha bement a konyhába, és főzött egy csészét. Miközben belekortyolt, Scamp elég közel ült hozzá, hogy megsimogathassa.

Felhívta John MacGraw-t, és üzenetet hagyott. „Én vagyok. Ne gyere át ma. A következő néhány hétben lapulj meg. A riporterek, a szemétládák, mindenfelé mászkálnak. Nem akarom, hogy belekeveredj. Hívj fel, ha tudsz..." Az üzenetidő egy hangjelzéssel ért véget. Martha visszatette a telefont a helyére, remélve, hogy előbb hallja meg az üzenetet, mint a felesége.

Leült, és addig lapozgatta a tévécsatornákat, amíg kopogtattak az ajtón.

„Martha, én vagyok az, Sophia".

A kulcslyukon keresztül megpillantotta a szomszédját, Mrs. Engle-t.

„Álljatok hátrébb, ti keselyűk!" Sophia öklével a levegőben üvöltött. „Ez az asszony a saját otthonában van. HÁ! Ti aljasok! Menjetek, kergessetek egy mentőt vagy valamit!"

Martha kinyitotta az ajtót. Az egyik riporter felkiáltott: „Miért volt itt olyan gyakran az Attics-R-Us fickó? Megtalálták az előjegyzési könyvét, és hetente látogatta magukat."

„Nem nyilatkozom" - mondta Martha, miközben becsukta az ajtót a szomszédja mögött.

Engle asszony besurrant. „Hú! Szükségem van egy csésze teára, Martha, barátom."

„Biztosan megérdemelsz egyet. Épp most készítettem magamnak egyet. És köszönöm Sophia."

„Semmiség. Hallottam a szegény húgodról. Azoknak a viperáknak hagyniuk kéne, hogy gyászolj, ahelyett, hogy felhajtást csinálnak a dolgok és ostobaságok miatt."

„Gondolom, ma nem sok híre van" - mondta Martha, miközben töltött kávét, és megkínálta Sophiát cukorral és tejjel.

Sophia mindkettőt elhárította. „Hol van Ribby?"

„Elment. Hála az égnek. Új állása van, a városon kívül."

„Jó Ribby-nek. Addig is, biztos vagyok benne, hogy egy másik esemény eltereli rólad a figyelmüket. Azok a keselyűk tanulhatnának egy-két dolgot az illemről!"

„Az biztos, hogy tanulhatnának" - mondta Martha.

Sophia tárcsázta a segélyhívót.

Martha elmosolyodott, amikor Sophia beszélni kezdett.

„Igen, a rendőrség az?" Szünetet tartott. „Nos, jobb, ha mindannyian idejönnek, különben kénytelen leszek a saját kezembe venni a törvényt. Mhmmmm. Újságírók mindenütt. Letapossák a rózsáimat. Megzavarják a békét. Nem tudom, hogy merészelik. Oké, igen, Sophia Engle, 44 Midas Lane. A szomszédban ragadtam, Midas Lane 42, oké. Rendben. Rendben, rendben. Köszönöm, uram. Viszlát, uram. Dicsértessék az Úr!"

Martha és Sophia megvárták a rendőrség érkezését.

Most már nem is tűnt olyan rossznak, hogy volt vele valaki.

FEJEZET 33

Éjfél volt, amikor a limuzin megállt az angolszász kastély előtt. Nem volt teljesen sötét, és az ablakokból valami gyertyaszerűség halvány fénye szűrődött ki.

A ház kitárta karjait, és Ribby belépett, őt követte Stephen a táskáját cipelve.

Teddy megállt az ajtóban, ahol az inasa állt.

Az inas segített a gazdájának a kabátja levételében.

Amikor Ribbyre pillantott, a hideg futott végig a gerincén. A férfi elmosolyodott, egy barátságtalan mosolyra. Egy mosoly, amely még mindig olyan volt, mint aki citromot szopogatott.

Ez lehetett a szokásos állapota.

Összehúzott ajkai foghíjas mosolyra váltottak, amikor Angolkisasszony szembefordult vele.

„Ez az új otthonod, Angela. Isten hozott!" Mondta Teddy sugárzóan. „Stephen, dobd le a táskát, és mehetsz. A kocsira ráférne egy tisztítás, kívül és belül egyaránt."

„Igen, uram" - mondta Stephen.

Stephen meghajolt először Teddy, majd Ribby előtt, és távozott.

„Ő az inasom, Tibbles. A minap találkoztál vele. Ő felel a ház vezetéséért. Tibbles, Miss Angela. Remélem, minden rendben van?"

„Igen, uram, minden készen áll az ifjú hölgy érkezésére" - vette fel Ribby táskáját, és elsétált.

Ribby nem tudta, mit tegyen, és Teddyre nézett útmutatásért.

„Hosszú nap volt, és szeretnék visszavonulni, kedvesem" - mondta Teddy, és megcsókolta a lány kezét. „TIBBLES!" - harsogta. „Kérem, kísérje Angela kisasszonyt a szobájába."

Tibbles a lépcső tetején várt Ribby táskájával.

Ribby felmászott a lépcsőn Tibbles felé: „Nem jössz fel?".

Teddy a lépcső alján maradt, mint Rhett Butler, aki Scarlett O'Harát figyeli.

„A szállásom a földszinten van. Jó éjt, angyalom. Aludj jól."

Amikor az angolszász hallótávolságon kívül volt, Tibbles felszisszent. „Kövessen" - mondta, és végigvezette a folyosón. Néhány ajtóval lejjebb kinyitotta az ajtót, és intett Ribbynek, hogy menjen be. Az követte a nőt, és várta az utasításokat.

Ribby szemügyre vette új szálláshelyét. Az új otthonát. Virágok töltöttek meg minden szabad helyet. Rózsák. Százával. A szobában minden rózsaszín volt, szép és gyönyörű.

„Bízom benne, hogy ez kielégítő - mondta Tibbles. Ledobta a táskát a padlóra.

„Igen, ó, igen." Megfordult, és felborított egy bimbós vázát, amely a padlóra zuhant. Letérdelt, és elkezdte összeszedni a darabokat, miközben bocsánatot kért.

„Majd én felveszem" - mondta Tibbles, félrelökte a nőt, és előhúzott a kabátja belsejéből egy kis seprűt és egy lapátot. „Ha nincs más, Miss Angela, visszavonulhatok estére?"

„Ó, igen, köszönöm, és nagyon szépen köszönöm. Mindenért."

Tibbles meghajolt, és majdnem elmosolyodott.

Talán gáz van benne.

Ribby felnevetett.

Tibbles kifelé menet becsukta az ajtót.

Miután elment, Ribby kinyitott egy ajtót, amely reményei szerint a fürdőszobába vezetett. Egy gardróbszoba volt. Kinyitott egy másik ajtót; az egy púderszoba volt, de nem volt vécé. Hol volt akkor a fürdőszoba?

„Tibbles?" Ribby szólította, de a férfi már elment. Azt hiszem, várnom kell reggelig.

Nincs valami csengő vagy valami, amivel vissza lehet hívni?

Nem látok egyet sem.

Ha majd te leszel a kastély királynője, akkor majd beszereltetsz egyet.

Igen, ez lesz az első a prioritási listámon.

Ribby beleremegett a hálóingébe. Bekapcsolta az elektromos takarót, és nagyon igyekezett nem úgy érezni magát, mint egy hercegnő, akinek pisilnie kell.

***

Ribby az éjszaka közepén fájdalmakra ébredt az oldala mentén. Fel kellett kelnie, és meg kellett keresnie a vécét, és minél hamarabb, annál jobb. Az ágy melletti medvebőr szőnyegre lépve, dideregve keresett egy köpenyt. Talált is egyet a szekrény egyik kampójára akasztva. Illik rá. Teddy megint csak ismerte a női méreteket.

Mindenre gondolt.

Igen, kivéve azt, hogy megmondja, hol van a vécé!

Ezt a kakis Tibblesnek kellett volna megtennie.

Ribby kinyitotta az ajtót, és végigkukucskált a folyosón a fürdőszoba felé. Minden lépése fájdalmas volt.

Ezt az embert ki kellene rúgni.

Nem, ez az én hibám— meg kellett volna kérdeznem.

Ribby a folyosó végéig sétált. Elkezdte kinyitni az ajtókat. Az első ajtó egy vendégszoba volt. A kettes számú ajtó egy fiúszoba volt, teljesen kékben.

Mi a...?

Talán van egy fia? És úgy hagyta a szobáját, ahogy volt, amikor elköltözött?

Igen, néhány szülő szentélyt állít a gyerekének.

A harmadik ajtónál Ribby a kilincs köré fonta az ujjait.

„Segíthetek?"

Ribby megfordult, és Tibblesre talált, aki csípőre tett kézzel, hálóingben, sapkában és egy gyertyával a kezében. Úgy nézett ki, mint egy Charles Dickens-regény szereplője.

„Ööö, elnézést a zavarásért, de ki kell mennem a mosdóba. Nem tudom, hol van."

Tibbles elsápadt. „Kövessen." Visszavezette a folyosón, elhaladt a saját ajtaja mellett, és két ajtóval lejjebb, jobbra, a fürdőszobához. „Lesz még valami más is ma este, kisasszony?"

„Nem, nem, Tibbles. Köszönöm szépen" - mondta Ribby, miközben a lány besietett, és a mosdó felé vette az irányt. Pisilni még soha nem volt ilyen jó érzés, és észrevette, hogy a helyiség akusztikája nagyon hangos. Kénytelen volt mondani valamit, hátha visszhangzik majd, de úgy döntött, nem teszi.

Angela azonban nem tudott ellenállni, és énekelni kezdte Madonna „Like A Virgin" című dalának refrénjét. *Ez az akusztika fantasztikus!*

Miután befejezte a mosakodását, körülnézett a fürdőszobában.

Hűha, törülközők, amikre „Angela" volt hímezve.

Hogy intézhette ezt el?

Az inas valószínűleg varr.

Nagyon...

Mereven? Tuskónak?

Igen, és igen.

Az anglofon biztosan mindenre gondol, úgy értem, hátborzongatóan.

Igen, megfontolt.

Nem erre gondoltam. Nem számít.

Ribby visszatért a szobájába, és visszaaludt.

Angela kezdte unni, hogy Ribby mindenről így vélekedik. Egy kis izgalomra vágyott; hiányzott neki a szórakozás és minden, ami azzal járt.

Angela elgondolkodott Stephenen. Szingli volt? Szerette a szórakozást?

Azért nem akarta elrontani a koncertet az öreggel.

Ha eljön az ideje, minden az enyém lesz!

Vészjósló nevetés!

FEJEZET 34

Másnap reggel Ribby arra nyitotta a szemét, hogy valaki kopogtat az ajtaján. Mielőtt válaszolni tudott volna - ez olyan volt, mintha déjà vu lett volna -, az illető újra kopogott.

„Mindjárt megyek" - mondta, miközben hátradobta a takarót, kinyújtózott és ásított.

„Anglophone mester várja önt, kisasszony. Nem szereti, ha megvárakoztatják. Kérem, siessen."

„Megteszek minden tőlem telhetőt" - mondta Ribby, majd a nő elment. Ribby lezuhanyozott, összekötötte a haját, és az arcát megcsípve rendbe hozta az arcát. Visszament a szobájába, és felkapta az első ruhát, amit a szekrényből elő tudott venni. Egy szarvasbőr nadrágkosztüm volt, amely tökéletesen illett rá. Lement a földszintre.

„Jó reggelt, Teddy - mondta Ribby, miközben Tibbles az ebédlőbe vezetett.

„Végre!" - mormogta az egyik kiszolgáló nő az orra alatt.

Tibbles úgy bámult rá, hogy a szeme majdnem kipattant a fejéből, aztán az Angolkisasszonyra.

Amikor megbizonyosodott róla, hogy Anglophone nem hallotta, elbocsátotta a nőt.

„Igen, nos, Angela, üljön csak le, és élvezze az elsőt a sok reggeli közül, amit ebben a házban fogunk megosztani, mint egy pár. Jól aludtál? Úgy tudom, Tibbles asszisztált önnek hajnali kettőkor?" Teddy megtapsolta a kezét. A személyzet elkezdett tálalni.

„Ööö, igen - mondta Ribby, és vörösre váltott. Tibblesre pillantott. Az a cipőjét nézte.

„Tibbles megrovásban részesült, amiért elhanyagolta a kötelességeit. Többé nem fordul elő."

„Elnézést kérek, Miss Angela" - mondta Tibbles, mélyen meghajolva Teddy, majd Angela előtt.

„Nem az ő hibája volt. Meg kellett volna kérdeznem."

„Biztosíthatom, hogy mindig a segítő hibája. Ha az ember munkaadó, soha nem kellene kérdeznie."

Ribby az ételére összpontosított. A felszolgáló mellé lépett, és felajánlotta, hogy tejszínt tölt a zabpehelybe. Ribby megköszönte neki. „Nem hiszem, hogy találkoztunk már?" Mondta Ribby a felszolgálónak, aki hátralépett, és eltakarta az arcát. Ribby Teddy irányába nézett. A felső ajka megremegett. Rájött, hogy elszólta magát.

„Mrs. Haberdash, hadd mutassam be Miss Angelát - mondta Teddy szarkasztikus hangon. „Most pedig hagyjon minket békében reggelizni. Nem akarom, hogy mindannyian itt téblábolj anak. Rosszat tesz az emésztésnek!"

„Uram?" Tibbles megkérdezte.

„Igen, mármint önökre is gondolok. Majd szólok, ha szükségünk lesz valamire."

„Igenis, Mr. Anglophone, uram."

Olyan hivatalos itt minden, hogy kiráz a hideg.

Igen. Úgy tűnik, megijedtek.

Teddy szigorúan vezeti a hajót.

Tibbles ijesztőbb.

Anglophone biztos jól fizet nekik.

Ribby felnézett, és rájött, hogy Teddy beszélt.

„...Ne féljetek javaslatokat tenni a jövőre nézve, hogy a könyvtárat a magatokévá tehessétek."

„Teddy, mielőtt bármi mást mondanál, szeretném megköszönni neked."

Teddy sugárzott, és felfújta a mellkasát.

„Te, angyalom, te vagy minden, és még annál is több. Neked akarom adni, ami az enyém. Bármit, amit csak kívánsz, megadom neked. Csak kérned kell."

Ribby felállt, és megcsókolta Teddy feje búbját. A lány megölelte őt. A férfi biztatta, hogy üljön a térdére. Megcsókolták egymást. Egymás szemébe néztek.

Menjetek szobára! Hiszen a cselédek bármelyik percben visszajöhetnek!

Teddy felállt, és Ribby arcára tette a kezét. A férfi a lány szemébe nézett, a lány pedig az övébe. Kézen fogva vezette el a lányt.

Teljesen elhányta magát itt.

Végig a folyosón, be a bejárat szívébe, fel a lépcsőn.

Szedd össze magad, Rib! Túl korai még elragadtatni magad.

Nem válaszolt.

Ribby, figyelsz rám? Hipnotizált téged — vagy irányít téged. Ribby! Figyelj rám! Gyere vissza hozzám!

Angela megpróbálta átvenni az irányítást. Elfordítani a tekintetét. Megszakítani a köteléket, ez volt minden, amit tennie kellett, de képtelen volt rá.

Ribby nevét kiabálta újra és újra és újra.

Még mindig nem válaszolt.

FEJEZET 35

A szalagcímek azt üvöltötték: „Egy bordélyház a közelemben". Martha felkapta a küszöbön álló újságot, és egyenesen a szemétbe dobta.

Újra elővette, és jobb belátása ellenére elolvasta a cikket. 'A 62 éves Martha Balustrade bordélyházat üzemeltetett a belváros közelében. (Fotó a 3. oldalon)'.

Martha a fényképre lapozott. Elakadt a lélegzete. Az esküvői fotóját használták fel. Elárulva érezte magát. Egy könnycsepp csordult végig az arcán, miközben apró darabokra tépte a papírt.

Martha minden centiméterét üresnek érezte, mintha a háza már nem lenne az otthona. Levette a telefont, és nem volt hajlandó bekapcsolni a tévét, mert félt attól, hogy mit mondanak róla. Azt kívánta, bárcsak ki se mászott volna az ágyból, de fel kellett mennie a padlásra.

Felmászott a létrán. Messze hátul a sarokban, takarók, pókhálók és különféle kellékek alá temetve egy lakattal lezárt komód állt, amely magánjellegű dokumentumokat tartalmazott.

Martha elkezdte egyenként kivenni a papírokat a ládából, és időnként megállt olvasni. Ott volt. Kinyitotta a könyvet, és kibontotta a benne lévő dokumentumot: Ribby születési anyakönyvi kivonatát. Becsukta a könyvet, és megfordította. Néhány másodpercig nézte a hátoldalon lévő képet. Újra összehajtotta a dokumentumot, visszatette a könyvbe, és a „selejtezők" halmára tette.

Amikor leszállt az éj, Martha lemászott, cipelve, amennyit csak tudott. Újra felment, és megtöltötte a karját, ügyelve arra, hogy két külön kupacot tartson. Többszöri fel- és leszállás után az összes irat nála volt. Szándékában állt egy-két whisky mellett alaposabban átolvasni a „megtartandó" kupacot. A másik kupacot meg fogja semmisíteni.

Az „eldobandó" kupacot a kandalló melletti kanapéra tette, a „megtartandó" kupacot pedig a túlsó végébe.

A selejtes halom tetején volt a Ribby születési anyakönyvi kivonatát tartalmazó könyv. Rövid pillantást vetett rá. Az üres helyre, ahol Ribby apjának nevének kellett volna állnia.

Martha a kandallóhoz lépett, és meggyújtotta a fahasábokat. Beledobta Ribby születési anyakönyvi kivonatát, majd kinyitotta a kéményt. A szél azonnal felzúgott, amitől a kanapén heverő papírok megremegtek és rázkódtak. Felkapta a könyvet, és a tűzbe dobta. Végignézte, ahogy meggyullad, aztán beledobta a többi „selejtes" kupacot.

Amikor a sok minden elhamvadt, Martha figyelte a hegyek fölött felkelő napot. A zöld pázsit kontrasztban állt a napfelkelte lilásvörösével. A tekintete az ajtó elé vetülő apró árnyékra vándorolt. Nem látott senkit, és azon tűnődött, mi lehet az.

Odament az ajtóhoz, és kikukucskált a kukucskálónyíláson. Biztos volt benne, hogy egy üveg valami. Tej? Nem, a tejes már vagy egy évtizede nem járt errefelé. Végül a kíváncsisága felülkerekedett rajta, és kinyitotta az ajtót. Egy üveg pezsgő volt, rajta egy cetlivel: „Koccintsunk rád, minden szeretetemmel".

Biztosan Johntól kapta. Biztosan beugrott, amikor a padláson volt. Felvette a telefont, hogy megköszönje, de csak az üzenetrögzítője szólt. Ezúttal letette, anélkül, hogy üzenetet hagyott volna.

Martha töltött egy pohárral, és közben lenyelt néhány altatót. Addig folytatta a bort és a tablettákat, amíg mindkét üveg ki nem ürült. Aztán visszatért a Jack Danielshez, és kifényesítette.

Egyszerre csak elaludt.

Egy szikra a kandallóban összekapcsolódott a „tarisznya" halom szélével. Hamarosan a kupac lángba borult. Aztán a kanapé.

Martha tovább aludt.

Engel asszony hívta a tűzoltókat.

Martha ügyelt arra, hogy a kupacokat külön tartsa. Végül mindkettő ugyanott kötött ki.

FEJEZET 36

Teddy végigvezette Angelát a folyosón.

Ribby, mit csinálsz? Túl korán van még. Alszol? Ébredj fel! Ébredj fel!

Teddy megállt a járkálásban, és kivágott egy ajtót.

Na, ez nem az, amire számítottam.

Én sem!

Végre felébredtél! Nagyon megijesztettél.

De miért? Mi történt? Mit hagytam ki?

Nem hallottad, hogy hívtalak?

Nem, de hallottam az óceánt.

Biztos csinált veled valamit.

Nem hiszem.

Előre botorkált, azt várva, hogy egy pazar budoárt lát, pedig ami előtte volt, az valójában semmi ilyesmi nem volt. Az otthonában a könyvtár pontos mását alakította ki.

„Ez a tiéd - mondta Teddy, miközben megcsókolta Ribby kezét. Állt és figyelte, ahogy a lány mindent magába szív. „Ez a te szentélyed, a te különleges helyed, Angela, és senki másnak nem lesz hozzá kulcsa, csak neked. Gyere ide, hogy lecsendesítsd a gondolataidat. Hogy elmenekülj a világ elől. Előlem, ha szeretnél. Gyere ide írni, festeni, bármit, amire a szíved vágyik. Gyere ide gyakran. Ismerj meg minden könyvet, olvass el mindent, mert én már mindet elolvastam, és lesz miről beszélgetnünk. Egy nap elutazunk, és megnézzük mindazokat a helyeket, amelyekről ezekben a könyvekben olvasol. Mindent meg akarok mutatni neked."

Ribby odasietett hozzá, és megcsókolta. Soha senki nem volt még ilyen figyelmes, ilyen csodálatos vele.

Lassíts, Ribby! Lassíts!

A férfi a kezébe vette az arcát, és szenvedélyesen megcsókolta.

Ribby térdei megroggyantak.

Tibbles megköszörülte a torkát. „Elnézést, uram."

Hála Istennek, hogy van Tibbles! Ribby elhagyta az épületet. Térj magadhoz, Rib!

„Mi az?" Teddy a lábával toporzékolva kérdezte.

„Egy nagyon fontos ügy, uram." Tibbles hangja remegett. A tekintetét a padlóra szegezte.

„Ne most, Tibbles. Tartsa a kalapja alatt, öregem, mindjárt jövök" - mondta Teddy, és megsimogatta Ribby hátát.

„De uram..."

„Hát jó" - kiáltotta Teddy, miközben a kezét az oldalára eresztette, és magára hagyta Ribbyt.

Ribby forrónak, biztonságosnak és boldognak érezte magát, miközben a saját könyvtárában lévő könyveket nézegette. Megcsípte magát, hogy ellenőrizze, nem álmodik-e.

Nem értem. Miért van itt a másik könyvtár pontos mása?

Ez nagyon figyelmes, nem gondolod?

Szerintem ez azt jelenti, hogy itt akarja, nem ott.

Nem lehetek itt főkönyvtáros. Itt nincsenek vendégek. Megborzongott.

Igen, ennek az egésznek semmi értelme.

A másik könyvtárban jó érzés volt. Úgy tűnik, hideg van itt.

Van egy termosztát a falon, talán azért hűvösebb, mert a könyvek egy része törékeny, talán még ősrégi is? Nézd meg azt a polcot ott. A kötések hitelesnek tűnnek. Várj egy percet, most jöttem rá... ez az a könyvtár az álmomból?

Egy váratlan kopogás az ajtón megugrott. Felállt, és kinyitotta, hogy Tibbles-t találja rajta, komoly arckifejezéssel.

„A gazdámnak sürgős üzleti ügyben el kellett hagynia a házat. Holnapig nem tér vissza. Mi a rendelkezésedre állunk." A férfi mélyen meghajolt.

„Egyelőre jól vagyok, köszönöm, Tibbles." Becsukta az ajtót, és visszatért az olvasáshoz.

FEJEZET 37

„Mikor látta utoljára?" Angolos ugatott, miközben Stephen elhajtott a kastélytól.

„Pénteken. Pénteken voltam ott. Zaklatott volt, de soha nem gondoltam volna, hogy ezt teszi!" Stephen a kormánykerékbe mélyesztette az ujjait.

„Bolond nőszemély" - mondta Anglophone, miközben az ökle a kartámaszra csapódott.

Stephen a legkevésbé sem akart vele beszélni. De nem volt más választása, mivel „Teddy" állta a kórház számláit, ahol az anyja feküdt. Stephen édesanyja egy nap az Angolkisasszony könyvtárában örökre megváltozott. Majdnem meghalt. Most már csak a héja volt annak az anyának, akit valaha ismert.

Ahogy vezetett, Stephen emlékezett arra, hogy az anyja elmondta neki, hogyan fonódott össze Teddy és ő jövője. Bár csecsemőként került az Anglophone házába, Stephent soha nem kezelték családtagként. Persze, volt egy szép szobája, ahol minden kék színű volt, de egy fiúnak többre volt szüksége.

Stephen magányos gyerek volt. Egy gyermek, aki apafigurára vágyott. Angliai elzárkózott a mostohafia elől. Valójában elhagyta a szobát, valahányszor Stephen belépett. Stephen úgy érezte, hogy tüske a férfi szemében, és semmi több.

Letörölt egy könnycseppet az arcáról, miközben egyre közelebb hajtott a pszichiátriai kórházhoz. Beemer nővér elmondta neki, hogy az anyja lenyelt egy üveg tablettát. Amikor megkérdezte, honnan szerezte őket, nem voltak benne biztosak. Nem is számított. Az számított, hogy az anyja eszméletlen volt. A gyomra pumpált. A jövője bizonytalanabb volt, mint valaha. Életben marad vagy meghal?

„Hülye nő - motyogta Angol. „Hülye, hülye nő."

***

Miután István kinyitotta az ajtót az Angolnak, előre szaladt. Meg akarta találni az anyját; azonnal meg kellett találnia. Hallotta, ahogy az öreg ólomlábú döcög mögötte. Soha nem tudta megérteni, hogyan szerethetett bele az anyja. De most nem volt itt az ideje.

Stephen odalépett az ápolónőhöz. „Az anyám? Hol van? Hogy van?"

„Túl van a veszélyen, de közel volt, Mr. Franklin. 208-as szoba. A folyosó végén, balra." A nővér elengedte a csengőt.

Stephen bement. Elhatározta, hogy egyedül beszél az anyjával. Sprintbe kezdett.

Angolkisasszony a sarkában loholt.

Az anyja eszméletlenül feküdt, az ágyneművel átölelve. A mellkasából és a karjaiból csövek és vezetékek nyúltak ki, amelyek egy sor géphez vezettek.

Stephen homlokon csókolta, leült, és a sajátjába vette a lány petyhüdt kezét. A gépek zümmögtek és csipogtak.

„Jól néz ki, tekintve, hogy jól van" - mondta Angol Stephen bal válla mögül.

„Most pedig állj fel, és engedd át a széket egy öregembernek. És hozz nekem egy csésze kávét" - tette hozzá, és odadobott Stephennek néhány bankjegyet. „És néhány virágot az édesanyádnak, szépet, vázában."

Stephen megtette, amit mondtak neki.

Egy dolgot tett az emberrel az, hogy ennyi éven át minden nap anglofonok között volt, mégpedig azt, hogy megtanulta, hogyan kell tartani a száját.

✳✳✳

"Rosemary, can you hear me?" Teddy whispered to the woman on the bed. "Rosemary, it's Teddy."

There was no change or movement from the woman. Teddy remembered the day they first met. She'd been so vibrant, so alive. Only a few weeks ago, she'd celebrated her birthday. He'd sent her daffodils, her favourites.

Thankfully, Rosemary said she didn't remember much of anything from the time of the accident. News of her death hit the web. During the media mayhem, Anglophone had his friend, the coroner, send a car to whisk her away. Away to this place, where she was able to heal over time.

"She isn't really alive now, like this," Teddy mumbled to himself as footsteps approached. Stephen was returning. Teddy hadn't even spoken to his wife yet. For yes, since she was not dead—Teddy was still a married man. Half of everything he owned belonged to the unconscious woman and his heir.

"How is she?" Stephen knelt by his mother's bed and took her hand into his once again.

"She's breathing, but not by choice. It's about time we talked about letting her go in peace."

"But you can't. She's my mother, and I won't let you."

"Keep your voice down. You, impertinent imbecile!" Teddy shouted.

Rosemary opened her eyes. She opened her mouth.

"She's trying to talk!" Tears streamed down Stephen's cheeks. "Mother, I'm here, it's Stephen. Your son Stephen. If you can hear me, squeeze my hand."

He waited, holding his breath but she never squeezed his hand.

Instead, she squeezed Teddy's hand.

FEJEZET 38

A házban Ribby magányosnak érezte magát. A könyvtárba akart menni, de nem volt kulcsa. Fontolóra vette, hogy megkérdezi Tibbles-t, van-e valahol egy példánya, de végül nem tette.

Ribby felvette a telefont az előszobában, és azt tervezte, hogy felhívja Marthát.

Tibbles a semmiből tűnt fel. „Segíthetek, kisasszony?"

„Igen. Szeretném felhívni anyámat, és úgy tűnik, elvesztettem a mobilomat."

„A beilleszkedés ideje alatt nem telefonálhat, kisasszony."

„De miért?"

Fogva tartanak minket?

„A gazdám utasításait követem. Nos, ha nincs más..."

„Nos, van még valami. Szeretnék egy kulcsot az út menti könyvtárhoz, hogy még egyszer megnézhessem."

„Nincs kulcs az ön számára, kisasszony. Elmehet sétálni, vagy igénybe veheti a háztartás szolgáltatásait, például a saját személyes könyvtárát. A fürdő is pihentető, ha szeretné, hogy megmutassam, hol van."

„Nem, köszönöm. Megvárom, amíg Teddy, ööö, Mr. Angolkisasszony visszatér."

„Mr. Anglophone miatt jöttem magához. Még egy napot fogva tartják. Utasításom van, hogy gondoskodjak róla, hogy otthon érezze magát. Szóljon, ha van még valami, kisasszony."

„Ebben az esetben én most elmegyek sétálni. Milyen messze van a legközelebbi falu?"

Tibbles közelebb lépett Ribbyhez, odahajolt és suttogott. „Túl messze van gyalog, kisasszony, és attól tartok, a kocsi és a sofőr Mr. Angolkisasszonnyal van. Fedezze fel a kerthelyiséget, szóljon, ha vacsorázni szeretne". Elsétált.

„Köszönöm - motyogta Ribby. Megfordult, és leküzdötte a késztetést, hogy belerúgjon valamibe. Ehelyett kisétált az ajtón.

Hiányzik anya.

Amúgy is jobb nekünk anélkül a boszorkány nélkül! Nézd meg a helyet, ahol élünk, és ha jól kijátsszuk a kártyáinkat, itt is lehet belőlünk valami. Bár egy kicsit furcsa, Teddy nagyon kedvel téged. Csak játszanod kell, amíg ki nem találjuk, hogy mi a játéka.

Hogy érted, hogy a játékát? Azt akarja, hogy a társa legyek. Nagyon kedves. Bele tudnék szeretni. Ha abbahagynád a célozgatásokat. Miért vagy ilyen gyanakvó?

Ez egy megérzés. Mintha már csinált volna ilyesmit korábban.

Olyan édes és gyengéd.

Törődik veled. Mégis, azok után, ami azelőtt történt, hogy megmutatta neked a könyvtár másolatát, tudod, amikor nem voltál benne? Légy résen. Szelídítsd meg. Lassítsd le. Várakoztasd meg. Találgass.

Az érintése nagyon gyengéd.

Miután egy darabig kutatott, Ribby maga elé nézett, és nem volt ott semmi, csak víz. Mögötte Teddy háza. Aztán mérföldeken át semmi.

Gondolkodott néhány ötleten, hogy milyen dolgokat szeretne bevezetni a könyvtárba. Például egy gyerekklubot. Egy hely, ahová a gyerekek szombat délelőttönként elmehetnének. ahol mesét olvasnának nekik, vagy játszanának. Biztonságos hely lenne, ahol a szülők pihenhetnének. Igen, ez volt az eddigi legjobb ötlete! Arról is beszélni akart Teddyvel, hogy folytassa az előadásait a helyi kórházban. Hiányzott neki az összes gyereke, és kíváncsi volt, hogy vannak. Az élete nagyon megváltozott, és úgy érezte, hogy ez kissé megviselte.

Ez még csak a kezdet, gondolta Ribby, miközben a hullámok páracsapása megcsókolta az arcát.

Egy autó állt be a körútra, és elszáguldott mellette.

Vajon ki lehet az?

Egy nő volt az.

Igen. Meglátogatja Tibbles-t, amikor a főnöke távol van. Érdekes.

Lehet, hogy semmiség. Ha készül valamire, Teddy tudni akar róla.

Jó lenne kideríteni.

Gyerünk, menjünk!

FEJEZET 39

Elszabadult a pokol. Miután Stephen anyja megszorította Teddy kezét, ő visszaszorította. Azt hitte, hogy ezt diszkréten teszi, amíg a beteg ki nem mondta: „Teddy, hagyd abba, a fenébe is, fájdalmat okozol!".

„Anya, ó, anya, felébredtél. Jobb, ha hívok ide valakit." Megnyomta a gombot a kaputelefonon. „Nővér, nővér, nővér, jöjjön a 208-as szobába! Kérem!" Stephen letörölte a könnyeit, és megcsókolta az anyját mindkét arcán.

„Ne nyálazz már rám, fiam" - mondta Stephen anyja, miközben végignézett rajta. „Nem tudom, ki vagy te. Teddy, mondd meg neki, hogy menjen el, hogy kettesben lehessünk. Vigyétek innen!"

A tagadása átvágott rajta. „De anya, én vagyok az, Stephen, a fiad". Megérintette a kezét, beledobott valamit. „Te adtad nekem ezt a Szent Kristóf medált. Látod? Rajta van a neved, anya. Olvasd el."

A lány ránézett az ékszerre, és hangosan felolvasta: „Istvánnak szeretettel anyától. Hmmfff. Hát, én nem emlékszem rád. Vidd ki innen, Teddy!"

Stephen távozott, visszaszorítva a késztetést, hogy ököllel verje a kórház falát.

FEJEZET 40

Ribby felszaladt a lépcsőn.

Kinyitotta az ajtókat. Egy hosszú, napraforgómintás szoknyát viselő nő nagy hátsó fele tárult a szemébe. A ruhadarab súrolta a padlót, ahogy Tibbles mögött haladt. Egy nagy, lompos kalap, és egy hosszú ujjú, jáde színű, omlós mandzsettájú blúz egészítette ki az együttesét. Bár Tibbles mögött volt, úgy tűnt, ő vezeti a beszélgetést.

Menjünk innen! Unalmasabbnak tűnik, mint Tibbles.

Nem, Teddy mondta, hogy érezzem magam otthon. Tehát a bemutatkozás, nem is beszélve az újonnan érkezők ellenőrzéséről és üdvözléséről, helyénvaló lenne.

Ez Tibbles dolga.

Ribby úgy döntött, hogy közbeszól; hogy felhívja a figyelmüket, azt kiáltotta: „Helló!".

Mindketten az irányába fordultak, Tibbles keresztbe tett szemmel, a nőnek pedig tátva maradt a szája, mivel a mondat közepénél tartott.

Ribby odasietett, ahol bámészkodva álltak. Kezet nyújtott az új vendégnek, és így szólt: - A nevem Angela. És te vagy?"

A nő becsukta a száját, és Tibbles irányába nézett.

„Á, Miss Angela. Ön visszatért" - mondta Tibbles. „Remélem, élvezte a sétát?" Nem várt választ, és meg sem próbálta bemutatni a két nőt. „Az ebédet a könyvtárban szolgálják fel. Szigorú utasítást kaptam Angol úr részéről, hogy gondoskodjak a vendégeiről. Jó étvágyat az ebédhez. Ha bármire szükségük van, csak szóljanak."

Tibbles a nő hátára tett kézzel végigvezette a folyosón, majd az irodájába. Az ajtó kattant.

Hmpft! Micsoda főnökösködő mindentudó.

Különben is, miért akarnánk vele időt tölteni? Úgy nézett ki, mint aki képes lenne bárkit kővé változtatni! Vagy halálra untatni őket.

Valószínűleg igazad van.

Lássuk, mi van az ebédmenüben.

A könyvtár felé vette az irányt. Felemelte az ezüst fedelet, és egy homárszendvicset talált, tele majonézzel. Egy üveg pezsgő hűlt.

Ribby belekóstolt az ételébe, és evés közben a könyveket tanulmányozta. Egy kötet megragadta a tekintetét. „Boszorkánység a sötét középkorban". Ribby felvette.

Hűha, ezt érezted?

Hát persze, hogy éreztem. Ez, lélegzett. Ribby lapozgatta. Tele van fekete mágiával. Varázsigékkel és varázsigékkel. A lapok nagyon törékenyek. A képek többsége kézzel rajzolt.

Azt hiszem, a papír bőrből készült.

Nem emberi bőrből?

Nem tudom biztosan megmondani igen, de lehetséges. A tinta a lapokon lehet, hogy vér.

Emberi vér? Fúj.

Szerintem vissza kéne tenned.

Sok régi könyvet láttam már, de ehhez hasonlót még nem. Remeg tőle a kezem. Különben is, ez csak egy könyv. Mi baj lehet belőle?

A frászt hozza rám.

FEJEZET 41

„Itt vagyok neked, drága Rose - suttogta Teddy, és megfogta a kezét.

„Hagyd abba a hülyeséget" - mondta Rosemary. „A fiam hallótávolságon kívül van."

Teddy felnevetett. „Á, örülök, hogy visszatértél. Kérlek, folytasd."

„Először is, Teddy" - mondta Rosemary. Közelebb hajolt hozzá. „Ki akarok innen jutni, ma, holnap— hamarosan. Teljesítettem a kívánságodat, a fiunk érdekében. Hagytam, hogy elkábítsanak, elaltassanak— a lobotómiát kivéve mindent megtettek—, hogy a fiam biztonságban és jól legyen, és most eljött az idő. Stephen már férfi, és tudnia kell, hogy ki az apja, és miért nem mondtuk el neki soha."

„Rose, a megállapodásunk az, hogy a fiunk megkapja mindennek az ötven százalékát. Egy feltétellel. A feltétel az, hogy soha nem tudja meg, hogy én vagyok a biológiai apja" - mondta Teddy. A hangja olyan durvasággal végződött, mintha csaknem ugatott volna. „A könyvtárban történt incidens után megegyeztél, hogy elmész. Hogy hagyod, hogy folytassam az életemet— békében—, amíg a fiadról, a mi fiunkról gondoskodik. Én betartottam az alku rám eső részét, és neked... neked nincs más választásod, mint betartani a tiédet. Különben az ajánlatomat visszavonom. Ez a végrendeletemben van. Ha rájön, nem kap semmit. SEMMIT!"

A szobán kívül elhaladó nővér mondta. „Shhhhhhhhhh."

„Ó, bocsánat" - mondta Teddy.

Rosemary suttogta: „Beleegyeztem, de nem tudok itt élni, ebben a kórházban... ebben a börtönben. Huszonnégy órán át figyelik — mint egy ketrecbe zárt állatot. Azt akarom, hogy a fiunk megkapja, amit megérdemel, de minden alkalommal megöl, amikor azt mondom neki, hogy nem tudom, ki ő. Fáj egy anyának, ha látja a gyermekét szenvedni."

Angolkisasszony átnyújtotta neki a zsebkendőjét.

A nő így folytatta: „Csak így tudok egyedül beszélni veled. Folytatni ezt a cselszövést, és én már belefáradtam. Saját életet akarok. Egyébként temessen el itt és most, hogy ne kelljen többé hozzám jönnie. Ezt nem bírom elviselni! Nem bírom tovább ezt az életet." Rosemary felemelte a kezét, hogy eltakarja az arcát.

„Szóval ezért nyelted le azokat a pirulákat, hogy megszabadulj a világtól! Kár, hogy nem jártál sikerrel. Kár."

„Igen, nagyon rossz. Boldog lettem volna, ha soha többé nem látlak."

Angolkisasszony felállt. „Most megyek, és magadra hagylak." Hátat fordított egykori feleségének és szeretőjének, és elindult az ajtó felé.

„Ha most elmész, megmondom neki. *Elmondom* neki."

„És mindent elveszít?" Visszasétált a nő ágyához. „Nem fogod elmondani neki. Már így is túl sok mindent feláldoztál." Tétovázott, csontos ujjával az állára koppintott. „Megkérem a nővért, hogy minden nap vigyen ki sétálni, hogy friss levegőt szívhasson, ha az segít. És könyveket. Küldhetek neked könyveket. Készítsen egy listát. Az én könyvtáram a te könyvtárad."

„Köszönöm, Teddy. Köszönöm, Teddy. Igen, küldd el nekem a legújabb regényeket. Magazinokat. Pletykákat. Még újságokat is. Itt nem engedik, hogy híreket nézzünk... azt sem tudom, milyen évet írunk."

„2016-ot írunk. Itt tartunk a láncon, de meglazítjuk a nyakörvet. Vigyázz, hogy ne csinálj újabb jelenetet egy öngyilkossági kísérlettel. Én betartom az alku rám eső részét, ha te is betartod a tiédet. Egyelőre jó éjszakát, Rózsám. Nem térek vissza. Elintézem, hogy mindent megkapj, amire szükséged van, ha küldesz egy levelet Tibblesnek bizalmas megjelöléssel."

„Köszönöm, Teddy. Köszönöm" - mondta Rosemary. A lengőajtók bömböltek Teddy távozását, majd pillanatokkal később Stephen visszatérését.

„Jól vagy, anya?" Stephen az ágya felé haladva kérdezte.

„Valamivel jobban érzem magam. Sajnálom, hogy így megijesztettelek. Persze, ismerlek téged. Te vagy Stephen, az én fiam."

„Ha nem ismernél, soha többé nem ismernél, akkor..."

„Most már csönd legyen. Ez egy kábítószer okozta botlás volt. Még mindig lábadozom."

„Igen. Másképp látod a dolgokat a napfényben?"

„Igen, Stephen, így van, és jobban fogok igyekezni, hogy meggyógyuljak, hogy kijuthassak innen. Újra olvasni fogok. Talán még írni is újra. Egy nap majd kiengednek innen. Megmutathatod nekem az életed."

„Ahhoz, hogy jobban legyél, anya, beszélned kell arról, ami történt. Azokról az évekről. A könyvtárban."

„Stephen. Stephen. Stephen. Stephen", Rosemary újra és újra ismételgette a nevét. Stephen megrázta, de a lány eltűnt.

***

Stephen később nehezen tudott koncentrálni.

Gondolatban az anyja ismételgette a nevét. *Stephen. Stephen. Stephen.* Most már mindig hallotta, hogy ezt mondja. Minden este. Minden nap.

A lány a nevét kiáltotta, és sosem tudta, hogy megpróbál válaszolni.

FEJEZET 42

Ribby keresztbe tett lábbal ült a könyvtár padlóján. Egy másik könyv megragadta a tekintetét: *Minden, amit valaha is tudni akartál a fekete mágiáról (de féltél megkérdezni)*. Nevetett a címen és a hátsó borítón látható sziluett fickón.

Micsoda tökfilkó.

Vajon mit keres az Anglophone ezekkel a furcsa könyvekkel?

Azt mondta, hogy ez az én könyvtáram.

Igen, ez is furcsa. Miért tette be őket a könyvtáradba?

Rengeteg könyv van itt, nem mintha tudhatta volna, hogy melyek azok, amik kiemelkednek, amik miatt bele akarok nézni.

Azonnal vonzódott ahhoz a kettőhöz. Szinte mintha világítottak volna.

Á, túl sokat képzelsz magadról. Csak figyelj:

Te is szakértője lehetsz a boszorkányságnak. Csak kitartónak kell lenned. Először is válassz egy alanyt, akire Hex-et szeretnél helyezni. Megjegyzés: a bűbájok negatív dolgok. Ne tegyél átkot valakire, akit szeretsz (kivéve, ha szerelem/gyűlölet kapcsolatról van szó, vagy hacsak nem élvezed, hogy fájdalmat látsz valakiben, aki fontos neked.)

Miután kiválasztottad a célszemélyt, kezdd el gyűjteni a személyes tárgyait. A hajszálakat egy fésűről vagy keféről, vagy egy párnáról. A körmöket. Lábkörmök. (Megjegyzés: eldobottakat kérem!) Gyűrűk. Órák. Ne legyen feltűnő. Ne feledje, hogy biztonságos helyre rejtse őket.

Külön megjegyzés: Gyakorolja a tükör előtt, hogyan fog válaszolni, amikor megkérdezik: „Nem látta az órámat?". Különösen akkor, ha nem vagy különösebben jó hazudozó. Mindig készüljön fel egy válasszal. Alibi. Készüljön fel a gyanúsítgatásra.

Ribby megpróbált még egy pohár pezsgőt tölteni: az üveg üres volt.

Mutatóujját a lapba dugta, ahol abbahagyta. A ház csendes volt, szinte túlságosan is csendes az ő ízlésének megfelelően. Felosont a lépcsőn, mint egy rosszcsont gyerek, és teljesen felöltözve bemászott az ágyba.

Micsoda könnyűvérűség.

$$***$$

„Ébredj fel, Ribby. Stephen vagyok. Ébredj fel."

Ribby betakarta magát, arra számítva, hogy Stephenre talál, de nem volt ott.

Ez csak egy álom volt. Kár.

A feje lüktetett. Az izzadság lecsorgott a homlokáról, a könyv borítójára. Ingatag lábakon végighordozta a folyosón a fürdőszobába. A folt máris megdermedt. Egy arctörlő kendővel törölte le.

Elővette a hajszárítót, és a nedves területre célzott. Visszatért a szobájába, és az éjjeliszekrény tetejére tette a könyvet száradni.

Most, hogy már nem volt mire koncentrálnia, a hányinger felerősödött, és arra késztette, hogy ide-oda himbálózzon. Mély levegőt vett, próbált küzdeni a hányás kényszere ellen, de nem sikerült. Végigrohant a folyosón, épphogy időben odaért. Kicsit jobban érezte magát, amikor kiöblítette a száját és megmosta a fogát.

Mivel a feje még mindig zúgott, visszatért a szobájába. Visszamászott az ágyba, és a fejére húzta a takarót.

FEJEZET 43

Mivel nem tudott aludni a motel lakosztályában, az angolszász Angela megszállottja lett. Sok dolga volt, és az idő egyre csak telt. Először is be kellett jelentenie őt a világnak, mint új könyvtárosát és mint leendő feleségét. A lány máris a bűvkörébe került, könnyen megigézhető volt, és az iránta érzett igénye napról napra nőtt.

Évek óta kereste a megfelelő társat: egy földi angyalt. Az ő Angelája megfelelt a célnak. Az önzetlensége a kórházi gyerekekkel, a naivitása a férfiakkal szemben. Arról nem is beszélve, hogy kétségkívül harmincöt éves szűz volt. Gyakorlatilag hallatlan dolog a mai korban. Tökéletes jelölt, akit tanulmányozhatott az új könyvéhez. És mégis, miután összeházasodtak, miután... azon tűnődött, vajon a lányról is kiderül-e, hogy olyan, mint a többi.

Bekapcsolta a tévét, és az éjszaka hátralévő részében a *Supernatural* ismétléseit nézte.

FEJEZET 44

Másnap reggel megszólalt Stephen csipogója. Mr. Anglophone hívta őt. Stephen figyelmen kívül hagyott egy csipogást, de aztán jött két hosszú csipogás, és végül még három csipogás. Tapasztalatból tudta, hogy nem volt tanácsos megváratni Anglophone-t.

Mr. Anglophone kezdte elveszíteni a türelmét.

Stephen felnyögött. Nem engedhette meg magának, hogy minden mással együtt elveszítse az állását.

„Jól van - kiáltotta Stephen, miközben becsukta maga mögött a motel ajtaját. Befordult a sarkon, hogy Anglophone a limuzin mellett várakozott rá.

„Uram, elnézést, hogy megvárakoztattam, uram" - mondta Stephen.

„Siessen, nem tudtam aludni ebben az átkozott motelben, és haza akarok jutni, hogy a saját ágyamban aludjak. Gyere már! Többet nem tehetünk az édesanyádért."

Stephen kinyitotta az ajtót az Angolnak. Megvárta, amíg bekapcsolja a biztonsági övét, aztán visszatért a vezetőülésbe. Beindította a kocsit, és elhajtott. A visszapillantó tükörben Angolkisasszonyra pillantott. „Néhány perce felhívtam a kórházat, úgy tűnik, anya állapota javul. Azt mondták, hogy jól aludt, és reggelizett."

„A legjobb ellátásban részesül" - mondta Teddy.

„Köszönöm —"

„Nagyon szívesen, Stephen."

FEJEZET 45

Hetek teltek el, amelyekből hamarosan hónapok lettek.

Az anglofón az idő nagy részében távol volt. Amikor ő és Ribby együtt voltak, a lány olyan dolgokat kért, olyanokat, amelyekről úgy gondolta, hogy teljesebbé teszik az életét.

„Szeretnék megtanulni vezetni" - kérdezte vacsora közben.

Angliai szalvétával letörölte a szája sarkát. „De neked már van egy sofőr a rendelkezésedre."

„Az idő nagy részében veled van távol" - duzzogott a lány.

Ne kérdezd meg, mondd meg neki. Mondd, hogy halálra unjuk magunkat. Mondjuk, hogy...

„Hadd gondolkozzam rajta" - válaszolta. Soha nem tette meg.

Napközben Ribby a legtöbb időt a könyvtárban töltötte. Átrendezte a dolgokat, átrendezte őket. De csendes és magányos hely volt. Valamitől, hogy ott volt, még magányosabbnak érezte magát. Túl csendes volt, és a torontói szökőkút megnyugtató hangjaira vágyott.

Ribby nem mondott többet a vezetés megtanulásáról. Amikor legközelebb visszajött, más kérésekkel állt elő.

„Szeretnék rendelni néhány dolgot, a könyvtár számára. Mármint a főkönyvtárba" - kérdezte.

„Amit csak a szíve kíván" - válaszolta Angol.

„Veszek egy számítógépet, egy laptopot..."

„Nem szükséges. Használhatja a Tibbles irodájában lévő számítógépet." Belekortyolt a kávéjába. „TIBBLES!" Megérkezett az inasa. „Engedje meg Miss Angelának, hogy bármikor használhassa a számítógépet az irodájában, amikor csak szeretne rendelni a könyvtárak számára."

„Igen, uram" - felelte Tibbles. Ribbyre pillantott, meghajolt, majd távozott.

Másnap Ribby kérte, hogy használhassa a számítógépet, és Tibbles irodájába vezették. A férfi végig mögötte állt, és a lánynak nehéz volt koncentrálnia, nemhogy rendelni bármit is. Végül feladta az ötletet.

Egy másik alkalommal vacsoránál azt mondta: „Szeretném lefoglalni az autót, hogy elvigyen a Simcoe Kórházba, hogy meglátogathassam a beteg gyerekeket".

„Az egy olyan kis kórház, nem olyan, mint amihez hozzászoktál. Különben is, ott van a könyvtár, és a feladatai meg fognak nőni, ahogy készülünk az újranyitásra" - válaszolta Angol.

Amúgy sem akartam odamenni.

Szomorú, amikor távol volt, és szomorú, amikor visszatért. Az új élete nem volt olyan, mint amilyennek látszott.

FEJEZET 46

Tibbles ez alkalommal kint várakozott, amikor Anglophone visszatért.

Miután Stephen elment, Anglophone megpróbált teljesen felöltözve visszavonulni.

„Teli vagyok babokkal, Tibbles."

„Az biztos, de miért?"

„Ó, a dolgok egyre jobbra fordulnak. Majd később beavatlak."

Tibbles ragaszkodott ahhoz, hogy levegye gazdája ruháját. Helyettük az Angol kedvenc piros szatén pizsamáját vette fel.

Miután a gazdája elhelyezkedett a takaró alatt, Tibbles működésbe hozta a zenedobozt. A készülékből az Altató és a Jó éjt kórus zengett.

Öt szélnek elégnek kell lennie, gondolta.

Tibbles összeszedte Angolkisasszony ruháit, és kiment a szobából. Ránézett az órájára. A gazdája kérésére néhány óra múlva új lány kezdett.

Visszatért a szobájába.

FEJEZET 47

Ribby ásított és kinyújtózott. Fölötte a mennyezeten szellemszerű alakok mintái jártak véget nem érő körökben. A lány kíváncsian figyelte őket.

Otthon érzi magát itt, nyugodtan, de nem szabad elaludnia. Légy óvatos, mert Teddy nem a szőke herceg. Inkább olyan, mint a bűbájos nagypapa.

Ez durva, és paranoiás vagy.

Ribby megszagolta a hónalját, aztán elindult a zuhanyzó felé. Felöltözve és a haját megszárítva Ribby ismét Marthára gondolt.

Hogy hiányozhat az a vén szatyor?

Nem számít, mi van, ő még mindig az anyám.

Túlságosan bizalomgerjesztő vagy! És néha szentimentális bolond vagy.

Úgy érzem, fel kellene hívnom őt. Biztos volt benne, hogy a dolgok be fognak következni.

Tudja, hol vagy, ha szüksége van rád, hívni fog.

Ribby visszatért a szobába, és kinézett az ablakon. Meglátta Stephent a limuzin mellett.

Az ajtón kopogás szakította félbe a gondolatait. „Ki az?"

„Szeretne ma reggel a szobájában reggelizni, kisasszony?"

„Angol úr még mindig távol van?"

„Visszatért, de gyengélkedik. Mivel egyedül vacsorázik, nem szeretne inkább a kertben enni?"

Ribby kinyitotta az ajtót, és egy fiatal, barátságos arcú lányt talált. „Ez egy csodálatos ötlet. Maga új, ugye? Hogy hívnak?"

„Igen, az vagyok. A-Abbey vagyok, kisasszony. A nevem Abbey."

„Nos, Abbey, örülök, hogy megismerhetlek" - Ribby szünetet tartott, amikor meghallotta, hogy valaki közeledik. Tibbles volt az.

„Segíthetek valamiben?"

„Nem, köszönöm. Abbey mindent kézben tart."

Tibbles Abbey irányába pillantott, és a lány megremegett. Aztán egy meghajlással elbocsátotta magát, és eltűnt a sarkon.

„Ez az első napom. Köszönöm, kisasszony."

„Minek is?" Ribby mosolyogva kérdezte. „Mivel mindketten eléggé újak vagyunk itt — tanulhatunk együtt" - invitálta a lányt a szobájába.

„Mindent előkészítek, kisasszony. Negyed óra múlva?" Abbey meghajolt. Szemei elmosolyodtak, amikor Ribby ismét megszólalt.

„Igen, hamarosan ott leszek" - mondta Ribby, és becsukta maga mögött az ajtót. Meghívta Abbey-t, hogy üljön le és csatlakozzon hozzá.

Ő a segítség, Rib, ne légy képtelen.

„De kisasszony, nem lehet - mondta a lány, és a szeme ide-oda járkált, mintha arra számítana, hogy Tibbles bármelyik pillanatban felbukkanhat.

„Még akkor sem, ha ez parancs volt?" Ribby kacsintva mondta.

Ki akarod rúgatni ezt a lányt?

„Kisasszony, az helytelen lenne. Tibbles a felettesem - suttogta a lány.

„Értem én. Amit Tibbles nem tud, az nem árt neki, igaz? Holnap hozza a reggelit a szobámba, ha Mr. Angolszász nem vacsorázik."

„Örömmel teszem" - mondta Abbey megkönnyebbülten.

Te nem kéred meg a segédet, hogy veled egyék. Ostoba bolond. Tibbles-t én sem bírom ki, de ő Anglophone jobbkeze.

Nem érdekel.

Csak annyit mondok, hogy Teddy kedves nem fog örülni neki.

Majd átmegyek a hídon, ha odaérek.

FEJEZET 48

Néhány óra alvás után az Angolkisasszony magához hívatta Tibbles-t.

„Egy parti! Ma este. Tessék. Ma. Vendéglátók. Itt a vendéglista. Mondd meg nekik, hogy el kell jönniük... Úgy értem, mindenkinek, aki bárki. Futárral vagy kézbesítsd a meghívókat azonnal. A sofőröm a szolgálatára áll. Hívja fel a tíz legfontosabb vendéget. El kell jönniük. Megértetted?"

„Igen, úgy lesz. Szóval, eldöntötte, hogy ő az igazi?"

„Vártam a megfelelő időzítésre, és ma este eljött az az este. Érzem a csontjaimban. Itt az ideje, hogy elmondjam mindenkinek és mindenkinek a Könyvtár újranyitásáról. Egyúttal bemutatjuk az új főkönyvtárosunkat, a menyasszonyomat."

„És Miss Angela, tájékoztassam őt a terveidről?"

„Tisztában van azzal a szándékommal, hogy bejelentsem az új pozícióját és az eljegyzésünket."

Tibbles felpihentette a párnát, és visszatette Angéla feje mögé.

„Szeretném meglepni őt az egésszel. Mondja meg a divatbrigádnak, hogy délután ötre legyenek itt

--- se korábban, se később. A parti pontban este nyolckor kezdődik. Aki késik, azt nem engedjük be. Győződjön meg róla, hogy megértik, hogy a PROMPT az PROMPT-ot jelent" - mondta Teddy. „Egyelőre túlságosan fel vagyok pörögve, de pihennem kell. Kérem, hagyjanak itt három óráig. Addigra készítsen délutáni teát Miss Angelának és nekem a kertben."

„Igen, uram" - mondta Tibbles meghajolva. „Szeretné, ha felhúznám a zenedobozt, hogy segítsek visszaaludni?"

„Természetesen, természetesen Tibbles. Köszönöm szépen. Három fordulat megteszi a hatását; elvégre ez csak egy kis szunyókálás."

Miután felhúzta a zenedobozt, Tibbles kihajolt a szobából. Magában motyogott, miközben a lépcsőn lefelé menet ellenőrizte a korlátot, hogy nem porosodik-e.

Nem volt ott semmi.

Tibbles leült az előszobában, és átnézte a parti részleteit. Már elintézte a vendéglátóst. Minden kezdett összeállni.

✳✳✳

Valamivel később az angolszász megpróbált aludni. Megszólalt a magánvonala. Várta, hogy az üzenetrögzítő bekapcsoljon. Amikor ez nem történt meg, felkelt az ágyból, hogy felvegye.

„Helló, Teddy - mondta Martha. „Tudom, azt mondtad, hogy csak akkor hívjalak ezen a vonalon, ha vészhelyzet van."

„Hallgatlak."

„Szükségem van a segítségedre."

„Hogyan?" Teddy megkérdezte.

„Börtönben vagyok, azzal vádolnak, hogy megöltem a húgomat, és a férfit, aki megerőszakolta. Esküszöm, hogy nem én tettem. Esküszöm."

„Megértem, de nem tudom, hogyan segíthetnék. Szüksége van rám, hogy ügyvédet fogadjak?" Angliai fel-alá járkált. Az, hogy megszakadt a szundikálása, feldühítette.

„Azért hívom magát, mert ezért le fogok bukni. Bűnösnek vallom magam, és az ügyvédem azt mondja, nem tart sokáig, amíg a bíró elítél."

„Mi közöm van nekem a szorult helyzetedhez? Elfoglalt ember vagyok."

„Harmincnégy évvel ezelőtt felszedett egy fiatal lányt. Csuromvizes volt. Késő este az úton rekedt."

„Nem, nem szoktam utasokat felvenni a limuzinommal."

„Maga vezetett. Ó, nem emlékszik. De emlékszem. Én voltam. Te vettél fel, és együtt... Te vagy Ribby apja."

Anglophone hitetlenkedve dőlt vissza az ágyára. Az agyát tördelte, próbált visszaemlékezni. Ez csak egy trükk volt. Tudta, hogy ez egy trükk volt. „Milyen autót vezettem?"

„Egy Mercedes Benz volt. Szürke."

Ez igaz volt.

„Azon az éjszakán több szempontból is megmentetted az életemet. Hinned kell nekem. Tudnom kell, hogy vigyázni fogsz rá. Ő a te lányod. Megteszed ezt értem? És megígéred nekem, hogy soha nem mondod el neki, hogy itt vagyok?"

„Nem tudom, mit mondjak. Elakadt a szavam." A férfi fel-alá járkált. „Miért ismerj be olyasmit, amit nem tettél meg? Miért akadályozod meg, hogy a saját lányod meglátogasson?"

„Csak ennyit kérek tőled."

„Hagyd csak rám. Hadd gondolkozzam rajta. Ha ő a lányom..."

„Ő az. Határozottan." Szünetet tartott. „És köszönöm."

Angliai lecsapta a telefont.

Az a szemtelen ribanc. Hogy merészeli ezt tenni velem?

Teddy nem tudott aludni. Zúgott a feje. Az év bizonyos időszakaiban hajlamos volt a migrénre, és Martha híre most nagyon megviselte.

Hívta Tibbles-t.

Tibbles azonnal felfogta gazdája állapotát. „Jól van, jól van", mondta, »néhány órán belül minden jobb lesz«. Egy korty whiskyt és egy altatót kínált. Angolkisasszony egy kortyban lehajtotta, majd visszatolta a poharat az inasának.

Amikor Anglophone megnyugodott és elcsendesedett, Tibbles felhúzta a zenedobozt, és rendet rakott a szobában.

„Még valami, uram?"

Anglophone már mélyen aludt.

Tibbles elmosolyodott, és becsukta maga mögött az ajtót.

$$***$$

Tibbles kétszer is ellenőrizte a parti teendőinek listáját, miközben legújabb alkalmazottjára, Abbeyre gondolt. Korábban felfigyelt a két fiatal nő suttogására. Ez lehet jó vagy rossz dolog. Tudta, hogy nem népszerű, és mégis, az Anglofón iránti elkötelezettsége nem ismert határokat.

Abbey érkezett, magas ajánlásokkal egy városi háztartásból. Egy helyi lány, akitől remélte, hogy szemmel tartja majd Miss Angelát.

Amikor a kertben találta, kíváncsi és izgatott volt. „Miss Angela, hogy került ide, hogy ma a kertben reggelizik?"

„Az m-m-az én ötletem volt" - vallotta be Abbey félbeszakítva őt. „Olyan gyönyörű ez a reggel!"

Tibbles rosszalló pillantást vetett rá, és tovább szólította Ribbyt. „A délutáni tea is a kertben lesz. Mr. Anglophone azt akarta, hogy meglepetés legyen — szóval kérem, viselkedjen úgy, mintha meglepődne. Ő is csatlakozik majd önökhöz."

„Ó, elnézést. Nem lehet eleget a szabadban vacsorázni, ha olyan jó idő van, mint ma" - mondta Ribby Abbey felé kacsintva.

„Rendben van hát" - mondta Tibbles, miközben elnézést kért.

„Hú! Ez aztán közel volt" - mondta Abbey a homlokát törölgetve.

„Ne aggódj, Abbey, én elbírok a kedves öreg Tibblesszel. Jöjjön csak tovább az ötletekkel. Majd szólok egy jó szót az érdekedben Mr. Angolkisasszonynál."

„Köszönöm, asszonyom" - mondta a lány, és nem tudta leplezni a hangjában lévő izgalmat.

„Semmi Miss vagy Ma'am Abbey, ha kettesben vagyunk. Elvégre barátok vagyunk."

„Barátok" - mondta a két lány egybehangzóan.

Nyugtass meg egy kanállal!

FEJEZET 49

Angliai felébredt szundikálásából, és magához hívta Tibbles-t.

Egy átlagos napon Anglophone egyszer meghúzta az idézőzsinórt. Ha vészhelyzet volt, kétszer húzta meg a zsinórt. Ma háromszor húzta meg.

Tibbles megbotlott a saját lábában, ahogy végigvetette magát a folyosón. Azt kívánta, bárcsak tudna repülni. A karjában vitte az összes tervét és visszaigazolását a szezon bulijára. Minden tökéletes volt. Többet ért el, mint amire vállalkozott. Az összes társasági hölgy részvétele meg volt erősítve. Alig várta, hogy beavassa az angolkisasszonyt a részletekbe.

Tibbles kopogott, majd bedugta a fejét. Anglophone még mindig az ágyban volt. A takaró a nyakáig fel volt húzva, és tejfehér arcbőrt viselt.

„Tibbles, nem vagyok jól, egyáltalán nem vagyok jól. Szédül a fejem, és attól tartok…"

„Elnézést, uram - szakította félbe Tibbles -, hozhatok még néhány tablettát?"

„Nem, nem, Tibbles. Ez nem az a fajta fejfájás, ami egyhamar elmúlik. A nap hátralévő részében nem leszek szolgálatban. Egyedül akarok lenni. A sötétben."

„De ma este, uram - tiltakozott Tibbles. „A parti."

„Mondja le."

„De…"

„AZT MONDTAM, HOGY C-A-N-C-E-L!"

„Rendben van, uram" - mondta Tibbles, visszaharapva a torkában lévő dühöt, miközben kihajolt a szobából. Becsukta az ajtót, és távozott.

Tibbles felhívta Viveca Hartmant a Helyi Hangnál. A segítségét kérte a hír terjesztésében.

„Mindent megteszek, amit tudok, hogy segítsek" - mondta Hartman asszony.

„Köszönöm" - válaszolta Tibbles.

FEJEZET 50

Viveca a hírhedt Theodore P. Anglophone inasával, Tibblesszel fejezte be a beszélgetést. Elsietett a városi szerkesztő, Frank Munson irodájába, és elmondta neki a legfrissebb híreket.

„Szóval, el akarja mondani - mondta a nehéz testalkatú Munson, miközben a szivarját szívta. „Az utolsó pillanatban lemondták az anglofón rendezvényt?"

„Anglophone beteg."

„Láttam őt a városban, és olyan egészséges, mint egy ló. Az a hír járja, hogy egy fiatal lánnyal van, akit a városból hozott magával. A lány nála lakik. Isten tudja, mire készül Anglophone" - mondta Munson, majd fújt egy füstkarikát, és nézte, ahogy gomolyog.

„Nos, várnunk kell, hogy megtudjuk. És ha átütemezik, mindenképp bemegyek, hogy megnézzem, mit tudsz meg. Lehet, hogy megnézem a lányt. Kíváncsi vagyok, hogy tud-e az angolszász történelemről."

„A legutóbbi gyilkosságot senki sem tudta a nyakába varrni, de gyanúsított volt. Ha nem lett volna a pénze, hogy mindenkit lefizetett, megvádolták volna. Elvégre a nőt az ő telephelyén gyilkolták meg. Csak nekik kettőjüknek volt kulcsa a könyvtárhoz. Ő is pokolian bűnösnek tűnt. Én a magam részéről mindenképpen szeretném, ha ez az ügy nagy port kavarna, és igazságot szolgáltatnánk a nőnek".

„Apám úgy érezte, hogy Angliai határozottan rejteget valamit. Az igazság valószínűleg soha nem fog kiderülni - mondta Viveca bűntudattal. „Ez az új lány ott fent vele, nem tetszik nekem."

„Szegény lány!" Mondta Munson, aki már nem tudta tovább titkolni az izgatottságát az új információ miatt. „Menjünk be oda, és nézzük meg, mit tudunk kideríteni. Hé, miért nem kezdesz el sétálni arrafelé, hátha kiszúrod a lányt. Derítsd ki a helyzetet. Meg tudod csinálni, Hartman?"

„Megteszem, amit tudok. Nem akarok feltűnést kelteni - mondta Viveca meggyőződéssel.

„Ha valaki ki tudja deríteni, mi folyik itt, az maga az" - mondta Munson, miközben elnyomta a szivar meggyújtott részét.

„A feleséged még mindig adagolja őket?" Viveca vigyorogva érdeklődött.

„Igen, de amit nem tud, az nem árt neki."

„Righto." Viveca a kijárat felé vette az irányt.

Munson visszatette a félig elszívott szivart a celofáncsomagolásba. „Ó, és naponta egyszer számolj be nekem erről — próbáljuk meg elkapni ezt a s.o.b.-t."

„Igen, uram" - csukta be maga mögött az ajtót Viveca.

Hihetetlenül boldognak érezte magát a Munsonnal folytatott beszélgetése miatt, mert a férfi nagyon bízott a képességeiben. Sok tapasztalat nélkül, de kapcsolatokkal és erős vágyakozással érkezett fel a pályára, hogy riporter legyen. A lektorálástól a közösségi oldalig küzdötte fel magát, de ennél többet akart.

Ez az én lehetőségem, és nem fogom elszúrni!

Viveca, aki egyedül élt egy kétszintes lakóházban Port Doverben, beült a kocsijába, és hazahajtott. Felment a lépcsőn, és arra gondolt, mennyire örül, hogy egyedül él. Csendes estét tervezett magának.

Váratlanul érte, hogy hazaérve az apja várta. Az apja Brantfordban lakott, negyvenöt percre innen.

„Szia, apa - mondta Viveca.

„Viv, örülök, hogy látlak. Reméltem, hogy ma este együtt vacsorázhatunk" - mondta Frank Hartman. A háta mögül egy nagy csokor virágot fedezett fel. „Gondoltam, ezek talán feldobják az asztalodat."

„Ma este babot pirítóssal, apa" - mondta Viveca. A férfi felállt, és a nő megcsókolta a kopasz feje tetejét.

„Ó, akkor ez egy ínyenc étel." Frank is felnevetett, és félrevonult, hogy a lánya elférjen, és kinyissa a bejárati ajtót. „Tudod, Viv, ha a drága öreg apádnak adnál egy másolatot a kulcsodról, akkor főzhetnék nekünk valami ínyencséget, és meglephetnélek. Rántottát pirítóssal."

Nevettek, boldogan, hogy egymás társaságában lehetnek.

„De apa - kötekedett Viveca -, mi lenne, ha randim lenne? Szörnyen éreznéd magad, hogy zavarlak, én meg olyan bűntudatom lenne."

„Á, ha randevúd lenne, örülnék, ha elmennél valahova. Büszke vagyok rád, Viv, de úgy gondolom, hogy elpazarlod a társasági oldalon. Többet érdemelsz."

„Tudom, tudom, apa" - mondta Viveca, miközben a sült babot a mikrohullámú sütőedénybe dobta, és két percre állította az időzítőt. Két szelet kenyeret dugott a kenyérpirítóba, és lenyomta a kart. „Két perc a vacsoráig. Cabernet Sauvignon, oké? Vagy inkább Chardonnay-t szeretnél?" Amikor letelt a két perc, megkeverte a babot, majd visszatette a mikrohullámú sütőbe még harminc másodpercre.

„Nekem egy üveg sör is megfelelne." Frank felpattintott magának egy doboz sört. „Hideg sör és sült bab pirítóson, HP-szósszal az oldalán — ennél ínyencebbet nem is kaphatsz!"

Viveca megvajazta a pirítóst, majd ráöntötte a sült babot a szeletekre. Ez egy brit étel volt, az anyja kedvence. Ő és az apja gyakran osztoztak rajta. Anélkül, hogy a nevét említette volna, olyan volt, mintha az anyja is ott ülne velük az asztalnál.

Frank elővette az evőeszközöket a fiókból, és leültek enni.

„Szóval, mi újság veled?" - kérdezte.

„Semmi különös, a munkán kívül. Egy új sztorin dolgozom. És te, apa? Nálad mi újság?"

„Az életem ugyanaz, ugyanaz, de az az új sztori érdekesnek hangzik. Mesélj még róla."

„Utálok veled üzletről beszélni, apa. Biztos van valami érdekes mondanivalód. Mi történik a kertedben? Az öreg Lady Warner még mindig üldöz téged a környéken?"

Frank a tányérja szélére tette a kését és a villáját. Lehajtott néhány korty sört.

„Bocsánat, most zavarba hoztalak." Viveca töltött még egy kis bort a poharába, és kortyolt egyet. „Rendben, akkor beszéljünk rólam. A munkáról. Az én történetem Theodore Anglophone-ról szól."

„Ezúttal mire készül?"

„Vicces, hogy ezt mondod. Még mindig gyakran találkozol vele, apa?"

„Mostanában nem. A könyvtári incidens óta eléggé visszavonultan él. A városba jár, ahol nem ismerik annyira. Hallottam, hogy egy másik fiatal lány is lakik nála, Viv. Igaz ez?" Újabb kortyot ivott a sörből, tekintetét Viv arcára szegezve.

„Ez igaz, és a főnököm megkért, hogy derítsem ki, mi van vele."

Frank nyelt egyet, majdnem megfulladt. „Hát, nem akarod, hogy az anglofón ellenséged legyen, legalábbis ebben a városban nem, Viv. Szóval, óvatosan lépj. Ne feledd, hogy több legyet lehet fogni a mézzel, mint az ecettel. Régi mondás, de teljesen igaz." Köhögött, hogy kitisztítsa a gondolatait, majd újabb falatot vett be.

„Tudom, apa. Én sem akarom kockáztatni ezt a lehetőséget. Ahogy mondtad, le kell szállnom a közösségi oldalról, és valami másra, valami nagyobb kihívást jelentőre kell koncentrálnom. Valami olyanra, ami inkább ÉN vagyok." Az ételt a tányérján mozgatta, gondolatai elmerültek egy új történet kilátásában, amely megváltoztathatja az életét.

„Segítek, amiben csak tudok. De mindig is úgy gondoltam, hogy az a nő, aki meghalt a könyvtárban, hanyagság volt az angolszászok részéről. Biztos, hogy eltussolták a dolgot. Nem értem, miért rabolna ki valaki egy könyvtárat, és kötözné meg a nőt. Talán rosszat tettünk annak a nőnek, amikor hagytuk, hogy azt mondja róla, amit mondott. Soha nem éreztem jól magam a dologban, annak ellenére, hogy Angol és én évek óta ismerjük egymást. Azóta sem volt önmaga — futkosott a nők után, és visszahozta őket. Elvitte őket, felvonultatta őket, mint a versenylovakat. Ez egyenesen szégyenletes - mondta, és úgy szipogott, mintha rossz szag szállt volna az orrlyukába.

„Tudom, apa. Köszönöm a tanácsot. Most már fáradt vagyok, és szeretnék lefeküdni. Itt töltöd az éjszakát?"

„Két sör után biztos nem szeretnék vezetni."

„Akkor a vendégszoba lesz. Hagyd az edényeket."

„Szerezned kéne egy mosogatógépet."

„Már van egy! Jó éjt, apa" - mondta Viveca, miközben arcon csókolta az apját.

„Jó éjt, szerelmem."

FEJEZET 51

Reggeli után a szobájába visszatérve a folyosón megcsörrent a telefon, és Ribby felvette.

„Stephen?" Szünet egy női hangból. „Stephen?"

Ribby kinyitotta a száját, de mielőtt bármit is mondhatott volna, Tibbles kikapta a kezéből a telefont.

„Halló?" Tibbles várt. „Itt az angolszász rezidencia." Valaki ott volt. Hallotta, ahogy lélegzik. „Miss Angela, ebben a házban nem szabad felvennie a telefont. Ön egy, egy, lakó, és mi vagyunk a személyzet. Kérem, engedje meg, hogy végezzük a munkánkat."

„Elnézést, Tibbles."

Tibbles a kezében tartotta a telefont. „Mondott valamit az illető a másik végén?"

„Semmit" - mondta Ribby, miközben elsétált.

„Ha társaságra vágyik, kisasszony, Abbey a rendelkezésére áll."

„Nem, köszönöm. Egyedül szeretnék sétálni."

Miután a nő elment, Tibbles ismét a füléhez emelte a telefont. Felszínes lélegzetvétel. „Rosemary?"

„Igen."

„Mondtam, hogy ne itt telefonálj."

„Tudom, de kétségbe vagyok esve. Ki kell jutnom erről az istenverte helyről. Kezdek megőrülni."

Tibbles fel-alá járkált, és olyan halkan beszélt, ahogy csak tudott. „Egyszerűen meg kell kérnie, hogy segítsen."

„Már megtettem, és felajánlotta, hogy küld nekem néhány könyvet. Nincs szükségem könyvekre, hogy eltereljék a figyelmemet, el kell tűnnöm innen. Elmehetnék külföldre. Senki sem ismerne meg."

„Nem tudok segíteni neked. Mennem kell." Intett, hogy tegye le a telefont.

„Várj!" Rosemary felkiáltott.

Újra a füléhez tolta a telefont. „Tudod, hogy mit tett velem."

Tibbles habozott. „Mennem kell. Ne csöngess ide többet." Letette a telefont.

Tibbles a bejárati ablakhoz ment, és kinézett. Ribby a verandán ült egy székben. Bement a konyhába.

Szerinted szóljunk Stephennek a telefonhívásról?

Nem vagyok benne biztos.

Talán a telefonáló sem kedveli Tibbles-t.

Hm, ebben igazad lehet.

Ribby a limuzin irányába mutatott. Ahogy közelebb ért, láthatta, hogy Stephen alszik a volán mögött, a sofőr sapkáját a szemére húzva.

Ribby behajolt a nyitott ablakon.

Ha már fel kell ébreszteni, legalább egy csókkal tegyük. Senki sem tudná meg.

Megköszörülte a torkát. Elment az eszed?

Nézd csak azokat az ajkakat! „Ébresztő, ébresztő - mondta Angela, amikor Stephen megmozdult, és levette a kalapot az arcáról.

Stephen kétszer is megnézte magát.

„Néhány perce egy nő keresett téged telefonon."

„Ó?"

„Tibbles kikapta a kezemből. Akkor biztosan letette."

Stephen megmarkolta a kormánykereket.

„Csak a nevedet mondta."

„Elmondtad neki, hogy engem keresett?"

„Nem."

„Köszönöm, hogy elmondtad." A karja megérintette Ribby könyökét. „Ó, bocsánat."

„Semmi baj." Szünetet tartott, és közelebb hajolt, a kíváncsiság felülkerekedett rajta: „Szóval, tudod, ki volt az?"

„Igen, kisasszony. Az anyukám volt."

FEJEZET 52

Tibbles szigorú és merev Póka-érzékének merev változata bizsergett. Biztos volt benne, hogy Angela hazudott, de miért? Az elülső szoba egyik ablakához lépett, amikor Angela elsétált. Továbbra is figyelte a nőt. Megállt, hogy beszélgessen Stephennel. Érdekes. Mikor lettek barátok? Vagy éppen barátok lettek?

Aztán rájött, hogy mi folyik itt. Amikor Miss Angela felvette a telefont, Rosemary beszélt. Valójában Stephen nevét mondta ki, és most Miss Angela odakint volt, és ezt az üzenetet közvetítette. És ami még ennél is érdekesebb.

Tibbles úgy gondolta, a legjobb, ha lefoglalja a fiút. Úgy döntött, hogy feladatot ad Stephennek.

Az anglofon nagyon világosan fogalmazott. Nem volt szabad zavarni. Majd beavatja, ha eljön az ideje. Még dicséret vagy akár pénzjutalom is jöhet.

Tibbles folytatta útját a házban, ahol Abbey-t szorgalmasan porolgatva találta. Arra kérte, hogy menjen ki, és kísérje el Miss Angelát a sétája alatt.

„Ha egyedül ment ki, Tibbles úr, Miss Angela valószínűleg egyedül akar lenni".

„Megparancsolta, hogy ne tartson vele?" Tibbles sürgette, hogy tegye le a portörlőrongyot, és vegye le a kötényét.

„Nem, uram" - mondta Abbey. A lába csoszogott, ahogy elindult.

Tibbles felkiáltott: „Szedd össze a lábad, te buta lány".

Elkísérte a lányt a bejárati ajtóig és ki is ment rajta.

„Igenis, Tibbles úr - mondta Abbey.

Mivel nem tudta kiszúrni Angelát, megkérdezte Stephent, hol van.

Stephen rámutatott. „Bár azt hiszem, egy kis időt akart egyedül tölteni."

„Ezt mondtam Mr. Tibblesnek is— ő ragaszkodott hozzá."

Stephen nevetett.

***

Stephen nézte, ahogy Abbey elmegy, és Tibblesre gondolt. Nem csoda, hogy a házban olyan nagy volt a fluktuáció. A többiek nem voltak olyanok, mint ő. Mások nem tartoztak mindent Angliának. Anglophone nélkül soha nem engedhette volna meg magának, hogy az anyját egy ilyen drága gondozóközpontban tartsa.

A tekintete követte Abbey-t, ahogy közelebb lépett Angelához, aki most a vízre nézett. Ahogy a lány közeledett a peremhez, a férfi védelmező ösztöne miatt aggódott, hogy a lány lezuhanhat.

Megcsörrent a telefonja. Tibbles hívása. A férfi elindult befelé.

„Stephen, szükségem van rád, hogy összeszedj néhány dolgot - mondta Tibbles, és Stephen fölé állt, hogy érvényt szerezzen a tekintélyének. „Angol úr gyengélkedik. Itt a lista."

Tibbles átnyújtotta. Stephen rápillantott a cetlire, mielőtt a zakója zsebébe tette volna.

„Ez majd ad valami tennivalót, ha már nem vagy elfoglalva."

„Nem probléma, Tibbles úr." Stephen kilépett. Elhozza a dolgokat, aztán rögtön visszajön, miután megnézte az anyját.

FEJEZET 53

Másnap Viveca úgy döntött, hogy az angolszász területre merészkedik. A vízpart mentén, a festői útvonalon fog végigmenni. Felhúzta az ablakot, és feltette a napszemüvegét. A nap magasan sütött, kevés volt a felhő. Vadvirágok szóródtak az út szélén, lilák, sárgák és kékek.

Az út elég kellemes volt, kevés forgalommal. Ahogy befordult a sarkon a leglátványosabb kilátást nyújtó hely felé, észrevett egy fiatal nőt, akit még sosem látott.

Biztosan ő az. Lelassított.

Egy második lány találkozott az elsővel. Fiatalabb. A két lány megölelte egymást, majd végigsétáltak az ösvényen.

Viveca félreállt, és leparkolt a kocsijával egy nagyon lombos juharfa alatt. Magas sarkú cipőjében sétált egy darabig, ezzel zárta a távolságot maga és a két nő között. Amikor már elég közel volt ahhoz, hogy hallják, felkiáltott: „*Jaj!*", és lement.

Ők nem hallották meg. Újra megpróbálta. „SEGÍTSÉG!"

A két lány megfordult, és elindult felé. Belenyúlt a táskájába, és megnyomta a felvételt. *Oké kölyök, itt jönnek, szóval jobb, ha jól csinálod.* Egyik kezével megdörzsölte a bokáját, hogy a vér a felszínre törjön, a másikkal pedig lesöpörte a krokodilkönnyeket.

„Mentőre van szüksége?" Ribby megkérdezte.

„Ó, olyan ügyetlen vagyok" - mondta Viveca. Megpróbált felállni. „A bokám, azt hiszem, kificamodott. Az volt a vízióm, hogy egész éjjel itt ragadok, és prérifarkasok vonyítanak körülöttem, amíg meg nem pillantottalak titeket."

„Micsoda képzelőerő" - mondta Ribby, miközben lehajolt, hogy megnézze.

Abbey is így tett. Kicsit vörösnek tűnt.

„A nevem egyébként Viveca, Viveca Hartman." Kinyújtotta a kezét.

„Én Abbey vagyok, ő pedig Angela. Örülök, hogy megismerhetlek."

Egy sirály csapott le Viveca feje körül, és rikácsolással bosszantotta. A lány elzavarta.

„Ó, szabad?" Abbey megkérdezte.

Viveca bólintott.

Abbey lehajolt, és néhány másodpercig masszírozta. „Na tessék, így már jobb?"

„Igen, köszönöm" - mondta Viveca.

„Hol van a kocsid?" Ribby megkérdezte.

„Ott parkoltam le az árnyékban." Abbey segített Vivecának, aki megpróbált felállni. Amikor felállt, így szólt: „Tudja, én riporter vagyok, és a Természeti

Csodákról írok egy cikket. Úgy hallottam, innen fentről lenyűgöző a kilátás."

„Az is" - mondta Ribby. „Legközelebb megfelelőbb cipőt kellene viselnie."

Igen, mint amikor a könyvtárból gyalogoltál vissza.

Fogd be a szád!

Segítettek Vivecának a kocsijához.

„Örülök, hogy találkoztunk, és nagyon köszönöm, hogy segítettél ennek a bajba jutott kisasszonynak. Ó, itt van a névjegykártyám, ha esetleg fel akarnád venni a kapcsolatot."

„Köszönöm. Biztos, hogy tudsz vezetni?" Abbey megkérdezte.

„Igen, köszönöm. Ó, mivel a közelben van, arra gondoltam, hogy ti lányok tudtok-e valamit a könyvtárról. Úgy hallottam, hogy talán újra kinyit?"

„Nem, nem tudunk róla semmit" - mondta Ribby.

„Hát, évek óta zárva van. Gyanús körülmények között. Elgondolkodtató az új könyvtáros."

„Mire célozgatsz?" Ribby megkérdezte.

„Csak azon tűnődöm, hogy ő, mármint az új könyvtáros..."

„Miből gondolod, hogy az új könyvtáros nő?" Ribby megkérdezte.

„Ó, pletykák. Az biztos, hogy szeretnék beszélni vele. Talán még egy interjút is készíthetnék az újságnak."

„Sajnálom, nem tudunk segíteni. Most már vissza kell mennünk. Sok szerencsét a cikkhez."

„Remélem, hamarosan jobban lesz a bokája" - tette hozzá Abbey.

„Á, igen, köszönöm a segítséget. Remélem, valamikor még találkozunk."

Miután Viveca a kocsijában ült, Abbey és Ribby elsétáltak.

„Nagyon furcsa" - mondta Ribby, miközben visszapillantott a válla fölött.

„Én nem is gondolnék rá többet" - válaszolta Abbey.

„Tudom" - mondta Ribby összeráncolt szemöldökkel. „Úgy érzem, mintha már tudta volna, hogy ki vagyok. Mintha csak horgászni indult volna."

„Igazad van, de már elment. Különben is, fogadok, hogy Tibbles már alig várja, hogy visszamenjek. Nem hiszem, hogy számított rá, hogy ilyen sokáig nem leszek otthon."

„Ó, azt akarta, hogy kövess engem. Te vagy az ő kis kéme" - mondta Ribby, miközben átkarolta Abbey vállát.

„Soha" - mondta a lány megdöbbenve a felvetésre.

„Persze, de ő nem tudja, hogy barátok vagyunk."

„Nos, én biztosan nem fogok neki mesélni arról a riporterről."

„Majd megmondom Mr. Angolkisasszonynak, hogy itt fent találkoztunk vele. Ez nem tartozik Tibblesre."

Megkerülték a kastély bejáratához vezető utat, és bementek.

FEJEZET 54

Stephen megérkezett a kórházba, és kérte, hogy láthassa az édesanyját. Kérését elutasították. A férfi feldúlt lett és jelenetet rendezett.

Két nagydarab, zömök, kidobó típusú alkalmazott hátulról felemelte a földről, és eltávolította a helyiségből.

„Hívja fel a munkaadómat, Mr. Theodore Anglophone-t. Hívja fel!"

„Persze, meg fogjuk tenni" - mondta a két férfi közül a kisebbik, miközben Stephen teste puffanva landolt az aszfalton.

A kerekei csikorogtak, ahogy elhúzott a kórház elől. Egészen a birtokig padlógázzal ment. Nem érdekelte, hány kő pattant le a kocsiról útközben.

***

Viveca a kormánykerékre csapott a kezével. A terve nem sikerült jól. Remélte, hogy nem szúrta el az egész üzletet.

Figyelmeztetnem kell azt a lányt, úgyhogy beszélnem kell apával, hátha tud segíteni abban, hogy bejussak az ajtón, gondolta Viveca. Ha így folytatom, soha nem fognak előléptetni.

Úgy állította be a telefonját, hogy minden hívás automatikusan kihangosítva legyen. Közelebb húzta az ülését, amikor kihajtott a fa alatti parkolóhelyről. Már majdnem egészen visszafelé tartott, amikor megcsörrent a telefonja, és megnyitotta a vonalat.

Egy szembejövő fekete sztreccslimuzin haladt át a középvonalon és a sávjába.

A limuzinsofőr szeme kidülledt, és a nővel egy időben megforgatta a kormányt. A két autó egy centiméteren belül haladt el egymás mellett.

„Hűha! Vigyázz! Te, őrült állat!" Viveca felkiáltott.

„Nagyon remélem, hogy nem hozzám beszélsz" - mondta Munson.

„Ööö, nem, főnök, az Anglophone sofőrje volt. Majdnem kiütött!"

„Mi van vele?"

„Fogalmam sincs, de örülök, hogy ellentétes irányba megyünk."

„Szóval, megtaláltad?"

„Igen."

„És?"

„Egy kis produkciót csináltam belőle. Úgy tettem, mintha kificamodott volna a bokám."

„Ó, fiam. Bevette?"

„Elég meggyőzőnek tűnt."

„És milyen volt?"

„A neve Angela. Kedvesnek tűnt, bár naivnak."

„Akkor nem egy társadalmi mászó? Vagy helybéli?"

„Nem, egyáltalán nem. Ő más. Úgy harminc körül lehet, csendes, halk szavú. Remélem, nem erőltettem túlságosan, és nem fordítottam el tőle a kedvét."

„A fenébe is, Viveca, a közösségi oldalas képzésednek meg kellene tanítania, hogyan kezeld a kényes helyzeteket. Remélem, nem szúrtad el, és ha mégis, akkor JAVÍTSD KI."

„Persze, főnök" - mondta, miközben a férfi megszakította a kapcsolatot. Hazafelé vette az irányt.

***

Visszatérve a házba, Stephen úgy döntött, hogy egyenesen bemegy, és bevallja Angliának. Ha szembenéz a tényekkel, bevallja a tapintatlanságát, akkor az anglofon megértő lesz. Anglophone gyengéden szerette az anyját. Segítene rendezni a dolgot.

Aztán viszont, ha megemlítené a telefonhívást, elárulná Miss Angelát; azt, hogy eljött hozzá, és mesélt neki a hívásról.

Így hát nem említhetem a hívást. El kell mondanom neki, hogy volt egy olyan érzésem, hogy anya veszélyben van. Egy fiú ösztöne. Akkor és ott kellett meglátogatnom őt. Az anglofon biztosan meg tud majd bocsátani nekem.

Stephen bement. Senki sem volt a közelben. Visszatért a helyére.

FEJEZET 55

Angolkisasszony felébredt, és Tibblesért kiáltott.

Tibbles a konyhában volt, és keresztkérdéseket tett Abbey-nek. Anglophone folyamatos csengetése elterelte a figyelmét.

Tibbles Abbey arcába mutatott az ujjával. „Még nem végeztünk! Ne mozduljon! Ez parancs!"

Amikor Anglophone ajtajához ért, valami kemény dolog csapódott befelé. Tibbles kinyomta az ajtót, és micsoda látvány tárult elé.

A szokottnál is türelmetlenebb Angolkisasszony lerántotta a mennyezetről a csengettyűs készüléket. Ott ült, vöröslő arccal a vakolat és a törmelék között.

„Sajnálom, uram - mondta Tibbles.

Anglophone bámult és kiabált. „Hát persze, hogy te vagy Tibbles. Mindig sajnálod, de ez most mellékes. Most pedig mondja meg, miért hívott fel a kórház a magánszámomon, hogy panaszt tegyen az egyik alkalmazottamra?" Szünetet tartott a hatás kedvéért, és amikor Tibbles nem reagált.

„ÉN, ÉN..."

„Stephen elég nagy felfordulást okozott."

„ÉN, ÉN…"

„Te Tibbles, mit tudsz mondani a magad nevében? Miért küldöd a személyzetemet *az én időmben* gályázni *?* Vagy a sofőröm önszántából hajtott el a telephelyemről? Magyarázza meg magát, ember!"

„Én, szükségünk volt néhány dologra a háztartás számára. Ön gyengélkedett. Stephen nem volt elfoglalva. Konkrét utasításai voltak. Fogalmam sem volt róla, hogy visszaél a bizalmammal." Szünetet tartott. A homlokán lecsorgott az izzadság. „A bizalmaddal. Ő egy impertinens…."

„Az is, de te, Tibbles, egy ostoba bolond vagy! Most megdorgálja Istvánt. Tegye őt dolgozni fűnyírásra a következő két hétre, és szerezzen nekem egy másik sofőrt a helyére. És fizetéscsökkentést. Ötven dollárral kevesebbet fog kapni, és mint a bűntársa, maga is. Hívjon ide valakit, és javítsa meg ezt a dolgot… és ne felejtse el az altatókat. Most pedig menj, mielőtt százra növelem a számot!"

****

Valamivel később Ribby mélyen aludt a ház könyvtárának padlóján, nyitott könyvek keretezték az alakját.

Az altató, amelyet Angolkisasszony kért Tibbles-től, hogy tegyen a teájába, hatásosnak bizonyult. Már csak néhány perc kellett, hogy mintát vegyen, amíg rendbe teszik a szobáját, és akkor tudni fogja, hogy Angela a lánya.

Anglophone ott állt a lány fölött, nézte őt, és annyira akarta őt, hogy fájt neki. Nem lehetett ennek a lánynak az apja. Ez lehetetlen volt. A puszta gondolat, hogy vonzódhat a saját hús-vére iránt...

Ahogy a lányt nézte, visszatért egy emlék Marthárol. A lány igazat mondott. Már találkoztak korábban. Miért nem emlékezett rá, amíg a lány meg nem említette? Az emlékek ilyenek voltak, ahogy öregedett az ember, jöttek és mentek mindenféle ok nélkül.

Elgondolkodva simogatta meg Ribby haját. Továbbra is a lány kézfejét érintette, miközben feltűrte a blúza ujját.

A fiola várta, és a tű készen állt.

Ébredj fel, Ribby! Ébredj fel! A vén szarházi. Ő.....

„Kedvesem, Angela-suttogta Angol, miközben a tű hegyét a lány vénájába szúrta. A vér a fiolába folyt. Megnézte a sebet, majd fölé hajolt, és a nyelvével megnyalta a nyílt sebet. A vérnek édes íze volt, mint Angelának. Érezte, ahogy megmerevedik a nadrágjában, és tudta, hogy ki kell jutnia onnan. Utálta, hogy egész éjjel ilyen kényelmetlenül feküdt a padlón.

Összeszedte a mintát, és címkéket ragasztott az üvegre. Felvette a lány telefonját, amely az asztalon hevert.

Tibbles az ajtó előtt állt, amikor az Angol kilépett. „A jármű, amit rendelt, utasításra vár.”

„Egy pillanat” - Anglophone rögzítette a mintákat a hűtőtáskába. Átadta őket Tibblesnek. „Mondja meg a sofőrnek, hogy egyenesen a laborba menjen. Már tájékoztattam a kapcsolatomat a laborban, hogy ez az ügy kiemelt fontosságú. Azonnali választ várok.” Szünetet tartott. „Ha végzett, vigye fel a szobájába. Ja, és - adta át Tibblesnek a telefonját. „Tegye el valahova biztonságba, amíg mást nem mondok.”

Tibbles bólintott: „Eddig is elrejtettem, időnként, ahogy kérted, de ez most tartósabbá teszi.” Aztán elindult a ház bejárata felé.

Angolkisasszony visszatért a szobájába. Éhes volt, de a késői délutáni tea a kertben majd rendbe teszi. Addig viszont egy perc nyugta sem lesz, amíg nem tudja biztosan, hogy szerelmes-e a saját lányába.

FEJEZET 56

Stephen belefáradt abba, hogy megvárja, amíg a fejsze lecsapódik, becsapta a kocsi ajtaját, és miután felkapta a Tibblesnek vásárolt táskát, berontott a házba. Félúton megállt, amikor Tibbles-szel találkozott.

Tibbles felhördült: - Hát itt vagy, te idióta! Gyere be az irodámba, MOST!"

„Ne most, te nagyképű, menj az utamból! Beszélnem kell Angliával."

Tibbles felemelte a kezét, hogy megpofozza Stephen arcát.

Stephen kivédte az ütést, és a két férfi összenézett. Stephen néhány másodpercig tartotta Tibbles kezét, majd elengedte.

A két férfi szemtől szembe állt, az orruk majdnem összeért, és azon csatáztak, ki adja meg magát előbb.

„Sajnálom, Tibbles - mondta Stephen.

„Úgy is mondhatnám. Bocsánatkérés elfogadva. Most pedig menj be az irodámba, és várj meg. Előbb van egy kis dolgom, aztán majd elrendezzük ezt a dolgot."

Tibbles elhagyta a házat. Behajolt a várakozó autó nyitott ablakán, közvetítve az angolszász utasításokat. A kocsi elhajtott. Tibbles visszatért az irodájába.

„Üljön le, Stephen, kérem." Tibbles néhány másodpercig járkált, mielőtt megszólalt. „Mr. Anglophone rendkívül izgatott. Először is; haragszik rám, mert hagytam, hogy az ő idejében gályázzon. Kettő: haragszik rád, mert a kórházban panaszt tettek az általad okozott jelenet miatt. Mi a fenét képzeltél?"

„Éreztem, hogy anya nincs jól. Utána kellett néznem. Megnézni, hogy jól van-e."

„Hazugság, csupa hazugság" - mondta Tibbles az orra alatt. „Tudom, hogy Miss Angela mesélt magának a telefonhívásról. Le mered tagadni?"

Stephen a lábára nézett.

„A viselkedése mindent elárul! Tehát, amikor megkértelek, hogy menj el néhány dologért, vissza akartál élni a bizalmammal."

„Sajnálom, Tibbles. Tényleg, de mennem kellett."

„Nos, Angol úr két hétre felfüggesztette magát. Mivel bizalmat szavaztam neked, az én fizetésemet is megvonta. Ráadásul itt kutyaszorítóban leszel — füvet nyírsz, és minden olyan feladatot elvégzel, amit rád osztanak. Fel kell vennem egy másik sofőrt. Ha szerencsém van, az új ember nem lesz olyan szemtelen, mint te!"

„Sajnálom, hogy megvonták a fizetésedet. Nem hiszem, hogy ez igazságos. Beszélhetek vele erről."

„Nem fogsz."

„Tartsa vissza a fizetésemet, de kérem, ne hagyjon jármű nélkül. Hadd menjek és beszéljek vele. A bocsánatáért fogok könyörögni."

„Angol úr azt mondja, hogy két hétig nem kíván önnel beszélni. Ha találkozik vele, dolgozzon tovább. Mutassa meg az elkötelezettségét. Mutassa ki neki a bűntudatát. Szerencsénk van, hogy nem rúgott ki minket. Idővel a dolgok visszatérnek a normális kerékvágásba."

Tibbles felvette a telefont, és nem törődött Stephen jelenlétével.

Stephen, bizonytalanul, hogy most mit tegyen, a kezébe hajtotta a fejét. Tibbles tovább csevegett a telefonban. Lesújtottan felállt, és elhagyta az irodát. Mélyen a zsebébe szorított ököllel merészkedett ki.

Órákig kanyargott, gyönyörködött a kilátásban, és mérlegelte a dolgokat a fejében.

Ki kellett találnia, hogyan juttathatná el onnan az anyját.

Meg kellett találnia a módját, hogy függetlenítse magát Anglophone-tól.

Át kellett vennie az irányítást az élete felett. Ha csak azt tudta volna kitalálni, hogyan.

FEJEZET 57

Ribby kinyitotta a szemét. Először nem tudta, hol van. Az utolsó dolog, amire emlékezett, hogy a könyvtárban olvasott.

Megpróbált felülni, de fájt a feje, és a szoba megpördült. Átölelte magát, és észrevette, hogy a karján egy nagy, lila foltos zúzódás van. Megpróbált visszaemlékezni egy olyan alkalomra, amikor ez a zúzódás keletkezhetett. Nem sikerült neki.

Angela sem emlékezett semmire. Valami zavarta őt. Egy halvány emlék, elérhetetlen.

Hogyan történhetett ez meg?

Valószínűleg belesétált valamibe. Nem ez lenne az első eset.

Igaz, én is tudok ügyetlen lenni.

Ne aggódjon emiatt. Van fontosabb dolgod is.

Ribby megérezte a sült halra utaló szagot, és leszaladt a folyosóra a fürdőszobába, hogy rosszul legyen. Megmosta az arcát, és ivott néhány korty vizet.

Most már jobban van?

Azt hiszem, igen, köszönöm.

Egyébként hol van Teddy? Szinte mintha elvesztette volna az érdeklődését. A tenyerén hordozta őt.

Elfoglalt ember.

Ribby megtisztálkodott és megmosta a fogát.

Különben is, nem volt jól.

Valami még mindig piszkálta Angelát. Valami, amire már majdnem emlékezett, de aztán kicsúszott a fejéből.

De hát ő egy férfi, és neked kell fenntartanod az érdeklődését. Flörtölj egy kicsit. Adj hozzá egy kis szexepilt. Hagyd őt találgatni és reménykedni. Ne feledje, nem azt javaslom, hogy mostanában menjen el a végsőkig. Játssz vele.

Nincs túl sok tapasztalatom a férfiak terén.

Szerintem a szíve mélyén egy kanos vénember.

Azt akarja, hogy valaki ott legyen neki. Valakit, akire számíthat.

Választhatna magának egy olyan embert, akire számíthat. Szóval, ne szúrd el, kölyök— vagy ha mégis, akkor számítsd meg!!!

Olyan undorító vagy.

„Miss Angela, Miss Angela - szólt Abbey, miközben kopogott az ajtón.

„Angol úr várja önt a kertben".

„Jöjjön be, Abbey. Nincs kedvem délutáni teához."

„Muszáj."

Ribby leült az ágyra, a fejét a kezébe támasztva.

„Kérem, mondja meg Mr. Anglophone-nak, hogy egy óra múlva találkozzunk."

„Ahogy óhajtja, Miss Angela."

„Ha végzett, jöjjön vissza, és segítsen nekem elkészülni."

„Hogyne, Miss Angela. Mindjárt jövök."

Néhány pillanattal később Abbey visszatért Ribby szobájába.

„Remélem, Mr. Angliafon nem haragudott rám" - mondta Ribby.

„Nem, Miss Angela. Megérti, hogy nekünk több időbe telik, amíg szalonképessé tesszük magunkat" - mondta nevetve. „Most pedig üljön le ide, és hadd segítsek." Abbey fecsegett, míg Ribby hagyta magát kényeztetni. „Voilá" - mondta.

„Köszönöm, Abbey."

„Csodálatosan nézel ki!" Mondta Abbey, miközben végigmentek a folyosón, és kimentek a kertbe.

Ribby kiszúrta Teddyt, akinek az arcát egy újságpapír mögé rejtette. Csendesen leült mellé. A férfi nem hallotta meg a lányt. A lány elmosolyodott.

Tibbles az asztalhoz viharzott, és bejelentette: „Jó napot, Miss Angela".

Teddy majdnem elejtette az újságot, amikor felállt. „Mióta ülsz ott?"

„Igazából csak néhány pillanatig. Hiányoztam?" Ribby suttogta, miközben a kezét a sajátjába fogta.

Angolkisasszony elhúzta a kezét, és azt mondta: „Nagyon-nagyon beteg voltam".

Ribby arcszíne égett.

Mi a fene?

„De gondoltam rád, gyakran."

„És mit gondoltál rólam?"

„Rád és a könyvtárra gondoltam."

„Pontosan, és van néhány ötletem, amit meg akarok veled beszélni."

„Hová tűnt Tibbles? TIBBLES!"

Tibbles visszatért. Abbey lemaradt mögötte. Ételekkel és italokkal teli tálcákat cipeltek. Angolkisasszony tányérját hamarosan megtöltötték étellel, míg Ribby egy csésze erős teát választott.

„Gondolkodtam - mondta Ribby, miközben megkeverte a teáját. „Szeretnék felolvasni és előadni a gyerekeknek a könyvtárban. Szeretnék terveket szőni egy gyermeknapra."

„És ez mivel járna?"

„A szerzők felolvasóesteket tarthatnának."

„Hmmm, érdekes, érdekes" - mondta Teddy.

„Továbbá szeretném, ha könyveket adományoznánk kórházaknak."

„Igen, tetszenek ezek az ötletek, Angyalom, csak kell hozzá némi gondolkodás, némi szervezés. Egyelőre a könyvtárra kellene koncentrálnunk. Ha egyszer beindulunk, talán egy-két év múlva, akkor megvalósíthatod a többi ötletet. Lassan haladj, Angela. Ne feledd, hogy ez nem egy nagyváros. Itt másfajta emberekről van szó."

„A családok mindenütt ott vannak."

„Értem, amit mondasz" - mondta Teddy, és megveregette Ribby kezét, mint egy gyermekét, akit könyörögni kell.

„Elnézést" - szólalt meg egy férfi sapkával a kezében a bejárat felől.

„Igen? Ó, értem, maga az új sofőr."

Tibbles a sarkát csattogtatva lépett be. „Mondtam, hogy várjon meg a konyhában."

Elnézést kérek - mondta az új férfi, miközben megemelte a sapkáját előbb az Angolnak, majd Tibblesnek. Hátrált ki a szobából.

„Stephen beteg?"

„Nem, nincs." Teddy beleharapott a quiche-be. „Visszaélt a bizalmammal. A következő két hétben a kutyaházban van."

„Sajnálattal hallom." Belekortyolt a teába. „Szeretném felhívni anyámat, és úgy tűnik, elvesztettem a mobilomat."

„Természetesen. Használja az előszobában lévő telefont. Addig mi körülnézünk, hátha megtaláljuk a telefonját."

Ribby olyan boldog volt, hogy felállt, a szalvétát a földre ejtette, és odarohant Teddyhez. Szenvedéllyel telve röpködött felé, átkarolta a nyakát, és szájon csókolta. A lány kinyitotta a szemét. A férfi visszanézett rá. Kővé dermedt.

Ellökte magától a nőt, és felállt. Az arca vörös volt.

Ribby kirohant a szobából és fel a lépcsőn. Az ágyára vetette magát, és álomba sírta magát.

Ezt nevezed te szexinek?

FEJEZET 58

Másnap reggel, miután kinyitotta az erkélyajtót, Ribby kinyújtózott és ásított. A napfény felmelegítette a bőrét, és erős vágyat érzett, hogy közelebb legyen a vízparthoz. Felöltözött, lezuhanyozott, majd feldobta a kalapját, megcsípte az arcát, és elindult kifelé a kastélyból.

Az ösvényen megpillantotta Stephent. A férfi háttal állt neki, de a lány hallotta a nyíróolló vágó hangját. A rózsabokrokat nyírta.

„Stephen - mondta Ribby.

Kiegyenesedett a háta, és a levegőbe tartotta a kezét, hogy árnyékolja a napsugarakat a szeméből.

„Arra gondoltam, hogy elvinnél valahová.”

A férfi nem válaszolt. Ehelyett visszafordult, és folytatta a kerti munkáját. Megvárta, amíg a nő elsétál, tovább nyírta és nyírta. Egy-két pillanat múlva azt mondta: „Miért pont én? Kérdezd meg az öreget. Én nem tudok segíteni. Még magamon sem tudok segíteni.”

„De nekem nincs senkim, István.” Megérintette a férfi vállát. „Haza akarok menni.”

A férfi hirtelen felé fordult, amitől a lány majdnem elvesztette az egyensúlyát. „Nem tudok segíteni neked. A fenébe is. Szeretnék, őszintén szólva, de én... Más emberek is függenek tőlem. Nem tudok segíteni neked. Most pedig TŰNJ EL!"

Ribby hátralépett, küzdve a sírás késztetésével. „Csak gondoltam... Sajnálom, hogy zavartalak."

Stephen elengedte a nőt. Hagyta, hogy a lány egyre távolabb és távolabb kerüljön, mielőtt odaszólt. Ribby nem törődött vele. Utána futott a lánynak.

„Nézd, sajnálom. A szeme találkozott az övével. „Csak arról van szó, hogy lefokoztak, és nagyon utálom a kertészkedést."

Ribby végignézett az ellágyult vonásokon.

Idegesen visszapillantott a házra, amikor egy autó száguldott el mellettük. A sofőr kiszállt, és felszaladt a lépcsőn, ahol Tibbles kinyitotta az ajtót. Néhány pillanattal később a kocsi kifelé menet elszáguldott mellettük.

Ribby odalépett Stephenhez.

Stephen odalépett Ribbyhez.

Valahol középen találkoztak.

FEJEZET 59

Tibbles átadta a borítékot az Angolkisasszonynak, majd visszatért a feladataihoz.

Anglophone az ablaknál állt, és figyelte az immár konfirmált lányát és fiát, akik gülüszemeket meresztettek egymásra. Egészen a szobájáig érezte a köztük lévő kémiát. Nevetve figyelte, ahogy suttogtak és pillantásokat váltottak.

Becsöngetett, és Tibbles másodperceken belül visszatért.

„Tibbles - mondta Teddy -, ma a városba megyek. Van ott néhány dolog, amit el kell intéznem. Értesítsd a sofőrt— holnap jövök vissza.

„Addig is vigyázz Stephenre és Miss Angelára a nevemben. Nézd meg, mire készülnek, de ne tudják meg, hogy figyelsz." A mutatóujjával megérintette az orrát. „Diszkréció, kedves Tibbles, diszkréció."

„Természetesen, Mr. Angolkisasszony." Tibbles meghajolva távozott a szobából.

FEJEZET 60

„Miben segíthetek?" Stephen azt mondta, és elvezette Ribbyt a főúttól. „Ahogy mondtam, még magamon sem tudok segíteni. Felelősségeim vannak."

Tibbles rájuk élesedett, amikor az Angolkisasszony távozni készült.

„Van valami köze az anyádhoz?"

„Nem tudom megmondani. Minél kevesebbet tudsz, annál jobb. Miért akarsz elmenni? Tett veled valamit?"

„Azt sem tudom, mit keresek itt" - mondta Ribby. „Úgy értem, miért én?"

A limuzin elhajtott.

„Vajon hová mehet?"

„Új sofőrje van."

„Tudom, de csak ideiglenesen" - mondta Stephen. „Ha el kell tűnnöd, akkor most tedd meg."

„Hogyan is tehetném? Nincs kocsim."

Ribby, te teljesen bepánikoltál. Nyugodj meg.

„Biztosan ismersz valakit itt fent, aki tud segíteni."

„Tegnap találkoztam egy riporterrel, Viveca Valamivel."

„Igen, hívd fel. Kérdezd meg őt."

„Mi van, ha nem jön?"

„Hidd el, el fog jönni", mondta Stephen.

„Honnan tudod? Miért érdekelném őt én?"

„Nem tett fel neked egy csomó kérdést az anglofonról?"

„Nem igazán", mondta Ribby. „Azt mondta, hogy egy történetet ír a természeti csodákról."

„Lehet, hogy így gondolod, de hidd el, te vagy a történet. A riportereken kívül garantálhatod, hogy a rendőrség is szemmel tartja a helyzetet."

„Ezt nem értem. Miért?"

„Csak annyit mondhatok, kisasszony, hogy hívja fel. Hagyja, hogy a riporter elmagyarázza. De rólam ne mondjon semmit, már így is elég bajban vagyok. És az isten szerelmére, ne telefonáljon a házból. Kell egy mobiltelefon, vagy még jobb, ha megbízik Abbeyben? Úgy értem, *tényleg* megbízhatsz Abbeyben?"

„Volt mobilom, de elvesztettem. Ami Abbey-t illeti, igen, azt hiszem" - mondta Ribby. „Egészen biztos vagyok benne, hogy az életemet is rábíznám."

„Akkor használd őt. Vedd rá, hogy menjen és hívja fel a riportert. Az enyémet rád bíznám, de Tibbles valószínűleg lehallgatja. Csinálja még ma, kisasszony."

„Köszönöm" - mondta Ribby, miközben megérintette a kezét.

„Oké, akkor majd találkozunk" - mondta Stephen. Felnézett az ablakra, észrevette, hogy a függönyök mozognak. Tibbles. Visszatért a rózsák metszéséhez.

Milyen aranyos feneke van.

Soha nem gondolsz másra?

Stephen megfordult, Ribbyre nézett, aztán újra munkához látott.

Ribby Abbey-t kereste.

Amikor a főfolyosón majdnem összeütköztek, Abbey azt mondta: - Tibbles azt mondta, hogy meg kell keresnem téged, AZONNAL. Nem tudom, mi ez a nagy felhajtás. Csak azért, mert Mr. Anglophone egy-két napra elutazik".

„Igen, az előbb láttam a kocsiját."

„Én leszek az árnyékod."

Ribby és Abbey kimentek az ajtón, és továbbmentek. Amikor már elég messze voltak a kastélytól, Ribby azt mondta: „El akarok innen menni, és szükségem van a segítségedre."

„Ha Tibbles rájön, nagyon mérges lesz. Még az is lehet, hogy kirúg."

„Fel kell hívnod valakit. Azt a nőt, akivel tegnap találkoztunk, tudod, a riportert." Abbey bólintott. „Azt akarom, hogy menj egy telefonhoz, ne itt, ne máshol, csak itt, és hívd fel a nőt. Kérj időpontot, hogy találkozzunk. Megtennéd?"

„Meg tudom csinálni" - mondta Abbey némi habozás után. „Valójában elmegyek az út menti Fairfield Farmra sajtért. A sofőrnek kellett volna elvinnie, de most gyalog kell mennem. Onnan fel tudom hívni."

„Maga egy sztár" - mondta Ribby. „Most pedig visszamegyek a házba. Jó szórakozást a Fairfield Farmon."

„Mikor állítsam be? Mármint a találkozót veled és Vivecával?"

„Azt hiszem, tudni fogja, milyen nehéz lehet nekem. Mondja meg neki azonban, hogy Mr. Angolkisasszony távol van, és minél előbb a legjobb lenne."

„Ez egy terv."

✳✳✳

A Fairfield Farmon Abbey tárcsázta Viveca Hartman számát az újságnál. „Halló, én vagyok az, Abbey."

„Abbey kicsoda?" Viveca haragosan mondta. „Itt Viveca Hartman a The Local Times-tól."

„Igen, tudom, ööö, h-hogy van a bokája?"

„A bokám? I..." Viveca elkapta a fonalat. „Abbey, ó igen. Mit tehetek érted? Angela az? Jól van?"

„Igen" - mondta Abbey - »és én már betegre aggódtam magam miattad, hogy ilyen beteg vagy, aztán így kificamítottad a bokádat«.

„Oké - mondta Viveca -, van ott még valaki, ugye?"

„Ó, igen", mondta Abbey, »tényleg vigyáznod kell magadra, és távol kell tartanod magad tőle«.

„Abbey - mondta Viveca -, én, nem tudom, mit akarsz, vagy hogyan segíthetnék. Uh, látni akar engem? Akarja Angela, hogy kijöjjek hozzá?"

„Igen - mondta Abbey -, Mr. Anglophone elutazott a városba. A lehető leghamarabb az lenne a legjobb. Most a Fairfield Farmon vagyok, sajtért megyek."

„Rendben, Abbey - mondta Viveca -, mit szólnál holnap délelőtt tíz és tizenegy óra között?"

„Megpróbálunk elszabadulni. Kérlek, várj meg minket a Fairfield Farmon, még ha késünk is."

„Úgy lesz" - válaszolta Viveca.

FEJEZET 61

Este kilenckor Anglophone limuzinja befordult a sarkon, útban Martha háza felé. Ez volt a kedvenc időszaka, amikor még világos volt az este. Igaz, a nő börtönben volt, de meg akarta nézni, hátha megtud valamit a szomszédoktól. Még mindig dühítette, hogy Martha visszalopakodott az életébe. Megnyitotta a könyvtárát és a szívét, és most...

Martha háza eltűnt. Teljesen eltűnt. Csak egy halom felperzselt törmelék maradt. Kiszállt a kocsiból, hogy közelebbről is megnézze. A sofőr mellette állt.

Egy idős asszony kanyargott a járdán. Kopott fürdőköpeny volt rajta. Közeledett az Angolkisasszonyhoz. A sofőr a testét maga és a nő közé szorította.

„Átkozott szégyen" - mondta a nő, és megpróbált közelebb menni Anglophone-hoz. „Ilyen jó nő, és így elmenni. Olyan szomorú. És szegény lánya. Senki sem tudja, hol van, és most, most az egész botrány. Nem is tudom. Egyszerűen nem tudom." Az ingujja sarkával megtörölte a szemét, miközben a limuzin felé pillantott.

„Arra céloz, hogy az a nő, aki itt lakott, Martha, meghalt?"

„Nem, nem halt meg. A szomszédja, Mrs. Engle füstszagot érzett. Ő húzta ki onnan Martha és Scamp holttestét. Megmentette az életüket, bár Martha nem akart élni. Scampet Mrs. Engle örökbe fogadta." A házra mutatott.

„Hogy érted, hogy nem akart élni?"

„Tele volt tablettákkal és piával."

„Kérem, folytassa."

„A ház felrobbant, mint egy gyújtósdoboz. Sosem voltunk barátok. Annak a nőnek állandóan jöttek-mentek a férfiak. Olyan volt, mintha forgóajtó lett volna a házában." A nő vakarózott, mintha bolhás lett volna. „Jobb, ha bemegyek, mielőtt elkapom a halálomat. Jó estét, uram." Elsétált.

„Várjon. Maradjon. Jöjjön be a kocsimba, és adok magának egy korty whiskyt, hogy felmelegedjen" - mondta Anglophone.

A nő megállt. A férfi felé fordult. Tétovázott, aztán elsétált.

„Nagyra értékelném a segítségét" - szólt Anglophone. „Megérné a fáradozását."

„Uh, de én, én nem ismerem magát Ádámtól" - mondta a nő. „Lehet, hogy maga Martha egyik degenerált barátja. Akarsz egy darabot ebből." A nő meglengette a karját, és elmosolyodott, felfedve egy fogatlan vigyort.

„Nos, én Theodore Anglophone vagyok, Martha régi barátja. Régóta ismerjük egymást." A férfi egy húszast csúsztatott a nő tenyerébe.

„Börtönben van."

Egy ötvenest intett az arca előtt, amit a lány megpróbált megragadni.

„Nyugalom, barátom" - mondta Anglophone. „Mondj nekem valamit, ami ötven dollárt ér. Keményen megdolgozom a pénzemért."

„Tudok neked mondani dolgokat; olyanokat, amiktől a fejed is megfordulna."

Anglophone közelebb lépett, és a káposzta szúrós szagától a férfi a kezével eltakarta az orrát. „A kocsija már vár."

Az idős asszony nevetett, amikor a sofőr kinyitotta neki az ajtót.

Amikor már bent voltak, Teddy megtöltött egy poharat whiskyvel, majd átnyújtotta a nőnek. Az asszony visszaverte. A férfi újratöltötte.

„Nos, Martha és Ribby itt éltek, és Martha prostituált volt, bár ahogy hallottam, nem túl jól megfizetett." A nő nevetett. „Mi tudtunk róla; vagyis az összes szomszédja tudott róla. Mi szemet hunytunk felette. Amíg távol tartotta magát a férjeinktől, addig élni és élni hagyni kellett. Aztán az újságok rájöttek, és idejöttek, hogy megnézzék a bordélyházat. Ribby akkor még nem volt itt, áldott legyen a lelke. Szegény kis szerencsétlen. Mit láthatott a férfiakból, akik jöttek-mentek, amikor felnőtt."

„Igen, térjünk a lényegre, hogy megkeressük az ötven dollárt" - követelte Anglophone.

„Amikor a ház porig égett, találtak... Valamit... A fészerben... Később... Amíg Martha a kórházban lábadozott..."

„Láss hozzá!"

A nő odatartotta a poharát. Amikor megtelt, folytatta. „Akkor találták meg, egy kést."

„Ó, te jó ég" - mondta Teddy, közelebb hajolva a nőhöz. Újratöltötte a nő poharát.

„Szóval, ott volt szegény Martha, a lánya nélkül, egy lélek nélkül, és megvádolták első fokon. Két gyilkossággal. A húgát és az egyik Jánosát— azt hiszem, ő volt a csütörtöki. Tele volt vele az újság. Őrület volt errefelé."

„Csütörtöki?" Teddy felháborodott hangon mondta.

A nő habozott: „Kövér, nagyon, nagyon, nagyon kövér. Nem a szokásos fajta kövér. Nagyon csúnya. És nős is."

„Folytassa a történetet. Akkor mi történt?" Teddy türelmetlenül kérdezte.

„Meghalt. Hátba szúrták. Az újságok szerint a nővérek összevesztek miatta." A nő úgy kuncogott, mint egy tojást tojó tyúk a csodálkozástól, hogy a nők egy ilyen díjért veszekednek.

„A nő a börtönben várja, hogy a bíró elítélje. Úgy vélik, ő ölte meg a férfit és a nővérét. Aztán lehajtotta őket egy szikláról. A kést és az egyik ruháját Carl Wheeler vérével borítva találták meg a hátsó fészerben elásva." Megállt, és várt, remélve, hogy a meséje elég volt ahhoz, hogy kiérdemelje az ötvenet.

„Nagyon sokat segítettél. Itt van még egy százas az idődért, és a maradék üveget is magaddal viheted."

Amikor a nő nem tűnt úgy, mint akit érdekel a kiszállás, a sofőr kinyitotta az ajtót. Angolkisasszony egy kicsit meglökte a nőt.

„Na, nem kellett volna meglöknie! Te, te!" - kiáltott fel a nő, miközben hátrált a kocsitól.

„Menj csak - mondta Anglophone úr a sofőrnek, amikor az visszatért a helyére. „Vigyen el a büntetés-végrehajtási intézetbe."

„Igenis, Mr. Anglophone."

Teddy hátradőlt és lehunyta a szemét.

FEJEZET 62

Másnap reggel Ribby és Abbey találkozott Vivecával a Fairfield Farmon.

„Szenzációsan nézel ki!" mondta Abbey.

„Köszönöm, Ang" - mondta Viveca. „Elég jól vagyok ahhoz, hogy ma még az egyik lóra is felpattanjak, és elmenjek lovagolni. Feltéve, hogy szelíd lelkű lovat választasz, a lovaglás jól állna nekem."

„Abbey ismeri az összes lovunkat" - mondta Mrs. Fairfield. „Nem szívesen sietek el, de van néhány tennivalóm a városban. Úgyhogy érezzék magukat otthon. Szolgálják ki magukat bármivel, amire szükségük van. Ebédidőre visszaérek, ha szeretnének maradni."

„Nem, köszönöm" - mondta a trió egybehangzóan.

„Elfoglalt, elfoglalt, elfoglalt" - mondta Ribby, és Abbey és Viveca egyetértően bólintott.

Miután Mrs. Fairfield elhagyta a házat, Viveca megkérdezte: „Mi a helyzet?".

Abbey azt mondta: „Elmegyek kocsikázni, amíg ti ketten beszélgettek".

„Köszönöm, Abbey. Egy gyöngyszem vagy" - mondta Ribby, miközben nézte, ahogy Abbey becsukja maga mögött az ajtót. Ribby ezután a figyelmét Vivecára irányította, aki ugyanolyan nyugtalannak tűnt, mint ő.

„Miben segíthetek?" Kérdezte Viveca.

„Először is, köszönöm, hogy ilyen rövid idő alatt eljöttél. Túl sok gondom van a házban Mr. Angliával. Haza akarok menni."

„És ő nem engedi? Fogva tartják?"

„Nem egészen. Kedves volt hozzám, egészen néhány nappal ezelőttig— bár nagyon elszigeteltnek érzem magam, mivel ő mindig üzleti úton van. Néhány nappal ezelőtt, ó, nem is tudom, hogy magyarázzam meg, csak annyit, hogy el akartam menni. Ráadásul a telefonom is eltűnt. Tudom, hogy azt akarja, hogy maradjak és nyissam meg a Könyvtárat, de gyanítom, hogy valamit titkol előlem. Nem tudom, miért van szüksége rám, hogy könyvtáros legyek. Úgy értem, konkrétan rám. Nem mintha én válaszoltam volna egy álláshirdetésre. Őszintén szólva, meg vagyok rémülve."

„Először is, mondd el, mit tudsz."

„Azt hiszem, jobb, ha az elejéről kezded."

„Az Angolkisasszony hírében áll a hölgyeknek. Egyszerűen fogalmazva, rajong magáért. Ennyi pénzzel, nem is beszélve a hatalomról, amivel rendelkezik, képes olyan dolgokra, amikre egy normális ember nem lenne képes. Például a Tanács több tagját is a hátsó zsebében tartja. Köztudott, hogy megzsírozza a tenyerét, de olyan nagy hatalma van, hogy senki sem tud ellene bizonyítékot szerezni. Mint ami a könyvtárban történt. Mármint, hogy Stephen anyját megkötözték és hagyták meghalni."

„Az a nő, Stephen anyja volt?"

De Stephen anyja nem halt meg...

„Úgy érted, tudsz arról, ami a könyvtárban történt?"

„Igen, olvastam róla a neten, mielőtt idejöttem."

„De az újságokban nem mondták el az egész történetet. Például amikor a riporterek először megérkeztek és rátaláltak, eléggé rossz állapotban volt. A riporterek beszélnek, és hát, azt mondják, hogy meztelen volt, egy székhez kötözve, égési sérülésekkel a testén, és rengeteg vér volt rajta. A törvényszékiek később kiderítették, hogy állati vér volt. Néhányan azt mondják, hogy Anglophone fekete mágiával foglalkozott. Furcsa dolgok."

Ribbynek eszébe jutott a mágiáról szóló könyv hátulján lévő sziluett férfi.

Ennek semmi értelme. Stephen meglátogatja őt.

És a nő telefonált neki.

Viveca folytatta: - Igen, de van még más is. Egyesek azt mondják, hogy ő volt Anglophone szeretője. Minden bizonnyal ő volt az egyetlen ember, akire rábízta a könyvtárát."

Ez egyre furcsább lesz.

„Az apám hosszú múltra tekint vissza Anglophone-nal, és Stephen gyerekkora óta ott élt."

„Akkor velem együtt, miért pont velem?"

„Nem tudom, de nem hibáztatlak, hogy haza akarsz menni. Nincs családod?"

„De igen - mondta Ribby -, anyám a városban van. Fel kell hívnom őt. Most rögtön felhívom innen." Ribby felvette a telefont.

„Sajnálom, a hívott szám már nem elérhető. Kérem, tegye le, és tárcsázzon újra".

Ribby újra tárcsázott, ugyanazzal az eredménnyel.

„Talán én felvehetem vele a kapcsolatot? Szóljak neki, hogy jöjjön érted erősítéssel, azaz zsarukkal. Mi a neve?"

„Martha, Martha Balustrade."

„Ó, Istenem!" Viveca felkiáltott. „Te nem Martha Balustrade lánya vagy!"

Jaj, jaj, most mit csinált a kedves anyuci?

FEJEZET 63

Teddy megérkezett a büntetés-végrehajtási intézetbe. Marthát magánzárkában tartották. Követelte, hogy láthassa őt. Úgy tett, mintha az ügyvédje lenne.

Egy nő az íróasztalnál papírokat kavargatott. Anglophone ököllel az íróasztalára csapott, és megismételte a követeléseit. „Hívja fel Frederick Schmidtet. Hívja Brown polgármestert. Ők ismernek engem. Engedélyezni fogják, hogy láthassam az ügyfelemet, AZONNAL" - harsogta Anglophone.

A telefonhívások megtörténtek. Anglophone még mindig órákig várt.

„Hozhatok egy csésze teát?"

„Nem, köszönöm", mondta Anglophone, »csak az ügyfelemmel akarok találkozni«.

FEJEZET 64

„Ismered az anyámat?"

„Elzárva tartott téged" - mondta Viveca. „*Mindenki* tud az anyukádról, az utóbbi idők sajtója miatt. Úgy értem, ha valaki bevallja két ember meggyilkolását, köztük a saját húgának a meggyilkolását, az bekerül a hírekbe— még itt is. Nem is beszélve a többi csínytevéséről. Címlapon van a városban, Angela!" Figyelte, ahogy Ribby arca elsápad, mint a falevél. „Sajnálom, elvégre ő az anyukád."

„Egy gyilkos? Biztosan tévedsz." A lány szünetet tartott. „Egyébként az igazi nevem Ribby Balustrade."

„Akkor miért?"

„Ez egy angolszász dolog."

„Ő kényszerítette, hogy megváltoztassa a nevét?"

„Nem, az Angela szebb, mint a Ribby."

„A Viveca sem túl gyakori vagy szép, szóval tudom, mire gondolsz. De térjünk vissza anyukádhoz és a gyilkosságokhoz. Nem gondolod, hogy ő tette?"

Tudjuk, hogy nem ő tette, mert mi tettük.

Az egyiket mi tettük, a másik öngyilkosság volt.

Ribby nem mondott semmit.

„Nézd, tudom, hogy az Anglophone elzárva tartott téged idelent. Azt gondolnád, hogy legalább annyi tisztesség lenne benne, hogy elmondja neked, hogy az anyád börtönben van."

„Minden időmet olvasással és a könyvtár rendbetételével töltöttem. Eközben az anyám... Ó, Istenem, most azonnal el kell mennem hozzá. El tudsz vinni? Segítened kell nekem. Egyszerűen muszáj!"

Abbey bedugta a fejét a sarok mögé, és meghallotta Ribby könyörgését. „Mi történik? Miért van ennyire feldúlt? Angela, mi a baj? Úgy nézel ki, mintha szellemet láttál volna!"

„Be kell mennem a városba, még ma. Most azonnal. Viveca elvisz engem."

„Apám valószínűleg fel tud rakni minket egy repülőre, és pillanatok alatt ott leszünk. Egy pillanat, felhívom, és elmagyarázom neki. Jól ismeri a jogi hókuszpókuszt, úgyhogy megkérdezem, hogy csatlakozhat-e hozzánk."

„Van a közelben egy repülőtér? Akkor Teddy miért nem repül Torontóba? Biztosan megengedheti magának?"

„Fél a repüléstől" - mondta Viveca, ahogy az apja felvette a telefont a másik végén. A lány mindent elmagyarázott neki. A férfi beleegyezett, hogy találkozzanak a repülőtéren. „Oké, hölgyeim, akkor induljunk!"

„Várjatok - mondta Ribby -, nem ugorhatnánk be Stephenért is? Én, én szeretném, ha ő is ott lenne."

„Persze, beugrunk, és ha ő is jönni akar, annál jobb. És mi a helyzet veled, Abbey? Csatlakozol hozzánk?"

„Nem, most nem engedhetem meg magamnak, hogy elveszítsem a munkámat. Tibbles egyszerűen a tetőfokára hágna, ha egész napra eltűnnék." Abbey az órájára nézett, és kezdett nyugtalankodni. „Már így is túl sokáig voltam távol."

„Ugorj be, és elviszlek."

„De mi lesz Tibblesszel?" Abbey megkérdezte. „Ha kérdez valamit? Nem vagyok jó hazudozó."

„Akkor ne mondj semmit. Indulnunk kell, hogy előnyt szerezzünk."

„Oké, menjünk" - mondta Ribby. Elment az esze a Martha miatti aggodalomtól. Azt kérdezte magától, hogyan történhetett ez meg. Annyira bűnösnek érezte magát.

A háznál Stephen beült a kocsi hátsó ülésére, és elhajtottak, Abbey-t pedig ott hagyták a porfelhőben.

FEJEZET 65

A hideg és nyirkos váróteremben Teddy fel-alá járkált, mint egy várandós apa. Az indulata minden egyes pillanatban, amikor várakozásra kényszerítették, egyre csak nőtt. Hatvan percig. Kilencven perc. Százhúsz percet. Semmi nyoma a lánynak. Senkinek semmi jele.

Órákkal később Teddy csörömpölést hallott, ahogy a kulcsok őrzője közeledett az ajtóhoz. „Elnézést - mondta hirtelen, miközben a nő elhaladt mellette -, már órák óta várok itt bent".

„Mr. uh, angolszász. Az ön kérésére kivételt kértem. Ezt elutasították. Kövessen, és visszaviszem a recepcióra."

A férfi felkapta a fejét, és azt kérdezte: „Hogy érti, hogy elutasították?".

„Balusztrádné az ítéletre vár" - fújt rá a nő. „Nos, én egy elfoglalt nő vagyok, és későre jár, úgyhogy kérem, kövessen."

A férfi megtette, amit mondtak neki, de nem örült neki.

****

Teddy még mindig dühöngött, amikor beszállt a limuzinba. Felhívta a Four Seasons Hotelt, és lefoglalt egy lakosztályt, majd utasította a sofőrt, hogy vigye oda.

Útközben gyorshívta Tibbles-t.

„Tibbles! Szükségem van rád, hogy hívd Angelát, méghozzá pronto!"

„Elment sétálni Abbey-vel. Tartsa egy pillanatra." Tibbles a kezét a telefon fölé kapta, amikor meglátta Abbey-t belépni. Angela hollétéről kérdezte. Abbey azt mondta, hogy ő és Angela már órákkal ezelőtt elváltak útjaik.

„Mr. Anglophone, úgy tűnik, Miss Angela még nem tért vissza."

„Hát *keresse meg őt*. Hívjon vissza, amint megtudja, hol van." A férfi megszakította a kapcsolatot.

„Megkérné Stephent, hogy jöjjön be az apátságba? Sürgős." Tibbles mondta.

„Nem láttam Stephent."

„Nézz körül a birtokon. Mondd meg neki, hogy azonnal jelentkezzen nálam."

Abbey körülnézett a ház közös helyiségeiben. Időpocsékolással bolyongott odabent és odakint egyaránt. Fél óra múlva Stephen nélkül tért vissza. Ekkorra Tibbles már majdnem kiakadt.

„Hol van Ő?"

„Körülnéztem mindenütt. Sehol sem találom."

„Csinálj mindent magad. Csinálj mindent magad" - motyogta Tibbles. A válla összeért az övével, ahogy elsöpört mellette. „Ha megtalálom odakint, ötven dollárral levonom a fizetésed, és legközelebb akkor nézel körül, amikor kérem!"

„De uram - kezdte Abbey tovább mondani, de Tibbles becsapta maga mögött az ajtót.

Tibbles is mindenhová benézett. Stephennek nyoma sem volt. Semmi nyoma Miss Angelának. Visszatért a házba, és felhívta Anglophone-t.

„Tibbles?"

„Igen, uram, én vagyok. Nem találom Stephent vagy Miss Angelát."

„Együtt vannak?"

„Fogalmam sincs."

„De az a lány biztosan tudja. Azt mondta, hogy ő lesz Angela árnyéka. Add őt a telefonhoz."

„Nincs kéznél."

„Miért fizetek neked? Találd meg és add oda neki azt az átkozott telefont." Tibbles lecsatolta a telefont, és magával vitte. Amikor mozgást hallott odafent, felment az emeletre.

Abbey éppen Miss Angela éjjeliszekrényét pakolta rendbe. Felkapott egy könyvet, amelynek hátulján egy árnyékos alak volt látható.

Tibbles belépett, és Abbey kezébe nyomta a telefont. A lány elejtette a könyvet, és az a földre esett.

„Halló - mondta félénken.

„Abbey - szólalt meg Anglophone -, szükségem van a segítségedre, hogy megtaláljam Miss Angelát. Sürgős ügyről van szó. Hol van?"

„Korábban kint hagytam sétálni. Egyedül akart lenni."

„És Stephen. Láttad Stephent?"

„A rózsabokrokat nyírta az előbb." A keze remegett, és a hangja is.

„Tegye vissza Tibbles-t" - követelte az Angol.

„Hazudik" - mondta Anglophone Tibblesnek. „Derítse ki, mit tud, és hívjon vissza."

„De hogyan?"

„Nem érdekel, hogyan. Bármilyen módon. Derítsd ki, és MOST!" Angliai lekiabálta a vonalat.

Tibbles ökölbe szorította a kezét, és felállt. Átment a padlón, és amikor szemtől szemben állt Abbeyvel, hátba vágta.

A váratlan ütéstől Abbey hátrarepült, és Ribby ágyán landolt. A férfi felmászott rá, átkarolta a lányt, és megfogta a kezét és a lábát. A csizmája fekete fényezése felkarcolta a paplant.

„Mondd el!" - kiáltotta a lány arcába. Amikor a lány nem válaszolt, a férfi a párnát az arcához szorította, és hagyta, hogy a lány vergődjön. Újra leemelte róla.

A szemét. Puha, mint az őzeké. „Mondd meg!" A férfi ismét lenyomta a párnát, és a lány vonaglott. Amikor a férfi leemelte a párnát, a lány végre bevallotta, és a férfi hagyta, hogy felüljön, és levegőhöz jusson.

Felhívta Anglophone-t, aki a telefon másik végén felszabadultan ujjongott. „Szép munka, Tibbles. A hűséged meg lesz jutalmazva."

Tibbles letette a telefont, majd a fiatal lány felé fordult.

Abbey az ágyon maradt, és azokkal a szemekkel bámulta őt. „Ne nézz így rám!" - kiáltotta, miközben a párnát a lány arcába nyomta. A lány először kicsit ellenkezett, de aztán megadta magát. Tovább nyomta a párnát, miközben az idő megállt.

Amikor kivette, a lány szemei tágra nyíltak. Békésnek tűnt. Mint egy angyal.

Tibbles remegni kezdett. Megragadta az éjjeliszekrényt, és észrevette, hogy egy könyv fekszik a padlón. Felemelte, és azonnal felismerte a hátulján lévő árnyékos alak szemét. A mesteréhez tartoztak. Egy pillanatig csak ült, és bámulta a Mindent, amit valaha is tudni akartál a fekete mágiáról (de féltél megkérdezni) című könyv borítóját. Gondolatai Rosemaryre és a segítségkérésére vándoroltak.

Tibbles kinyitotta a kéményt, és tüzet gyújtott. Beledobta a könyvet, és nézte, ahogy elég.

Abbey-t Ribby paplanjába csavarta, átvetette a vállán, és kivitte a testét a kertbe. A rózsabokrok alatt sekély sírt ásott. Miután eltemette, visszatette a rózsákat a helyükre, és egy kis vizet permetezett a kertbe. Szép nyughely volt.

Visszatérve a házba, Tibbles lezuhanyozott és rendbe tette magát. Aztán Angela kisasszony szobájában szorgoskodott. Újravetette az ágyat friss lepedővel, párnahuzattal és új paplannal. Tökéletes.

Amikor minden feladatát elvégezte, fülsiketítő csend lett. Még a saját léptei is hangosan visszhangoztak a fülében.

Egy idő után már a saját lélegzetvételét sem bírta elviselni. Olyan hangosnak, olyan zajosnak tűnt.

Visszatért a szobájába, és felvette a köntöst, amit egyszer Angliától kapott. Bement az alsó fiókjába, és elővett egy pisztolyt.

Miközben kedvenc foteljében, kedvenc dohányzó kabátjában ült, szétlőtte az agyát.

Senki sem volt otthon, aki hallotta volna a lövést.

Csak a madarak ijedtek meg a természetellenes hangtól.

FEJEZET 66

Rosemary Franklin, Stephen édesanyja már régen nem élt. Elképzelte, hogy megszökik a szanatóriumból, annyiszor álmodott róla. Amikor a lehetőség kínálkozott, megragadta, és bemászott a Clean-it-4-U furgon hátsó ülésére. Hajnali négy óra volt, és ő már úton volt.

A furgon még jó ideig száguldott, miközben a lány elrejtőzött a hátsó ülésen. Amint elhagyták a kórház kapuját, átöltözött egy lopott ruhába. Egy gyémántgyűrűt és néhány érmét is elvitt.

Az első megállónál Gus, a sofőr, kimászott. Rosemary figyelte, ahogy belép az étkezdébe. Amint tiszta volt a terep, kinyitotta az ajtót, és elrohant. Az épületek közötti külső fal mellett bújt el. Onnan figyelhette, ahogy Gus eteti az arcát, és megvárhatta, amíg elmegy. Érezte a friss kávéfőzés és a bent sercegő szalonna kellemes illatát. Már a gondolattól is összefutott a szája. Sokkal csábítóbb, mint a kórházi ételek bűzös bűze, amihez hozzászokott.

Egy ajtó nyikorgott, és a lány megborzongott, ahogy a nap felfelé haladt az égen. Gus bemászott a furgonba, babrált a rádióval, feltette a napszemüvegét, és elhúzott.

Rosemary még néhány pillanatig rejtve maradt. *Jobb félni, mint megijedni.* Amikor a furgon már egyértelműen eltűnt a látóteréből, Rosemary ujjával végigsimított a haján. Bement az étkezdébe, ahol rendelt egy csésze kávét, és lehajtotta. A frissen főzött útszéli büfékávé íze nem volt más, mint mennyei. A pincérnő azonnal odajött, és újratöltötte. A második csészét is megkóstolta.

Amikor már indulásra kész volt, Rosemary néhány érmét dobott az asztalra. Tudta, hogy nincs nála elég, de remélte, hogy a pincérnő megengedi neki. Rosemary könnyekben tört ki, és féktelenül zokogott a kezébe.

A pincérnő visszatért: „Minden rendben van, kedvesem?".

Rosemary hazudott. „A férjem megütött. Elfutottam. Ez az aprópénz a mindenem. El kell tűnnöm. Ha megtalál, visszarángat."

A pincérnő egy zsebkendőt nyújtott át neki. „Van valami biztonságos hely, ahová mehet? Vagy hívjam a rendőrséget?"

„Igen, van egy fiam, Stephen. Csak el kell jutnom hozzá. Ha tudna hívni egy taxit, és elmagyarázná a helyzetet, azt megköszönném. Segítségre van szükségem, hogy elmenekülhessek."

„Miért ne adjam oda a telefonomat, és hívja fel magát?"

„Mert a férjem a tartomány összes taxitársaságát fel fogja hívni. Ha megvan a nevem, meg fog találni." Ismét a zsebkendőbe zokogott.

A pincérnő azt mondta neki, hogy hívott egy taxit, és az mindjárt itt lesz.

„Kérhetek még egy szívességet?" Amikor a lány bólintott, Rosemary kért egy pár cigarettát és egy csomag gyufát. A lány mosolyogva engedelmeskedett.

Amikor a taxi megérkezett, Rosemary megköszönte a pincérnőnek. „Egyszer majd elhozom ide a fiamat, hogy találkozzon veled, kedvesem." A fiatal nő mosolygott és integetett, amit Rosemary viszonozott.

„Hová, hölgyem?" - kérdezte a sofőr.

„Theodore Anglophone birtokára."

A férfi a visszapillantó tükörből ránézett a nőre, és bólintott.

„Útközben el tudna vinni egy zálogházba? Van valamim, amit szeretnék eladni. Persze, a mérőórát nyugodtan járathatja" - mondta Rosemary.

„A maga pénze, hölgyem. Van errefelé egy zálogház, úgy húsz percre innen. Kiteszem magát, és hozok magamnak egy kávét és egy szelet cseresznyés pitét a la mode."

„Köszönöm szépen, Jimmy" - mondta a nő, miután rápillantott a műszerfalon kiállított fényképes igazolványára.

Jimmy ismét belenézett a visszapillantó tükörbe. Amikor hátracsapta a haját, a napfény visszaverődött az ujján lévő szikláról. Kikerült egy szembejövő autót. „Ez aztán a kő, hölgyem."

„Köszönöm" - mondta Rosemary, miközben a távolba bámult.

„Itt vagyunk" - mondta a férfi.

FEJEZET 67

A repülőgép hamarosan megérkezett Torontóba.

„Látnom kell az anyámat - mondta Ribby.

Viveca felhívta a büntetés-végrehajtási intézetet, és elmagyarázta, hogy Martha Balustrade lánya vele van.

A belépést megtagadták.

„Az ítéletet holnap hozzák meg a bíróságon. Foglaljunk be egy szállodába, és aludjunk egy jót" - javasolta Viveca.

„Miért nem engedik, hogy lássam a lányt?"

„Csak annyit mondtak, hogy a fogvatartott ma este nem fogadhat látogatókat" - mondta Viveca. „Melyik a legközelebbi szálloda a bírósághoz?" - kérdezte a sofőrtől.

„A Hilton sétatávolságra van."

Viveca előre telefonált, és lefoglalt három szobát. „A költségszámlámat fogom használni" - mondta.

Bejelentkeztek a szállodában, és megbeszélték, hogy a hallban találkoznak. Onnan együtt mennek a bíróságra.

✳✳✳

Másnap reggel Stephen és Viveca megpróbálta rávenni Ribbyt, hogy egyen valamit. Sikerült egy csésze teát beletenniük, de semmi többet.

„Örülök, hogy el tudtál jönni erkölcsi támogatásként, Stephen - mondta Ribby.

Angela kacsintott rá.

Viveca összerezzent Ribby illetlen viselkedésétől. Észrevette, hogy Stephen kényelmetlenül érzi magát tőle. Kifizette a számlát, és elhagyták az épületet. Az utcán fülsiketítő volt a zaj.

„Közlekedési káosz. Örülök, hogy odasétálhatunk. Isten hozott a városban" - mondta Stephen.

Elindultak a bíróság felé.

FEJEZET 68

Az Angol nyugtalan éjszakát élt át Tibbles nélkül, aki nem volt ott, hogy irányítsa őt. Távollétében Anglophone telefonált a házba. Ezt már sokszor megtette korábban is. Tibbles szívesen segített neki azzal, hogy felhúzta a zenedobozt, és a telefonhoz tartotta. Ezúttal azonban nem vette fel.

Ha legközelebb találkozik vele, Tibbles jobb, ha rohadt jó magyarázattal készül. Kedvelte a férfit, de néha dühítően hanyag tudott lenni.

Ahogy órákig ébren ült, a fián és a lányán töprengett. Vajon hol lehetnek? Valahol a városban kell lenniük. Emlékezett rá, hogy ők ketten őzike szemeket meresztettek egymásra. Nem tudták, hogy testvérek. Ő is vonzódott a saját lányához— persze még mielőtt tudta volna, hogy ki az.

Egy pillanatra Angliában elképzelte, hogy bevallja az apaságát az utódjának. Tovább ment, elképzelte az esküvőket, majd az unokákat, amint sikoltozva rohangálnak a háza körül, és üldözik őt. Utálta a gyerekeket. Az összes pénzét elkölteni. Megrázta a fejét, felkapta a ronda lámpát a hotelszobában az ágya mellett, és a falhoz vágta. Összetört, az izzó szikrázott, majd kialudt. Kizárt, hogy valaha is meghallják. Legalábbis az ő szájából nem. Nem volt családapa. Soha nem is lett volna az. A családi kötelékek csak bonyodalmakat okoztak.

Végiggondolta Martha szorult helyzetét. A lány a segítségét kérte.

Reggel a szobájában reggelizett. A kávé ízetlen volt. Hívta a sofőrjét, és elindultak a bíróságra.

FEJEZET 69

Rosemary zálogba adta a gyűrűt. Ezután meglátogatott egy írószerboltot, ahol vásárolt egy tollat, papírt és egy borítékot. Útban az Angolkisasszony birtokára írt egy levelet. Amikor befejezte, lezárta a borítékot, és az elejére azt írta: „Stephen Franklinnek. Magánjellegű és bizalmas." A levélhez nem mellékelt feladói címet.

Anglophone kúriájánál Rosemary megkérte Jimmyt, hogy dobja be a borítékot a postaládába. Nem akarta megkockáztatni, hogy összefusson Tibblesszel.

„Most hová, hölgyem?"

„A könyvtárba. Mármint az Anglophone könyvtárába. Tudja, hol van?"

A férfi elfordította a fejét. „El tudom vinni oda."

„Köszönöm."

Nem sokkal később megérkeztek a könyvtárhoz. Rosemary először a taxi hátsó ülésén maradt, miközben a taxióra futott, és képtelen volt megmozdulni.

Jimmy megkérdezte: „Minden rendben van?".

Rosemary összefonta a karját maga körül, félt kiszállni. Félt visszamenni. Félt attól, amit tenni szándékozott. „Jól vagyok" - mondta.

Jimmy bekapcsolta a rádiót. Elvisszel együtt dúdolt.

Rosemary kinyitotta az ajtót. Néhány bankjegyet nyomott a férfi kezébe: - Köszönöm, Jimmy. Csodálatos voltál— és elég jó énekhangod is van."

„Köszönöm, soha többé nem lesz másik Elvis." Visszaszállt a taxiba, és elhajtott.

Amint eltűnt a látóteréből, Rosemary teljes egészében szemügyre vette a könyvtárat. Valaha ez volt a kedvenc helye. A menedéke. És a kinti levegőnek még mindig csodálatos illata volt. A fenyők, ó, a fenyők. Úgy érezte, végre szabad.

Ez az érzés nem tartott sokáig. Hamarosan a rossz emlékek újra kavarogni kezdtek a fejében. Angliai állt fölötte. Kínozta őt. A fekete mágia. Ahogy állati vért öntöttek rá. Mindezt azért a rohadt könyvért.

Remegett a keze, ahogy a zsebébe nyúlt, és előhúzott egy meghajlott cigarettát. A pincérnő igazán kedves volt, hogy odaadta neki. Meggyújtotta, és nagyot szívott rajta. Köhögött, de addig szívta tovább, amíg a keze újra megnyugodott.

Újabb emlékek bukkantak fel. Emlékek, amelyek elől eddig rejtőzködött, úgy törtek elő, mint egy nyári vihar. Az anglofón, aki kísérleti nyúlnak használta őt. Az, hogy azzal fenyegetőzött, hogy a rendőrséghez fordul. A férfi azzal fenyegetőzött, hogy megöli a fiukat. Véget kellett vetni ennek a kínzásnak. A nő azzal fenyegetőzött, hogy elmondja Stephennek, ki ő.

Ekkor született meg a terv. Egy kompromisszum. Rosemary eltűnt volna, és kiállítottak volna egy halotti bizonyítványt. Mivel titokban házasodtak össze, senki sem tudta, hogy megváltoztatta a nevét. Stephennek egy életre szóló állása lenne, de soha nem tudná meg, hogy ki az apja. Soha nem tudná meg, hogy ő az angolszász vagyon örököse. Cserébe Rosemary megkapná a szükséges ellátást. Az égési sérülései begyógyulnának, és minden költséget fedeznének. Hogy megvédje a fiát, beleegyezett, hogy élete végéig bezárják. Elméletileg ez akkoriban megvalósíthatónak tűnt.

Miután megkérte Anglophone-t, hogy engedje szabadon, de ő ezt megtagadta, nem volt más választása, mint megszökni. Emellett Stephen megérdemelte, hogy megtudja az igazságot. Rosemarynek kellett lennie annak, aki elmondja neki. Leült a könyvtár boltívei közötti lépcsőre, és elképzelte, ahogy a fia megtalálja a levelet, és elolvassa. Anyai megérzései azt súgták neki, hogy helyesen cselekszik.

Rosemary felállt, és a cigarettát a földre dobta. Egy kis időt töltött anyaggyűjtéssel. Rönköket, botokat, bármit, ami gyúlékony volt, amit talált. Amit csak tudott cipelni. A gyújtósokat a bejárati ajtóra tette, és meggyújtotta, majd hozzáadta a nagyobb darabokat. Széttárt karokkal állt a fából készült boltívek között, és várta, hogy a lángok elnyeljék.

A füst mérföldekre és mérföldekre látszott volna, de mindenki, akit esetleg zavarhatott volna annyira, hogy észrevegye, vagy távol volt, vagy meghalt.

A fából készült boltívek beomlottak, mielőtt a tűz elérte volna Rosemaryt. Miközben a lángok a perifériás látásában táncoltak, az összeomló nehéz gerendák szétzúzták a koponyáját. Nem volt több szenvedés. Nincs több fájdalom.

FEJEZET 70

A bíróságon Viveca a sajtóigazolványát használta, hogy a bírósági terem zsúfolásig megtelt, és így a legközelebbi bejárathoz kerülhessenek. Útban a helyük felé Ribby észrevett néhány ismerős arcot, köztük a szomszédokat is. Utálta a gondolatot, hogy az anyja bíróság elé kerül, nemhogy börtönbe kerüljön.

Menjünk ki egy cigire.

Nem, anya hamarosan bejön.

Nagy ügy. Nem megy sehova.

Nem megy sehova. Nem megy sehova.

A hangulat a tárgyalóteremben elszabadult. A pletykások pletykáltak. Azok, akiknek nem volt semmi érdemleges mondanivalójuk, mégis hozzátették a magukét. Amikor Marthát behozták, mindenki megállt és bámult.

A fogoly ápolatlan volt. A szürke öltöny, amit viselt, semmit sem tett hozzá. Lefogyott. Ribby úgy vélte, hogy lángoló, sebhelyes arca egy két lábon járó holttesthez hasonlított.

Jézusom, még én is sajnáltam őt.

Ribby zokogott.

Martha felnézett a lányára, és majdnem elmosolyodott, de aztán elfordította a tekintetét.

„Álljanak fel - mondta a bírósági végrehajtó. „A tartomány bírósága mostantól ülésezik. Az elnöklő bíró, Delvecchio bíró úr."

A bíró nyugtázta a jelenlévőket, és leült. A bírósági végrehajtó jelezte, hogy a tárgyalóteremben mindenki tegye ugyanezt.

Ribby a nőre nézett, aki az anyja sorsát tartotta a kezében. A nő szeme még ebből a távolságból is kedves volt, és Ribby remélte, hogy az asszony kegyelmet tanúsít.

„Martha Balustrade, minden vádpontban bűnösnek találom."

A tárgyalóteremben nagy volt a zűrzavar.

Delvecchio bíró felállt, és azt kiáltotta: „Csendet!". Visszahanyatlott a helyére. „Készen állok az ítélethirdetésre." Szünetet tartott. A jelenlévők visszatartották a lélegzetüket.

„Martha Balustrade, húsz év börtönbüntetésre ítélem."

Martha hallgatott.

Ribby felállt, és azt mondta: „De nem ő tette".

„Rendet, rendet!" Delvecchio azt mondta, miközben lecsapta a kalapácsot. „Rendet, vagy kiürítem ezt a tárgyalótermet!"

Fogd be a szád, Ribby! Fogd be a pofád!

Amikor csend lett, a bíró Ribbyhez szólt. „És maga kicsoda?"

Az isten szerelmére, Ribby fogja be a pofáját!

„Bíró úr, a nevem Rebecca Balustrade, de mindenki Ribby-nek hív. Martha lánya vagyok."

Hangok csendültek fel. Újabb káosz. A bíró ismét azzal fenyegetőzött, hogy kiüríti a termet. Intett Ribby-nek, hogy folytassa.

Angliai belépett.

„Az anyám ártatlan, és én tudom, hogy ez igaz."

Ribby, kérem.

„És honnan tudja?" Delvecchio bíró kérdezte.

Egy-két pillanatig csend volt, miközben Ribby összeszorította és feloldotta az öklét, ahogy Angela is megtanította neki.

Ribby eltűnt, és Angela vette át a szót. Kotorászott a táskájában, elővett egy cigarettát, és rágyújtott. Beleszívott, a cigarettát a padlóra dobta, és elnyomta. Delvecchio bíró irányába nézett.

"Ő, Ribby, nem tud semmit. Annyira éretlen, hogy megteremtett engem— a képzeletbeli barátját—, pedig már a harmincas éveiben jár. Sok mindennel kellett már megbirkóznia az életében, beleértve azt is, hogy azzal a szerencsétlen anyával éljen együtt." Angela megfordult, és Marthára mutatott.

A könnyek végiggördültek Martha arcán.

Angela. Nem.

Angela folytatta: - *Szóval, én megtettem azokat a dolgokat, amikre ő nem volt képes. Mindet."*

Mindenki előrehajolt. Teljes figyelmüket Angela kapta. A közönség minden egyes szaván csüngött. Erőteljesnek érezte magát, mintha egy Shakespeare-darabban adna elő egy monológot.

Sosem rajongott a bárdért, de Ribby olvasta őt. Halálra unta magát. „Ami a Wheeler személyét illeti, megerőszakolta Tizzy nénit. Nem volt más választásom. Le kellett szednem róla. Megölte őt."

Angela elhallgatott. A tekintetét először Angliára, majd Marthára fordította, mielőtt visszafordult volna a bíró felé.

A hallgatósága már eleget várt. *„Úgy döntöttem, hogy megszabadulok a holttesttől. Az volt a terv, hogy a furgonjával lehajtom a szikláról. Jó, hogy megszabadultunk tőle. Nem ért többet. Tizzy-nek ki kellett volna ugrania a furgonból, mielőtt az lezuhan, de nem tette. Ő is lezuhant."*

Martha felállt. Megpróbált megszólalni, de az ügyvédje elhallgattatta, majd visszarántotta a helyére.

„Rendet! Rendet!" Delvecchio bíró kiabált. „Kiürítem a tárgyalótermet, ha nem hallgat el mindenki."

Angela odasétált Martha asztalához. Töltött magának egy pohár vizet. Ivott egy kortyot, és visszapillantott a bíróra, aki azt mondta: „Várunk".

„Általában nem nagyon szoktam beszélni" - mondta Angela. *"Hangosan legalábbis nem. Ez szomjas munka."*

Némi nevetés hallatszott a tárgyalóteremben. Delvecchio bírónő türelmetlenné válva többször lecsapott a kalapácsával. Felállt, és kinyitotta a száját.....

Angela félbeszakította. *„Én is beismerem egy kidobóember meggyilkolását a város másik felén. Önvédelemből öltem meg, mert meg akart erőszakolni".*

Micsoda? Angela?

Semmit sem tudsz, Ribby.

Angela szünetet tartott. „*Szóval, itt állok előtted. Bűnös mindenben. Nem hazudok neked. Én tettem ezeket a dolgokat, de Rebecca, vagyis Ribby Balustrade ártatlan. Tudják, már korán ki tudtam zárni őt. Teljesen át tudtam venni az irányítást. Szóval, ha bárkit is vád alá akarnak helyezni, akkor engem kell vád alá helyezniük. A helyzet az, hogy én nem is létezem. Nem vagyok Ribby. Én Angela vagyok.*"

Angliai felállt.

Angela azt mondta: "*Még a szüzességét is elvesztette anélkül, hogy tudta volna. Még mindig nem tudja.*"

Ribby felsikoltott.

Anglophone végiglökte a sorát, ki és be a középső folyosóra. A levegőbe emelte a botját, de azonnal lefegyverezték és a földre taszították. Miközben kirángatták az eljárásból, azt kiabálta: „Én vagyok Theodore Anglophone!".

Senkit sem érdekelt.

„Rendet a bíróságon! Azt mondtam, rendet!" Delvecchio bírónő üvöltött, miközben többször is kalapáccsal ütötte a kalapácsot. Amikor mindenki elcsendesedett, azt mondta: „Az új információ fényében az ügyet elutasítom. Martha Balustrade, szabadon távozhat. Az új tárgyalás a pszichiátriai vizsgálat után azonnal megkezdődik. Biztos urak, kérem, vigyék le Balustrade kisasszonyt a zárkába a további vizsgálat idejére."

Martha könnyekkel az arcán állt: „De bűnösnek vallom magam. Elfogadom az ítéletet. Zárjanak be, kérem. Engedjék el a lányomat."

„Túl késő, túl kevés, drága anyukám."

A kalapács ismét lecsapott, és a bíró így szólt: „Ez egy bíróság, és itt gyilkosokat tárgyalunk, nem rossz anyákat. Elmarasztalhatom a bíróság megsértéséért. Megbírságolhatnám, amiért a bíróság idejét pazarolja. Hamis tanúzásért. Gyilkos rejtegetéséért. Az igazságszolgáltatás akadályozásáért. Érti a lényeget? Azt tanácsolom, hogy menjen el, és hagyja, hogy a bíróság tegye, amit tennie kell. A bírósági ülést berekesztem. Távozzon a tárgyalóteremből, bírósági végrehajtó." Delvecchio bíró felállt. Mindenki más követte, és figyelték, ahogy eltűnik a szobájában.

Martha figyelte a lányát, ahogy a rendőrök megbilincselték és elvezették. Angela a válla fölött Marthára pillantott, és elvigyorodott. Mintha ettől a pillantástól megállt volna Martha szíve, vagy legalábbis így mesélték utána a történetet. Martha a földre zuhant, és meghalt, mielőtt a mentőnek ideje lett volna odaérni.

FEJEZET 71

Balustrade Mártát a lánya jelenlétében temették el. Ribbyt két tiszt őrizte, szürke börtönruhába öltözve, kezét és lábát összekötözve. Az őrök virágot helyeztek a kezébe. A koporsóra dobta őket, miközben végső búcsút vett tőle.

Az ott nem az angolkisasszony limuzinja?

Igen. Vajon miért nem száll ki?

A tárgyalóteremben nyújtott teljesítménye után meglepő, hogy egyáltalán itt van.

Alig ismerte az anyámat.

Még mindig fogalmam sincs, hogy mit akart csinálni.

Szerencséje volt, hogy nem lőtték le.

Anglophone ott volt, de inkább a limuzinjában maradt. Néhányszor gondolt rá, hogy kiszálljon, és lerója tiszteletét. Azt is fontolgatta, hogy mindent bevall. Ahelyett, hogy szembenézett volna a dolgokkal, inkább megparancsolta a sofőrjének, hogy vigye haza.

Útközben aludt egy kicsit, és amikor a kocsi a ház elé ért, észrevette, hogy egy élénk narancssárga boríték lóg ki a postaládából. Miután elolvasta, darabokra tépte.

Anglophone visszahívta a sofőrjét. „Vigyen el a könyvtárba!"

Mire Anglophone odaért, a tűz már kiégette magát.

Anglophone a megfeketedett romokat nézte. Minden, ami Rosemaryből megmaradt. Rájött, hogy Stephen ezért nem láthatta az anyját. Miért volt kénytelen ekkora felfordulást okozni a kórházban. Az idióták hagyták megszökni. Majdnem rosszul érezte magát, amiért megvonják a fizetését. Majdnem. Fel kellett hívnia a kórházat, hogy idejöjjenek, és összeszedjék a lány darabjait. Majd eltussolják, hiszen ő volt a legnagyobb adományozójuk. Hogy ne kerüljön az újságokba. Senki sem tudná meg. Végül is Rosemary már halott volt. Azzal, hogy öngyilkosságot követett el, valójában lehetetlenné tette, hogy Stephen valaha is megtudja, ki az apja.

Angolkisasszony megrázkódott, amikor a sofőr hazavitte. Arra számított, hogy Tibbles ott lesz, hogy üdvözölje, hogy vigasztalja őt— de nyoma sem volt megbízható inasának.

„Tibbles!" - harsogta.

Hangja visszhangzott az egész házban, de nem érkezett válasz. Anglophone túlságosan kimerült volt ahhoz, hogy megpróbálja megkeresni őt. Bement a szobájába, felhúzta a zenedobozt, és egy kis időre elaludt.

Amikor felébredt, érezte, hogy rémület járja át a lelkét, és Tibbles után kiáltott. Annyiszor húzta és húzta a csengőt, hogy az megint leesett a mennyezetről. Még mindig nem jött senki.

Nagyon egyedül érezte magát, és az is volt.

Kivéve Tibbles-t, aki halott volt a saját szobájában, és Abbey-t, aki a rózsák alatt volt eltemetve.

FEJEZET 72

Egy átfogó pszichiátriai vizsgálat után Ribby tárgyalása gyorsan lezajlott. Húsz év börtönbüntetésre ítélték. Tíz év minden egyes gyilkosságért, csökkentve a letöltött idővel. Tizzy halálát öngyilkosságnak minősítették.

Ribby napokig megállás nélkül sírt, amiből hetek lettek. Képtelen volt megbirkózni az ellenséges környezettel. A peremén élt tovább.

„Már megint magában beszél" - mondta Ribby cellatársa, Shona. Shonát férje és két gyermeke meggyilkolásáért ítélték el.

A börtönőr jött felmérni a helyzetet. Látta, hogy Ribby gyáván ringatózik és ringatózik az ágyán. Megdorgálta Shonát, és azt mondta neki, hogy hagyja abba az ordítozást, különben magánzárkába zárja.

„Ugyan már" - mondta Shona. „Nem csináltam semmit."

„Még egy szó, és lemész a magánzárkába" - mondta az őr.

Shona dacosan kidugta a nyelvét, mire az őr hátat fordított neki, és elsétált. Néhány másodpercig állt és nézte a férfit, mielőtt megfordult, és szembefordult Ribbyvel. „Figyellek, te kurva!"

Ribby a fal felé fordította az arcát.

„Ne fordíts nekem hátat, te kurva!" Shona azt mondta, miközben meglökte a lányt.

Angela felállt, megragadta Shona torkát. Olyan erővel lökte a távoli falnak, hogy a cellatársnő meglepődött. Shona feje hátracsattant. Megreccsent, ahogy a hideg téglákhoz ért.

Kezét Shona nyaka köré szorítva azt mondta: -Hadd tisztázzak néhány dolgot. Először is, nem fogsz beszélni velem. Kettő: nem fogsz hozzám érni. És a harmadik: ha az imént említett két dolog közül bármelyiket megteszed, megöllek."

Shona szemei körbeúsztak a szemüregükben. Próbált reagálni, de csak levegő után kapkodva tudott. A nő egy bólintással engedett.

Angela visszatért az ágyához, de mielőtt lefeküdt volna a vékony matracra, felkapott egy kis vizet, és Shona arcába vágta. Ez a tett kizökkentette a cellatársat a kábulatából.

Shona elterjesztette a Ribbyről szóló hírt. Olyan vagány volt, akivel nem lehetett packázni. Néhányan mások is megpróbálták, de Angela azonnal leteperte őket. Egy életre elege volt Ribby nyafogásából és áldozati viselkedéséből.

Teltek az évek. Cellatársak jöttek és mentek.

Angela továbbra is teljes mértékben ura maradt a helyzetnek. Egyszerre tisztelték és féltek tőle. Idővel az övé lett a hely. Most már az ő börtöne volt, és ő irányította azt és Ribby-t. Az élet élhető volt.

FEJEZET 73

Néhány év múlva az Angolkisasszony váratlanul meglátogatta a büntetés-végrehajtási intézetet. Ribby-t nem látogatta meg. Ehelyett az újonnan kinevezett börtönigazgatóval, J. B. Bedforddal találkozott. Bedford egy régi ismerősének az unokája volt, aki tartozott neki egy szívességgel.

„Szeretnék itt egy könyvtárat finanszírozni" - mondta Angol. Anglophone most már szőrtelen volt. A teste állandóan remegett, és nem tudott sokáig állni.

„Ez nagyon nagylelkű öntől" - válaszolta Bedford. „Bár, hogy őszinte legyek, a raboknak sok mindenre ráférne az adományozás. Mármint a könyvek előtt."

Angolkisasszony közel hajolt Bedfordhoz. „Készítsen egy listát, és juttassa el hozzám. A pénz nem számít, de egy könyvtárra mindenképpen szükség van, méghozzá gyorsan. Én már öreg vagyok."

„Persze" - mondta Bedford. „Ha van pénze, még el is nevezzük magáról."

„Nem" - mondta Angol. „Nem akarok elismerést. Viszont szeretném, ha bevonná az egyik rabot. Ő segíthet magának a könyvtárnak a létrehozásában és fenntartásában. A neve Ribby Balustrade. Képzett könyvtáros. Természetesen könyvekkel teli dobozokat fogok adományozni."

Bedford ismerte Ribby Balustrade-et. Ő egy pallérozódó volt, aki eddigi tartózkodása alatt a rabok falkájának új királynőjeként emelkedett a csúcsra. Bedford nem tettetett meglepetést, amikor azt mondta: „Biztos nem tűnik könyvtáros típusnak".

„Ribby Balustrade valóban könyvtáros típus. Megegyeztünk?"

„Hogyne" - válaszolta Bedford.

„Ó, és még egy dolog" - mondta az angolszász. „Soha nem tudhat a közreműködésemről. Úgy értem, soha."

„Értettem" - mondta Bedford.

∗∗∗

Amikor Angela meghallotta az új könyvtárról szóló híreket, nem volt elragadtatva. A könyvtárak és a könyvek bénák voltak. Keményen dolgozott a hírnevéért. Meg akarta őrizni a börtönben betöltött státuszát. Fenn kellett tartania a hírnevét. Fenntartani a félelmet. Félelem nélkül elveszítene mindent, amiért olyan keményen megdolgozott. Nem tudta volna megvédeni Ribbyt, ha folyton a könyvtárban téblábol.

Az olvasás egyenesen unalmas, és ha azt akarja, hogy megvédjem, akkor itt nekem kell irányítanom.

Ha a raboknak lesz könyvtáruk, akkor lesz mit csinálniuk. Jobb lesz.

Istenem, Ribby, lehetsz ilyen hülye? Tényleg, Ribby, ilyen hülye vagy?

A könyvtár ötlete előtt Ribby személyisége örömmel szorult háttérbe. Most újra felszínre tört. Ribby majdnem boldognak érezte magát.

Segíthetek majd másoknak. Megismertetni őket a könyvekkel. Ráadásul bónuszként azt olvashatok majd, amit csak akarok.

*A világ összes ideje arra, hogy hülyére unjuk magunkat,
és céltáblát tegyünk a hátunkra.*
   Minden rendben lesz. Tudom, hogy így lesz.
   Ébresszetek fel, ha vége.

***

Ribby a használaton kívüli szoba közepén állt. Hamarosan könyvtárrá alakítják át. Elég tágas volt, de a mennyezet csupasz fagerendái csúnyák voltak. Ahogy a hideg téglafalak és a pala padló is. A falakat megjavíthatná, ha könyvespolcokkal borítaná be őket, a padlót pedig szőnyeggel. A mennyezet azonban teljesen más kérdés volt.

Naponta érkeztek dobozok, tele régi és új könyvekkel. Néhány ládát feszítővassal kellett kinyitni. A ládák belsejében a könyvek kötéllel voltak kategóriákba kötve. Ribby feltöltötte a polcokat, és mindent rendbe rakott.

Amikor az új könyvtár elkészült, Ribby Bedford igazgató mellett állt. A rabok köré gyűltek az ünnepélyes megnyitóra. Szalagátvágási ünnepségre került sor.

A rabtársai kis csoportokban léptek be. Ribby megmutatta a helyet. Büszke volt az asztalokra és székekre, a szőnyegekre. És a könyvekre, a rengeteg könyvre! Nem is beszélve a csúszólétrákról, hogy könnyen megközelíthető legyen. Egy dolgon azonban nem tudtak változtatni: a mennyezeten lévő fagerendákon. Még mindig csúnyák voltak, de a világítás segített elrejteni.

A legtöbb rab pozitívan reagált a könyvtárra. Kivéve Angelát.

Ribby, azok a nők rendkívül veszélyesek. Csak idő kérdése, hogy mikor jönnek újra utánunk.

Ne légy nevetséges. Ez a könyvtár megváltoztatja a játékot.

Ribby megszállottsága az új könyvtár iránt minden okot megadott Angelának, hogy egyre inkább távol maradjon.

Egy délután Ribby beszélt az igazgatóval egy könyvklub indításáról. Jó ötletnek tartotta, de mivel minden könyvből csak egy-egy példányuk volt, nehéz lenne hagyományos könyvklubot működtetni. Ribby megkérdezte, hogy kapcsolatba léphetne-e a helyi könyvesboltokkal, és kérhetne-e további példányokat. Bedford odadobott neki néhány érmét a telefonfülkéhez. Pár napba telt, mire igent kapott, aztán megérkezett egy huszonöt könyvből álló adomány. A legelső börtönkönyvklubkönyv Fjodor Dosztojevszkij *Bűn és bűnhődés* című könyve lett volna .

Miután az első huszonöt példányt megkapták, a rabok beszéltek a könyvről. Ők is el akarták olvasni. A havi könyvklub koncepcióból heti könyvklub lett. A rabok sorban álltak, hogy csatlakozhassanak.

Mikor fogunk már valaha is szórakozni?

Ez jó móka, és ezzel változást érünk el. Nézd a többi rabot. Valami jót teszünk itt.

Olyan jó kislány vagy.

Köszönöm.

Az unalmas szót unalmasnak nevezted.

Akkor menj el. Nincs rád többé szükségem.

Az igazgató hatalmas különbséget vett észre a rabok viselkedésében. Behívta Ribbyt az irodájába. Megköszönte neki a javaslatokat. Új igazgatóként nagyon szerette volna letenni a névjegyét, és Ribby segített neki kitűnni.

Megkérdezte, hogy van-e más ötlete is, hogyan lehetne javítani a rabtársai helyzetén. Ribby szerzői olvasmányokat javasolt. Az igazgató azt mondta, ismer valakit, aki ismer egy népszerű maine-i szerzőt. Ribby az igazgató barátján keresztül küldött egy levelet, amelyben megemlítette, hogy a Könyvklub hamarosan felolvassa a *Stand By Me* című könyvet. Hamarosan a világ minden tájáról érkeztek szerzők, akik könyveket adományoztak, és megkérték, hogy jöjjön el a börtönbe, és beszélgessenek a könyveikről.

Az igazgató ismét behívta Ribbyt, és megkérdezte, van-e más ötlete. Említette a családi napot, amikor a rabok felolvashatnának a gyermekeiknek. Gyakran látott családokat együtt a tárgyalóban, börtönőrökkel körülvéve. A gyerekek túlságosan rémültnek tűntek ahhoz, hogy beszéljenek. Ez az egész család számára hatástalan volt. Azt javasolta, hogy a könyvtár egy részét zárják le, ahol egyszerre csak egy család olvashatna együtt. Az igazgató ezt kiváló ötletnek tartotta, és felajánlotta, hogy kipróbálja. A szájhagyomány további adományokat hozott a könyvesboltokból. Hozzáadtak egy gyermekrészleget.

Ribby következő javaslata: tanítsák meg olvasni az olvasni nem tudó rabokat.

Ezután adományokat kért egy állás-sarok létrehozásához. Számítógépek érkeztek, amelyeket a WI-FI-re kötöttek, hogy a rabok még a szabadulásuk előtt dolgozhassanak az önéletrajzukon.

A hír elterjedt az egész börtönrendszerben. Bedford igazgató elismeréseket és díjakat kapott. Sosem mulasztotta el megemlíteni Ribby hozzájárulását.

***

Egy doboznyi könyvet még ki kellett csomagolni. Ribby felvágta. A hátsó borítón egy férfi sziluettje volt.

Angolul.

Gondolod, hogy ő tette mindezt? És miért nem vettük észre korábban, hogy ő az?

Nem vagyok benne biztos, de most már nyilvánvalónak tűnik. De vajon miért, miért tette?

Bűntudat? Bűntudat?

Szerelem?

Ribby a létra tetején volt, amikor Angela megfeszítette a kötelet a fa gerenda körül. Hurkot csinált, és beletette a fejét. Amikor készen volt, kántálni kezdett:

Jó kislány, jó kislány!

Ribby szilárdan állt. Levette a kötelet a nyakáról.

Nem.

Angela erőlködött, hogy visszanyerje az irányítást, megragadta a kötelet, és ismét beletette a fejét. Miközben ellökte magát a létráról, Ribby egyik kezével sikerült megtartania a legfelső lépcsőfokot. A kötéllel még mindig a nyakán, Ribby az életéért kapaszkodott.

Angela megpróbált újra ellökni magától, még mindig a dallamot dúdolva. A puszta erő hatására Ribby keze elszabadult.

Ribby és Angela egy pillanatig lógott, majd úgy tűnt, hogy a fény felé repül. De a kötél nem volt elég hosszú. Ingáztak, majd a létrának ütköztek. Az oldalra lendült, és a túlsó falhoz lökte, ahol egy huppanással landolt.

A mentő túl későn érkezett.

EPILÓGUS

Néhány évvel később érkezett egy levél az angolszász ügyvédtől, amelyet Stephennek címeztek.

Ebben kiderült az igazság: Stephen volt Anglophone fia és egyedüli örököse.

„Valami érdekes?" - kérdezte a felesége, Viveca.

„Egyáltalán nem" - válaszolta Stephen, miközben a tűzbe dobta a levelet.

A boldog pár együtt ült a kanapén, miközben a lányuk, Rebecca egy könyvet olvasott.

Idézet

"A polgármester asszony panaszkodott, hogy a tészta
hideg;
„És a te fideszedből is sokáig", mondta.
"Hát akkor mi van, te kis jómadár, mi van, ha az?
Hagyd abba, ha tudod, a csevegésedet, mondta."

CHARLES COTTON

Szó a szerzőtől

Kedves olvasók!

Köszönjük, hogy elolvasták Ribby Titkát. Remélem, legalább annyira élveztétek az olvasást, mint amennyire én élveztem az írását!

A Ribby titka először novellaként indult 2011-ben. A történet akkor ért véget, amikor Ribby beleköpött Márta italába.

Nem telt el sok idő, és Angela elkezdett beszélgetni velem. Nem vettem tudomást róla, mondván, hogy a projekt befejeződött, de ő kitartott.

Aztán jött Theodore Anglophone.

Nyolc évvel később itt vagyunk.

Szeretnék köszönetet mondani a korrektoraimnak és a bétaolvasóimnak - az évek során sokan voltak. Végül, de nem utolsósorban köszönöm a végső szerkesztőimnek, LF-nek és MC-nek - ti két hölgy ROCK!

Köszönöm a férjemnek és a fiamnak is, hogy mindig ott voltak mellettem.

Mint mindig - Boldog olvasást!

Cathy

A szerzőről

Cathy McGough többszörösen díjazott írónő a kanadai Ontario tartományban él és ír férjével, fiával, két macskájukkal és egy kutyájukkal.

Szintén a:

FIKCIÓ
MINDENKI GYERMEKE
13 RÖVID NOVELLÁ (Kamely magában foglalja:
z esernyő és a szél; Margit kinyilatkoztatása;
Pitypang bor **(READERS' FAVOURITE BOOK AWARD FINALIST))**
INTERJÚK LEGENDÁS ÍRÓKKAL TÚL (2ND PLACE BEST LITERARY REFERENCE 2016 METAMORPH PUBLISHING)
PLUS SIZE ISTENNŐ ...
NON-FICTION
103 Fundraising Ideas For Parent Volunteers With Schools and Teams (3RD PLACE BEST REFERENCE 2016 METAMORPH PUBLISHING.)
+ Children's and Young Adult books